KB237511

그래도

원종국은 1972년 충북 제천에서 태어나 1999년 『진주신문』 가을문예와 2000년 작가세계 신인상으로 등단했다. 소설집 『용꿈』, 르포집 『그날 그들은 그곳에서』(공저) 등이 있다. 현재 '작업' 동인으로 활동 중이다.

원종국 소설집
그래도

펴낸날 2013년 4월 26일

지은이 원종국
펴낸이 주일우
펴낸곳 ㈜문학과지성사
등록번호 제10-918호(1993. 12. 16)
주소 121-840 서울 마포구 서교동 395-2
전화 02) 338-7224
팩스 02) 323-4180(편집), 02) 338-7221(영업)
전자우편 moonji@moonji.com
홈페이지 www.moonji.com

ⓒ 원종국, 2013. Printed in Seoul, Korea
ISBN 978-89-320-2391-5

* 지은이는 경기문화재단 2010년 문화예술진흥지원금을 수혜했습니다.

그래도

원종국 소설집

문학과지성사
2013

차례

두 사람이 보이는 자화상

Mix-and-Match 4

차라리 고아였더라면 좋았을 텐데, 생각한 적이 있어요. 아버지 어머니가 누구인지, 내가 어떻게 태어나게 되었는지 몰랐더라면 좋았을 텐데, 꿈꿔왔어요. 이제 부질없게 되었지만. 아버지 어머니가 빨리 죽어줬으면 좋겠다고 늘 생각했어요. 그래서, 내가 왜 태어나게 됐는지, 내 존재의 의미를 스스로 밝혀가며 살아갈 수 있기를, 아니, 하루라도 빨리 내 존재의 의미가 완전히 사라져주기를 간절히 기도했었어요. 이제는 모든 게 부질없게 되었지만요.

*

나팔꽃 덩굴은 쥐똥나무 울타리 쪽으로 긴 덩굴손을 뻗고 있었다. 지금 줄기를 감고 있는 자그맣고 앙상한 철쭉나무에는 더 이상 감아 올라갈 곳이 없었다. 지난봄에도 연분홍과 짙은 보라색 철쭉꽃을 흐드러지게 피워냈던 그 나무는 잔가지가 죄 꺾인 채 누렇게 말라 있었다. 어떤 그악스런 녀석의 소행인지 철쭉나무 밑동은 아예 한 바퀴 뒤틀려 있었다. 그예 꺾어버릴 심산이었겠지만 철쭉나무의 저항도 만만치는 않았던 모양이다. 아무러하든 나팔꽃이 쥐똥나무 울타리에 가 닿자면 오십여 센티미터는 더 앞으로 손을 뻗어야 했다. 끝 부분이 도르르 말린 덩굴손은 바람이 불 때마다 매가리 없이 좌우로 휘적거렸다. 눈이 달린 것도 아닌데, 그나마 쥐똥나무 울타리 쪽으로 방향을 잡은 것이 용했다. 그렇지만…… 애초에 길고 튼튼한 지주목을 택했어야지! 바보 같은 녀석…… 그러니, 그럴 수만 있었다면 말이야. 달리는 쪼그려 앉아 나팔꽃 덩굴손을 들여다보다 말고 놀이터를 돌기 시작했다. 전에도 달리는 하루에도 몇 차례씩 놀이터를 돌곤 했었다. 오늘도 처음엔 그저 빠른 걸음으로 한 바퀴 돌아볼 셈이었는데 시나브로 걸음이 빨라지기 시작했고 어느 순간 걷는 속도를 제어할 수 없게 되자 뛰는 모양새가 되었으며 이내 헉— 헉— 가쁜 숨을 토해내게 되었다. 그 순간 달리에게 달리는 것 말고 달리 할 수 있는 일이 아무것도 없다는 듯. 경중경중. 맴돌던 원은 점점 커져서 이제 가능한 한 놀이터 안에서 그릴 수 있는 가장 큰 원을 그리면서 뛰었다. 지난밤에 비가 거셌던지 놀이터 곳곳에는 물이 흥건하게 고여 있었다. 처음엔

물웅덩이를 피해가며 뛰었지만 몇 번 발이 빠져 나동그라진 뒤
로는 진흙 바닥과 물웅덩이와 풀밭을 가리지 않고 뛰었다. 그렇
게 조금만 더 빨리 돌면 어느 순간 세상 바깥으로 툭 튕겨 나갈
것처럼. 나쁜 새끼, 제가 아버지를 떠다 밀어놓고는 나한테 옴
팡 뒤집어씌워? 그래놓고 어디로 내뺐다가 나한테 아무 죄도
없는 게 밝혀지고 나니까, 그제야 슬금슬금 나타나서 한다는 소
리가, 뭐 자긴 그곳에 있지도 않았다고? 씨발 새끼, 그게 말이
된다고 생각해? 그렇지만, 그렇지만 말이야, 네깟 놈 따윈 이
제 아무것도 아니야. 달리는 돌부리에 걸려 물웅덩이에 철퍽 나
자빠진 채로 숨을 몰아쉬었다. 무르팍이 까졌는지 바지 위로 빨
간 피가 배어 올라왔다. 바람이 불 때마다 나뭇잎에 달려 있던
빗물이 후드득 후드득 떨어졌다. 지난봄에 꽃이 만발했던 만큼
나무들마다 열매가 빼곡하게 매달렸지만 하나같이 잘고 부실해
보였다. 그 사이로 보이는 하늘에선 비를 잔뜩 머금은 구름들이
동쪽으로 미끄러지고 있었다. 지금도 그 위에서 날 보고 있나
요? ……나, 나는 여기 있어요. 무사히, 잘…… 당신이 날 살
렸다면서요? 달리는 하늘을 노려보며 나직하게 읊조렸다. 마주
보이는 아파트 베란다에서 몇몇 사람이 얼굴을 내밀었다가 이
내 사라졌고, 다시 나타났다가 사라졌다.

　달리가 경찰서와 구치소, 그리고 정신병원을 거쳐 자신이 일
하던 복제 전문점에 돌아왔을 때, 도시는 어느새 우기(雨期)가
시작되어 있었고, 꽃과 싹의 시절을 지나 열매의 시절로 진입해

있었다. 시간은 그렇게, 누군가 거기에 있건 없건, 지나가게 마련인 모양이었다. 뿌연 황사 먼지 위로 몇 번의 이슬비가 흩뿌리고 지나갔을지, 물방울 얼룩이 지저분하게 엉겨 있는 유리창을 보고서야 달리는 어림짐작했다. 출입문은 잠겨 있지 않았고, '출입통제 POLICE LINE 수사 중'이란 낱말들이 반복적으로 적힌 노란색 띠만 가로질러 있었다. 달리는 멀찌감치 떨어진 곳에서서 노란색 띠를 멀거니 바라보다가 사무실 앞 놀이터로 발걸음을 돌렸었다. 거기, 계단 맨 아래 귀퉁이, 아버지가 쓰러져 끝내 일어서지 못했던 곳에서 형광 물질의 잔여물들이 아직 남아 반짝거리고 있었다. 기자들이 몰려들어 사진을 찍을 때마다 번쩍번쩍 바로 그 자리를 확인시켜주었던.

몇몇 사람들이 놀이터 쥐똥나무 울타리 밖에서 달리를 가리키며 뭐라고 떠들어대긴 했지만, 아무도 가까이 다가와서 몸을 일으켜주거나 거기 그렇게 누워 있으면 안 된다고 혼을 내는 사람도 없었다. 몸살이 날 것처럼 으스스한 한기를 느끼고도 한참이 지나서야 달리는 는적는적 물웅덩이에서 일어섰다. 먼 곳으로부터 경찰차의 사이렌 소리가 점점 다가오는 것 같기도 했고 소방 헬기 날아가는 소리가 타타타타 들려오는 것 같기도 했다. 간혹 햇살이 구름 사이를 비집고 땅까지 내려왔다.

달리는 진흙투성이인 채로 발을 절룩이며 사무실까지 걸었다. 범접을 허락하지 않을 것 같던 노란색 띠는 의외로 허술하게 풀렸다. 사무실로 들어서자 달리를 인식한 자동제어시스템이 아무렇지도 않게 불을 밝혀주었다. 그리고 달리는, 희뿌연 유리창 밖에서 노랑, 빨강, 보랏빛의 불빛이 반짝이며 움직이는 걸 보고서야 자신이 참 오랜 여행에서 돌아왔다는 것을 실감했다. '복제 전문점 키스 캠벨* 신촌점, 당신의 사랑을 더 오래 간직하세요.' 왼쪽에서 오른쪽, 혹은 오른쪽에서 왼쪽으로, 깜빡깜빡, 차르르르, 배경이 움직이고, 글자들이 움직이고, 깜찍한 쌍둥이 캐릭터들이 사이사이 등장해서 춤을 추었다. 달리는 사무실 가운데 놓인 의자에 허물어져 오랫동안 광섬유 전광판의 움직임을 바라보았다. 검붉은 노을이 오른쪽 쪽창에 비껴 있다가 뉘엿뉘엿 끄무러질 때까지, 아주 오랫동안. 나는 달리가 눈물이라도 주르륵 흘리길 바랐지만, 그래서 속 깊은 설움 덩어리를 울컥 토해내길 바랐지만, 그는 그러지 못했다. 오히려 달리는 이따금씩 얼굴 근육의 한쪽만 움직이는 절묘한 동작으로 서늘한 미소를 짓곤 했다. 광대뼈가 불거지고 수염이 텁수룩한 그의 얼굴은 혼이라도 빠져나간 듯 창백해 보였다.

아홉 시를 막 넘겼을 무렵 아주머니 한 분이 사무실 유리문을 조심스레 열고 안을 빠끔 들여다보더니 이내 성급하게 문을 닫았다. 마치 유령이라도 보았다는 표정으로. 그녀는 계단을 내려

---

* 키스 캠벨: 영국의 유전공학자. 1996년 영국 로슬린 연구소에서 이안 윌머트 박사와 함께 성장한 양을 최초로 복제시키는 데 성공하여 돌리를 탄생시켰다. 여기서는 그의 이름을 딴 복제 회사를 지칭한다.

서기 무섭게 종종걸음으로 황급히 사라졌다. 어쩌면 건물주이거나 길 건너에서 주점을 운영하는 여자였는지도, 알 수 없었다. 달리는 그림이라도 감상하듯이 팔짱을 끼고 앉아 창밖을 내다보았고, 이따금 고개를 돌려 나를 힐끔힐끔 쳐다보기도 했다. 해가 지면서 창밖의 풍경보다 창에 비친 사무실 안쪽이 더 또렷하게 보이기 시작했다. 그림 속에 자신의 모습을 들여다보고 있는 달리가 앉아 있고, 또 달리 뒤에는 내가 어렴풋하게 서 있었다. 그리고 그 모든 전경이 유리창에 비쳤다. 길 건너 저편에, 그러니까 그림 속 저 안쪽에, 몇몇의 사람들이 둘러서서 이쪽을 바라보고 있는 것이 희미하게 보이기도 했다. 그들은 손가락으로 어딘가를 가리키기도 하고, 또 팔을 벌렸다 오므렸다 하며 팬터마임 배우처럼 과장된 몸짓으로 뭔가를 떠들어대더니……어느 순간 사라지고 보이지 않았다. 그 후에도 수많은 타인들이 삼삼오오 떼를 지어 그림 속을 지나갔다. 그리고 오래된 가로등 불빛이 남아서 침묵의 영역을 우물 속처럼 동그랗게 보여주었다. 밤은 묵묵히 깊어갔다.

백여 일이 지나는 동안, 그러니까 경찰서와 구치소와 정신병원을 전전하는 동안, 달리는 일약 파렴치한 패륜범죄자에서 한낱 불쌍한 복제인간으로 '전락'했다. 그 밖에 달라진 건 아무것도 없었지만, 달리의 눈에는 세상 모든 것이 뒤죽박죽 엉망진창이 된 것처럼 느껴졌다. 그건 마치 삼십여 년 동안 이렇게 저렇게 궁굴리며 만들어온 수많은 기억의 실타래들이 갑자기 머릿

속으로 툭툭 투두둑 떨어지다가 어느 순간 저희들끼리 마구 뒤
엉켜서 치고받고 싸우는 마구니〔魔軍〕들의 난장판 같은 거였
다. 경사님, 경사님도 잘 아시겠지만…… 나도 열 달 동안 엄
마 배 속에서 자란 뒤에 다리 사이로 머리 내밀고 나왔어요. 응
애응애 울면서. 공장에서 자동차 조립하듯이 만들어진 게 아니
란 말예요. 내가 무슨 사이보그인 줄 알아요? 무슨 얘긴지 아시
겠죠? 이 무식한, 경찰관 놈아!

*

집에서 차로 이십여 분 거리에 있는 사설 어린이집에 다닐 때
였으니까 달리가 네댓 살쯤 되었을 무렵이었다. 그때만 해도 달
리에 대한 아버지 어머니의 기대는 하늘을 찌르고도 남을 만한
거였으므로 무엇이든 달리의 맘에 안 든다는 한마디면 어린이
집을 곧바로 바꿀 수 있었다. 예쁜 여자아이가 한 명도 없다는
것이든, 선생님이 동화책을 읽을 때 쇳가루 갈아 마신 소리를
낸다는 것이든, 혹은 똥오줌도 못 가리는 아이가 같이 놀자며
자꾸 달려든다는 것이든.
　이름이 '해바라기 어린이집'이었던 그곳 원장 선생님에게는
천사처럼 예쁜 막내딸이 있었다. 어린 달리의 생각에도 펑퍼짐
한 몸매에 우락부락하게 생긴 원장 선생님한테서 저렇게 날씬
하고 예쁜 딸이 태어났다는 건 기적이라는 생각이 들었다. 미술

대학에 다니던 그녀는 틈이 날 때마다 어린이집 일을 돕곤 했다. 결근한 선생님을 대신해 동화책을 읽어주기도 했고, 틈틈이 그림 그리기나 종이접기를 지도해주는 게 그녀의 몫이었다. 달리는 동화책에 나오는 천사나 선녀는 틀림없이 그 누나처럼 생겼을 거라고 철석같이 믿었다.

하루는 그 천사 같은 누나가 '우리 가족'이란 제목으로 그린 달리의 크레파스 그림에 관심을 보였다. 달리가 보기에도 다른 아이들의 삐뚤빼뚤한 그림에는 비할 바가 아니었으므로 자못 우쭐해 있었는데, 정작 그녀는 그림 솜씨보다는 엉뚱한 데 더 관심이 가는 모양이었다.

명주야, 그런데 할머니는 왜 그리지 않은 거지? 같이 사시는 거 아니었니?

할머니요? 우리 집엔 할머니 없는데요. 없어요, 할머니.

달리는 두 번이나 강조해서 대답했다. 그게 누굴 묻고 있는 건지 뻔히 눈치를 챘으면서도, 그냥 그렇게 대답했다.

그렇구나! 그럼, 아침마다 명주를 데리고 오시는 분은 누구지?

매일 아침…… 그 사람은 우리 엄만데요. 엄마 맞아요, 우리 엄마. 여기 있잖아요, 그림에도.

달리는 왠지 창피하다는 생각이 앞섰다. 엄마가 아무리 젊게 보이려고 애쓴다지만, 회갑을 넘긴 나이를 완벽하게 속일 수는 없는 노릇이었다. 또래 아이들을 기준으로 보자면 당연히 할머니로 불려야 마땅했지만, 그림 속의 엄마는, 그리고 아빠는 다른 아이들이 그린 것처럼 젊은 모습의 엄마 아빠였다.

아하, 엄마 아빠가 우리 명주를 아주 많이 늦게 낳으셨구나! 그럼 여기 있는 게 형이겠네? 형은 몇 학년일까, 음…… 중학생이니?

중학생…… 몰라요, 형은 미국에…… 그러니까 물리학자…… 랬는데…… 유명한…… 그렇지만 나는, 나는 잘 몰라요. 한번도 못 봤어요.

첫번째로 실타래가 꼬였다고 느낀 게 그 무렵이었을까. 며칠 동안이나 측은한 눈빛으로 달리를 멀찍이서 바라보며 머뭇거리던 천사 같은 누나는 어느 날 달리를 은밀히 불러내서 이렇게 말해주었다.

그랬구나, 우리 명주…… 그래, 스페인의 유명한 화가 살바도르 달리도 자기가 태어나기 삼 년 전에 죽은 살바도르 형의 이름을 고스란히 물려받았단다. 자기는 새로 태어난 동생인데도 말이지.

살바도르…… 달리요? 그러나 달리는 그 얘기가 뭘 의미하는지 알지 못했다. 그런 걸 이해하기엔 아직 어린 나이였다. 다만, 크면 당연히 물리학자가 되어야 하는 걸로 알고 있던 달리의 첫번째 장래희망이 화가가 되는 것으로 바뀌었고, 그런 말을 웅얼웅얼 내뱉는 순간 어머니 손에 이끌려 다른 어린이집으로 가야만 했다. 어머니가 몰던 낡고 조그마한 승용차는 오랜만에 새로운 코스를 돌기 시작했다. 새로 옮긴 어린이집에서의 오전 일과를 마치고 오후 내내 영어 학원과 과학 교실, 그리고 중국어 학원과 논술 학원을 순회하는 동안 달리는 해바라기 어린이집 옆길을 하루에 세 번씩 지나쳐야 했다. 그때마다 달리는 해바라기처럼 창밖으로 얼굴을 내민 채 '살바도르…… 달리' 하고 나직하게 불렀다가 까닭 없이 눈물을 비치곤 했다. 그리고 어렴풋하게, 집에 걸려 있는 백일 사진과 돌 사진이 어쩌면 자신의 것이 아닐지도 모른다는 생각이 들곤 했다. 아버지 어머니는 달리가 사진에 찍히는 걸 몹시 싫어해서, 어쩌다 끼어서 찍게 된 단체 사진조차 달리 몰래 태워버리곤 했다. 그 사실을 뒤늦게 알게 된 달리가 울고불고 난리를 칠라치면, 그런 건 필요 없다! 너한텐 지금도 사진이 많잖니? 더 많이 자라면, 공부 열심히 해서 빨리 대학생이 되면 얼마든지 새로 찍을 수 있단다, 하고 달리를 달랬다. 유치원에 입학했을 때 달리는 선생님과 친구 들에게 자기를 달리라고 불러달라며 떼를 쓰기 시작했고, 명주라고 부르는 친구들과는 같이 놀지도 않았다. 달리에게는 친구가 생기지 않았고, 점점 더 외톨이가 되어갔다. 이름에 너무 집착을 하는 것 같다는 선생님의 전화 한 통 때문에 거꾸로 들린 채 아버지에게 엉덩이를 두들겨 맞기도 했다. 그저 학원비나 벌어오는 사람인 줄 알았던 아버지가 그렇게 화내는 모습을 보인 건 그때가 처음이었다. 물론, 그 후로는 자주 목격하게 되었지만.

명주 형이 이 세상 사람이 아니라는 사실을 알게 된 건 일곱 살 때였다. 그 전에도 용산 제2가족공원 안에 있는 납골 묘역에 일 년이면 서너 차례씩 다녀오곤 했지만, 사진틀에 든 명주 형이 죽은 사람의 형상이라는 걸 알아차린 건 그때가 처음이었다. 그리고 그 사실은 해킹 프로그램을 가동시킨 것처럼 다른 많은 의혹들을 한꺼번에 풀어주었다. 자신이 세계적인 물리학자가 되리라는 확신을 심어주었던 천재 소년 이명주의 복제인간이라는 사실. 그의 체세포에서 떼어낸 단 하나의 핵으로부터 부풀려진 유기체가 자신의 신체를 이루게 되었다는 사실. 그리하여 자신은 미국 유학 중에 비명횡사한 천재 소년 이명주의 궤적을 하루빨리 밟아 못다 이룬 그의 꿈을 실현시켜야 한다는 사실. 오로지 그 이유 때문에 자신이 생명을 얻게 되었다는 그 사실들을…… 말을 배우기 시작할 무렵부터 귀에 못이 박히도록 들었던, 너는 죽기 전에 천재였단다, 소리가 바로 그 사실들의 변주였다는 것이 한순간 달리의 뇌리 한가운데로 비집고 들어와 똬리를 틀었다. 너는 죽기 전에 아이큐가 이백이 넘었단다. 열두 살에 사 개 국어를 말했고, 열세 살엔 서울대 교수도 못 푼 수학 문제를 풀었지. 우리가 널 미국으로 유학만 안 보냈어도, 거기서 마약을 맞은 깡패들을 만나지만 않았어도…… 너를 낳기 위해 우리가 얼마나 고생을 했는지 너는 아마 상상도 할 수 없을 게다. 너는 오 대 독자잖니? 어서 무럭무럭 자라 명주 형처럼 훌륭한 물리학도가 되어야지? 아무렴, 너를 살리느라구 우리가 전 재산을 털어야 했는데…… 우린 너를 믿는단다, 어서 빨리 자라서 우리를 기쁘게 해주렴.

아홉 살 나던 해 명주 형의 기일 날, 달리는 납골 묘역에 봉안된 명주 형의 사진에서 검은 그림자가 어른거리는 걸 처음 목격했다. 처음엔 현기증이 일어서 사진이 두세 겹으로 보이는 줄 알았는데, 어느 순간 그림자는 시커먼 연기처럼 사진틀을 비집고 쿨럭쿨럭 쏟아져 나왔다. 달리는 그 그림자가 끝내 자신의 몸에 착 달라붙고야 말 것 같아서 어머니의 치마폭으로 기어들며 엉엉 울었다. 아버지는 달리가 명주 형의 넋을 기리는 것이라 생각했던지 그의 머리를 쓰다듬으며 함께 눈물을 흘렸다.

'망자수재명주지령(亡子秀才明周之靈)'이라 씌어진 위패와 명주 형의 영정에 두 번씩 절한 뒤 고개 숙여 읍(揖)하는 일은 해마다 계속되었다. 달리가 찾아가 절을 할 때마다 검은 그림자는 어느새 영정 사진에서 빠져나와 바닥에 누워 있거나 벽에 기대 앉아 있곤 했다. 처음엔 무서워서 울었고 나중엔 서러워서 울었지만, 달리는 검은 그림자가 보인다는 사실을 누구에게도 말하지 않았다. 아버지가 사무실 앞 계단에서 굴러 떨어져 끝내 돌아가시게 되었을 때까지. 그래서 기자들에 둘러싸여 구치소에 끌려가게 되었을 때까지. 검은 그림자의 존재를 발설했다가는 놈이 아예 달리의 몸속으로 영원히 숨어버릴 것 같았으므로.

이를 앙다물고, 달리는 침묵했다.

내가 민 게 아니에요. 그림자가, 아주 새카만 그림자가 아버지를 뒤에서 밀었어요. 엄청나게 센 힘으로 떠다밀어서 제지할 틈도 없었어요. 지난번 명주 형의 기일 날 납골 묘역에서부터 날 따라온 놈 말예요. 내가…… 내가 민 게 아니라니까요.

*

느닷없이 사무실에 들이닥친 아버지와 어머니는 달리에게 사진 한 장을 내밀었다. 처음 보는 얼굴이었다. 자잘한 들꽃무늬들이 앙증맞게 새겨진 하얀 원피스 차림의 여자는 이지적으로 보였다. 내일 저녁에 약속이 잡혔으니 만나보거라! 예? 무슨…… 달리는 뜨악한 표정으로 아버지를 쳐다보았다. 더 일찍 포기를 했어야 했는데…… 네놈으로 안 된다면 빨리 손자를 봐서라도 우리 꿈을 이뤄야 될 거 아니냐! 낼모레면 아흔인데…… 그렇다고 우리가 애를 낳을 순 없지 않느냐! 아버지는 술을 마신 사람처럼 불콰해진 얼굴을 달리에게 바짝 들이대며 윽박질렀다. 삼십 년 동안 늘 그랬듯이 달리는 잔뜩 주눅이 들어서 다시 사진을 들여다보았다. 하지만 아버지, 전 좋아하는 여자친구가 있는걸요. 그 말은 목구멍에서만 맴돌 뿐 입 밖으로 나오지는 않았다. 시끄럽다! 어디서 그런…… 근본도 알 수 없는 여자애 애길랑은 꺼내지도 말거라. 우리가 알아보니, 그 여자는 반쯤 미친년이더구나. 사귀는 여자가 있다는 걸 어떻게 눈치챘는지, 옆에 서 있던 어머니가 잘라 말했다. 달리가 영재 학교 입학시험에 떨어졌을 때 지었던 것과 아주 흡사한 표정이었다. 아뇨, 전 그 앨 누구보다 사랑해요. 다른 여자하곤 절대로 결혼 같은 거, 하지 않을 거예요. 그리고, 그리고 말이죠…… 설사 결혼을 한대도, 애는…… 안 낳을 거예요. 절대로. 그 말 역시 입 밖으로 나오지는 않았다. 그런데도 아버지는 지팡이를 들어 달리를 내리쳤다. 이런 배은망덕한 놈의 자식! 그걸 말이라고 하느냐? 이, 이런…… 쳐 죽여도 시원찮을, 병신 같은 놈의 자식…… 이놈, 이 집안을 말아먹을 놈의 자식 같으니…… 아버지의 매질은 길었고, 어머니는 벽에 기대 선 채 말없이 지켜보기만 했다. 아흔이 다 된 노인네의 어디에서 그런 근력이 나오는지 알 수 없었다. 달리는 아버지의 매질을 피하다 못해 사무실 문밖으로 뛰쳐나갔다. 그런데 거기, 현관 입구에서 달리는 한 발짝도 더 움직일 수 없었다. 줄곧 뒤에 서 있던 검은 그림자가 달리의 발목을 꽉 움켜쥐고 있었던 것이다. 이놈! 애를 안 낳을 거라면 복제를 한 번 더 하자. 그래, 그게 확실하겠구나! 지금은 기술이 더 좋아졌을 테니…… 내가 왜 그 생각을 못했지? 하하하, 어서 복제를 하자꾸나! 어디서 구했는지 아버지는 회칼을 들고 달려들어 달리의 체세포를 적출하겠다며 소리소리 질렀다. 멱살을 움켜쥔 아버지의 악력은 대단했다. 숨을 쉴 수 없어 몸을 비틀어 아버지를 떼어내려는 순간, 줄곧 달리의 발목을 잡고 있던 검은 그림자가 이번에는 달리와 아버지를 한꺼번에 현관 바깥으로 떠다밀었다. 그 밑으론 아홉 층의 계단이 제법 가팔랐다. 가까스로 몸을 피했다고 생각한 순간, 아버지가 계단 끝 난간에서 물에 빠진 사람처럼 중심을 잃고 허우적거렸다. 아버지를 붙잡으려고 팔을 앞으로 쭉 뻗었지만 손끝이 가 닿기에는 너무 멀었다. 달리는 그저 매가리 없이 손을 휘적거리기만 했다. 그렇게 악을 쓰는 사이, 검은 그림자가 아버지 앞으로 쓱 지나갔다. 그리고, 계단 맨 아래 귀퉁이, 아버지가 픽 소리를 내며 쓰러진 자리에 검붉은 피가 흥건하게 고였다. 달리가 계단 밑으로 뛰어 내려갔을 때 검은 그림자는 어느새 사라지고 보이지 않았다. 그런데 달리가 그림자를 찾으려고 허둥대는 동안, 이번에는 아버지를 일으켜 세우려고 버둥거리던 어머니조차 뒷목을 부여잡고 주저앉았다. 이 인간 같지도 않은 놈아, 바른 대로 대지 못해! 네가 아흔 된 노부모를 계단 위에서 발로 걷어찬 거지? 경사가 서류뭉치를 들어 여러 차례 뒤통수를 내리치는 동안 달리는 머리를 수그린 채 잠자코 앉아만 있었다. 그러자 경사는 옆구리에 차고 있던 권총을 뽑아 노리쇠를 철커덕 잡아당겼다가 놓더니…… 달리는 앉은 채로 발버둥을 치다가 의자에서 벌떡 일어섰다.

삐이 삐— 삐이 삐— 팔찌에서 작은 신호음이 들려오고 있었다. 아홉 시. 그리고 이삼 초쯤 지났을까, 이번에는 메에에에— 메에에에— 돌리 인형이 울기 시작했다. 키스 캠벨의 마스코트. 안녕하세요, 키스 캠벨 가족 여러분! 활기찬 하루가 시작……할 때, 달리는 갑자기 테이블 위에 놓였던 돌리 인형을 움켜잡더니 내게 휙 집어던졌다. 다행히 돌리 인형은 내 어깨 위를 아슬아슬하게 비껴 날아간 뒤 벽에 가서 부딪혔다. 그 뒤에도 돌리 인형은 나머지 대사를 마저 외웠다. 달리가 사무실을 비운 백여 일 동안에도 녀석은 매일 아침 아홉 시만 되면 일 분씩 같은 소리를 읊어대며 울었을 것이다. 메에에에— 안녕하세요, 키스 캠벨 가족 여러분!

아침이 되었을 때까지, 달리는 두 눈을 부릅뜬 채 깨어 있었다. 밖을 내다보다가 가끔씩 혼잣말을 했고, 또 내게 힐난조의 말을 퉁명스레 건네기도 했다. 자꾸만 감기는 눈을 주체할 수 없어 테이블 위에 쓰러진 게 아침 여덟 시 조금 못 되었을 때였다. 겨우 한 시간 남짓 잔 셈인데, 그나마도 달리는 계속 악몽에 시달려야 했다.

그거, 파란색 불빛 들어오면 병원에 가야 되는 날인 거지? 퇴소한 지 하루밖에 안 됐는데, 제기랄…… 그런데, 갈 거지, 병원에?

달리는 마른세수를 하다 말고 나를 물끄러미 바라보았다. 아주 잠깐 달리의 머릿속에 여자의 얼굴이 떠올랐다 (어린 시절의 천사 같은 누나의 얼굴인지 지금의 여자친구인 유리인지 살바도르 달리의 연인인 갈라인지 혹은 정신과 의원의 여의사인지 병상에 누워 사경을 헤매고 있는 어머니인지 또는 그 얼굴들을 모두 합성해놓은 얼굴인지는 알 수 없지만) 사라졌다. 달리는 다시 계단 밑에 쓰러져 있는 아버지를 떠올리고 있었다. 분명히 검은 그림자가 거기 있었어요. 동영상의 속도를 좀더 늦추거나 해상도를 높여보면 분명히 놈의 모습이 잡힐 거예요. 분명히. 핏발 선 달리의 눈은 모래알이 든 것처럼 버석거렸다. 그날은 하필 교황이 한국을 방문하여 상암동 월드컵구장에서 미사를 집전하는 날이라고 했다. 그래서 초정밀 인공위성들이 마포구 일대를 비롯해 교황이 지나가는 길목과 그 부근들을 이 잡듯이 뒤져 동영상으로 녹화해놓았다는 것이었다. 경찰은 결정적인 단서가 거기 들어 있을 거라며 수사에 활기를 띠었지만, 정작 그 동영상은 달리의 무죄를 입증시키는 데 결정적인 역할을 했다.

맞잖아, 파란불은 병원, 빨간불은 경찰서에 전화해야 되는 거…… 참, 정신과도 가야 되지만, 어머니 입원해 계신 병원에도 가봐야지? 어젠 의식이 없으셔서 너 혼자 떠들다가 그냥 왔잖아. 오늘은 좀 좋아지셨는지 어떤지, 궁금하지도 않아?

달리는 생소한 듯 팔찌를 들여다보며 하품을 해댔다. 그리고 남의 집에 온 것처럼 사무실을 한 바퀴 휘둘러보았다. 진흙과 피가 묻은 바지는 밤사이 꾸덕꾸덕 말라 있었다. 달리는 오른손으로 왼팔에 채워진 팔찌를 빙글빙글 돌리다가 그쪽 팔목에 난 칼자국을 매만졌다가 또 거울을 한참 동안 들여다보았다. 그러고 나서 달리는 책상 서랍장을 바라보았다. 수면제가 가득 들어 있는 파란색 약병이 거기 아직 있을 거였다. 만기가 되는 날 한꺼번에 찾아서 쓰려고 차곡차곡 모아놓았던, 적금 같은 알약들.

그러지 말고, 그냥…… 죽어버리는 건 어떨까? 오늘……

이번엔 내가 달리를 물끄러미 바라보았다. 달리는 팔목을 그어도 다량의 수면제를 먹어도 기적같이 살아났었다. 영재 학교 시험에 떨어졌을 때와 대학 입시에 두번째로 떨어졌던 날, 그리고 그 후로도 여러 번. 명주 형은 총알 한 방에 모든 걸 끝낼 수 있었다는데…… 달리는 죽는 것도 쉽지 않았다.

*

달리는 눈을 감고 살바도르 달리의 그림들을 떠올려보았다. 지하철을 타고 오는 동안에도 달리는 내내 아이폰eyephone을 쓰고 인터넷 미술관을 순회하며 살바도르 달리의 그림들을 감상했다. 지하철 안에서도 팔찌는 연신 노란 불빛과 빨간 불빛을 반짝거리며 삐이 삐— 삐이 삐— 집요하게 울어댔다. 노란 불빛은 통제 구역을 벗어났다는 경고였다. 정신과 치료를 받으러 가는 중이라고 경찰서에 보고만 하면 불빛도 경보음도 즉시 사라질 텐데, 달리는 그렇게 하지 않았다. 달리는 단지 경보음이 울리는 팔찌의 작은 구멍들을 오른손 엄지손가락으로 꾹 누른 채 살바도르 달리의 그림에만 열중했다. 다행히 근처에 있던 여중생 다섯 명이 잠시도 쉬지 않고 재잘거려주어서 팔찌 경보음은 사람들의 관심을 끌지 않았다.

오늘 달리는 「거울을 통해 입체적으로 표현한 달리와 갈라」
라는 긴 제목의 미완성 그림 앞에서 오랫동안 머물렀다. 살바도
르 달리의 연인인 갈라가 의자에 앉아 있고 그 뒷모습을 그리는
달리의 모습이 맞은편 거울에 그대로 반사되어 앞모습의 갈라
와 달리가 마주 보이도록 그린 그림. 그림을 그리고 있는 살바
도르 달리의 모습까지 그림 속에 표현되어 있지만, 실제로 살바
도르 달리와 모델인 갈라는 그림 바깥에 있었을 테니, 자연스레
여섯 명의 위치와 모습을 연상시키는 그림이었다. 아이폰을 쓴
달리는 고개를 갸웃거리며 한두 걸음씩 앞으로 다가갔다 뒤로
물러섰다 하며 오랫동안 그 그림을 들여다보았다. 팔만 두르지
않았을 뿐 마치 그림과 블루스를 추는 것처럼, 느릿느릿 부드럽
게. 몇 걸음 떨어진 곳에 서서 달리의 그림을 보고 있는 달리를
지켜보는 동안 지하철은 금세 열한번째 역 구내로 진입하고 있
었다.

오전에 걸려온 화상전화는 달리의 울증을 금세 조증으로 바
꿔놓았다. 한두 번 먼발치에서 보았을 뿐인 키스 캠벨의 인사
담당자는 추레한 몰골의 달리를 보자마자 화들짝 놀라는 눈치
였다. 그러나 재빨리 표정을 수습한 그는 딱딱한 표정으로 회사
의 인사 지침을 시달했다. 무죄가 입증되기는 했으나 이명주 씨
사건은 키스 캠벨은 물론 모든 복제인간들의 이미지에 치명상
을 입혔다. 특히, 오직 인간 복제 기술에 실낱같은 희망을 가진

불우한 사람들에게 끼친 절망감은 이루 말로 표현할 수 없을 정도다. 그러므로 키스 캠벨의 임직원 일동은 이명주 씨의 사직을 권고하는 바다. 이에 이의를 신청하지 않는다면 회사의 방침에 따라 적절한 보상을 해주겠다. 대강의 내용은 그러했다. 인사 담당자가 한 달 내에 답변을 달라,고 말하자마자 달리가 그럴게요, 바로 대답해서 그를 당황시켰다. 예? 인사 담당자는 자신의 말이 끊긴 것이 몹시 불쾌하다는 표정으로 되물었다. 그만두겠다구요. 나두 여기 앉아서 동물 복제나 해주고 있는 내 인생에 신물이 난다구요. ……됐죠? 끊습니다.

아버지는 키스 캠벨 복제사를 상대로 여러 차례 과실 보상 심사를 청구했었다. 복제에 문제가 있지 않고서야 달리 같은 둔재가 태어날 수는 없다는 게 아버지의 주장이었지만, 청구는 매번 기각되었다. 달리가 대학을 졸업할 무렵 취직이 어렵게 되자 아버지는 또 한 번 달려들어 기어이 달리에게 지점장 자리를 만들어주긴 했다. 그렇지만 달리에게 애완동물 복제 서류를 꾸며주는 일 따위가 즐거울 리는 없었다. 달리는 테이블에 턱을 괴고 앉아 있다가 툭하면 놀이터로 뛰어나가 사무실을 비워놓기 일쑤였다.

달리는 오랜만에 따뜻한 물에 몸을 담가 깨끗하게 목욕을 하고 꼼꼼하게 면도도 했다. 새 옷으로 갈아입은 달리는 그런 대로 준수한 청년의 모습으로 되돌아왔다. 오랫동안 거울을 들여다보며 몇 달 만에 미소라는 걸 지어보기도 했다. 조그만 방을 얻어서 화실을 꾸며야겠어. 물감, 붓, 팔레트, 이젤을 사고……
그렇지! 큼직한 스케치북을 들고 스케치 여행도 가야겠다!

팔찌의 경보음은 사설 경비업체 직원처럼 듬직하게 생긴 남
자 간호사가 전화 한 통화로 간단히 해결해주었다. 그러나 예약
을 하지 않고 온 탓에 달리는 한 시간 뒤에나 진료를 받을 수
있었다. 그 대신 간호사는 공책과 사인펜을 내주며 상담 시간
전에 그림을 한 장 그려놓으라고 말했다. 자화상. 의사의 지시
사항이었다.

네? 내 얼굴을 그리라구요?

달리는 간호사를 똑바로 쳐다보며 웃음을 흘렸다. 어떤 목적
에서건 그림을 그리는 일은 달리를 달뜨게 만들었다. 내 모습이
라…… 내 모습…… 하다못해 크레파스나 색연필도 아닌 사인
펜으로 공책에 그림을 그려야 한다는 게 못내 촌스럽다는 생각
이 들었지만 달리는 공책을 품에 안고 대기실 책상으로 가서 얌
전히 앉았다. 그리고 책상 위에 놓인 거울을 한참 들여다보았
다. 가끔 머리를 뒤로 넘기거나 눈을 찡긋거려보기도 하면서.

의사는 구치소 부설 정신병동에 일주일에 하루씩 나와 무료
로 상담치료를 해준 여자였다. 첫번째 상담이 있던 날 의사는
달리에게 최면을 걸어놓고 자꾸만 어린 시절로 돌아갈 것을 주
문했다. 누가 보이죠? 그때 무슨 생각이 들었나요? 그래서
요? 그 사람이 왜 그런 거죠? 네에, 그래서 아버지께 뭐라고

말씀을 드렸나요? 음, 어머니는요? 아! 그랬군요. 저런! 그래서 어떻게 하고 싶었죠? 약이요? 그걸 삼켰나요? 누구를요? 죽이고 싶었나요? 아! 그래서요? 그래서요? 그다음은요⋯⋯ 눈을 떴을 때 달리의 얼굴은 온통 눈물로 범벅이 되어 있었다. 그런데 달리를 내려다보고 선 의사의 얼굴에도 눈물 자국이 아른아른했다. 그녀의 눈은 충혈이 되어서 토끼 눈처럼 온통 붉은 빛을 띠고 있었다. 두세 번 더 진료를 받은 뒤에야 환자가 최면에서 깨어날 즈음에 그녀가 최루액 묻은 손수건으로 자신의 눈을 자극했을지도 모른다는 의심이 들긴 했지만, 그런 연극은 달리를 감동시키기에 충분했다. 그렇게라도 환자를 끌어들이지 않는다면, 이렇게 외진 곳에 있는 병원이 장사가 될 리 만무했다. 아무튼 눈물 자국이 번진 의사의 얼굴을 올려다보는 순간 마음 한구석이 말갛게 씻겨나간 느낌이 들었던 건 사실이니까.

달리는 한 시간 동안 모두 세 장의 자화상을 그렸다. 그중 제일 잘된 페이지를 펼쳐 의사에게 내밀었지만, 의사는 그림에는 별로 관심이 없다는 듯 옆으로 밀쳐놓고 달리의 얼굴을 보며 미소를 지었다. 달리의 머릿속에 아주 잠깐, 해바라기 어린이집의 천사 같은 누나의 모습이 떠올랐다가 사라졌다.

퇴원 축하합니다, ⋯⋯달, 리 씨. 퇴원하자마자 불러서 미안하지만 당분간은 외래 진료를 받으셔야 합니다. 그래야 편안한 마음으로 사회생활에 적응해나가실 수 있을 테니까요. 아참,

달리 씨, 그 사건이 무혐의로 판결이 났다는 기사는 나도 봤어요. 인공위성이 복제인간을 살렸다! 하하, 거참 통쾌하지 않아요? 그런 기적 같은 일이…… 가만, 그 기사를 내가 스크랩해 뒀는데…… 아! 여깄네요. 그런데, 이 기사…… 달리 씨도 물론 봤죠?

달리는 상체를 잔뜩 구부리고 신문 쪼가리를 내려다봤다. 기사는 구치소에서도 정신병동에서도 꼼꼼하게 검색해서 보았던 내용 중 하나였다. 처음 경찰서에 조사를 받으러 갈 때의 헤드라인은 '복제인간, 패륜 범죄 시도. 노부모 의식불명' 같은 거였는데…… 기사는 그때보다 무척 작아진 채 구석으로 밀려나 있었다. **인공위성이 복제인간을 살렸다!** 구치소에 있을 때도 국선 변호사가 가져다 준 동영상을 보았지만—변호사는 질 게 뻔한 야구판에 마무리로 등판했다가 상대팀의 어이없는 실책으로 승수를 쌓게 된 투수처럼 흥분해서 달리를 끌어안았었다—신문에 실린 영상 사진은 결코 자신이 겪은 실제처럼 여겨지지 않았다. 동영상은 삼만 미터 상공에서 찍은 것이라고는 믿기지 않을 정도로 선명했지만, 많은 것들이 왜곡된 듯했다. 동영상에서 아버지 어머니는 계단 끝에 나란히 서서 긴 훈계를 하고 있었고, 달리는 그저 고개를 잔뜩 수그린 채 현관 바로 앞에 서 있기만 했다. 검은 그림자의 모습 같은 건 동영상 속에 아예 잡히지도 않았다. 동영상은 마치 정지된 사진처럼 고즈넉해 보였다. 그런데 이해할 수 없게도 갑자기 어머니가 뒤쪽 계단 난간으로 쓰러지려는 걸 아버지가 온몸으로 막다가 두 분이 한꺼번에 계단 아래로 굴러 떨어지셨다는 것이다. 그런 일이 정말로 있었나? 달리는 똑같은 동영상을 보고 또 보았지만 도저히 납득할 수 없는 장면만 반복되었다. 달리는 자신의 기억조차 믿을 수가 없게 되었다. 그런 일이, 정말로, 있었나?

자, 그건 그렇고…… 달리 씨가 그린 그림 좀 볼까요?

의사는 공책을 후루룩 넘겨보며 말했다. 달리는 모처럼 그림을 잘 그렸다는 칭찬을 들을 수 있겠다 싶었는데, 의사는 시큰둥한 표정으로 옛날의 천사 같은 누나와 비슷한 질문을 던졌다.

아! 역시…… 그런데 이, 옆에 있는 이 사람은 누군가요? 자화상을 그리라고 했더니…… 혹시…… 이 사람이 검은 그림자 사낸가요? 납골 묘역에서부터 따라왔다는……

달리는 나를 힐끗 쳐다보았다.

그 사람은 명주 형인데요.

그럼, 검은 그림자 사내는요? 그치는 이제 완전히 사라진 건가요?

아뇨. 사라지지 않았어요. 여기에도 있잖아요, 제 그림 옆에.

아하! 그러니까 명주 형이 검은 그림자 사내였던 거군요?

아뇨. 두 사람은 다른데……

이 사람이 검은 그림자 사내라면서요?

네, 아니…… 맞아요. 이 사람이 명주 형…… 그러니까……

혹시, 검은 그림자 사내는, 달리 씨의 의식에서 분리되어 나온 명주 형의 형상 같은 건 아닐까요?

예? 그게 무슨……

달리는 나를 쳐다보며 뭐라고 해명 좀 해달라는 제스처를 취했다. 의사는 달리의 눈길을 따라 나를 쳐다봤지만, 어쩐지 그녀의 눈길은 내 뒤쪽의 창문 밖으로 향해 있는 듯했다. 밖에는 비가 내리고 있었다. 그녀는 오 초쯤, 내 뒤쪽을 바라보다가 이내 눈을 돌렸다.

전에 처방한 약들은 먹고 있지요?

네.

달리는 수면제처럼 이번에도 약들을 열심히 약병에 모아놓고 있었지만, 곧바로 대답했다. 혹시 모아놓은 약들을 빼앗아갈지도 모르는 일이니까.

신경이 너무 날카로워져서 검은 그림자 같은 게 보이는 걸 거예요. 신경이완제를 계속 처방할게요. 아침저녁으로, 식후에 꼭 복용하세요. 한 달 정도 경과를 지켜볼 거예요. ……일주일 뒤에 또 나오시구요.

그녀의 처방은 간단명료했다. 어쩌면 그녀야말로 조울증을 앓고 있는 게 아닐까, 달리는 생각했다. 까닭 없이 살갑게 굴 때가 있는가 하면 지금처럼 야멸치다 싶을 만큼 무심한 얼굴을 보일 때도 있었다. 아무튼 그녀는 처방전에 'Clozapine'이라고 적었다. 달리는 재빨리 스펠링을 기억했다. 씨엘오제트에이피아이엔이. 클로자핀? 그 외에도 슬쩍 일별한 상담 기록 카드에는 'Schizophrenia' 'Delusion' 같은 낱말들이 적혀 있었다. 달리는 속으로 정신분열, 망상, 하고 읊어보았다. 'Delusion' 옆에 적힌 '조정?' 바깥으로는 동그라미가 두 개 그려져 있었다. 조정망상? 조정망상이라…… 의사는 잊었다는 듯이 뒤늦게야 오늘 날짜를 적었다. '2049. 7. 13.' 달리는 환자명 옆에 적힌 이명주란 이름이 못내 거슬리긴 했지만 오랜 경험에 따라 수정을 요구하지는 않았다. 그나마 괄호를 달고 '달리'라고 적어놓은 게 고맙기도 했다. 그러면서도 언제쯤, 이젠 검은 그림자가 보이지 않아요. 그런 건 애초부터 있지도 않았어요, 하고 말해줄까 잠깐 고민했다. 도대체 뻔히 옆에 있는 사람이 보였다 안 보였다 한다는 게 말이 돼? 달리는 나를 쳐다보고 어깨를 으쓱 추켜올렸다.

*

밤비는 추적추적 적막하게 내린다. 칸칸의 병실에서 쏟아져 나온 빛들이 정원의 나뭇잎들에 일일이 반사되어서 반짝반짝 빛나고 있다. 삼십 줄의 남자가 정원에 서서 병원 건물을 한참 동안 쳐다보고 섰다가, 이제 막 응급실 쪽 옆문을 통해 병원 안으로 들어선다. 비에 젖어서 그렇겠지만 남자의 행색은 한결 더 초라해 보인다. 계단을 통해 칠 층까지 걸어 올라간 남자는 병실에 간병인이 있는 걸 확인하고 다시 비상구 문 옆에 서서 홀

끔흘끔 안쪽을 주시하고 섰다. 삼십 분쯤이나 기다렸을까, 역시 여든은 넘겼음직한 간병인이 간식거리를 들고 휴게실로 가자마자, 남자는 스며들듯 병실로 들어간다. 두 명이 함께 사용하는 병실의 한쪽 침대는 비었다.

아흔가량 되었을 여자는 산소마스크를 쓰고 힘겹게 숨을 쉬고 있다. 남자가 보조의자에 앉아 손을 잡았는데도 여자의 자세는 흐트러짐 없이 고정되어 있다. 숨 쉬는 소리만 일정하게 반복된다. 바람이 불어 유리창 부딪는 소리가 조그맣게 들린다. 빗물 때문인지 눈물 때문인지 남자의 눈은 발갛게 충혈이 되었다. 그리고, 뭐라고 나직하게 중얼거리는 남자의 목소리는 한참 동안 이어진다.

그러다가, 언제쯤일까, 바람이 거세졌는지 창문 부딪는 소리가 좀더 커졌을 즈음, 남자는 깜짝 놀란 표정으로 아흔가량 되었을 여자의 얼굴을 직시한다. 잠시 후, 여자의 손에 한 번 더 힘이 가해져, 남자의 손을 꼭 움켜잡는다.

나는 달리다

Mix-and-Match 5

1

　택시를 타기 위해 걸음을 내딛다가 달리는 뒤를 돌아보았다. 뭔가 놔두고 온 게 있는 것 같았다. 백화점에 왔을 때부터 짐은 없었다. 물론 백화점에서 뭔가를 구입하지도 않았다. 놔두고 올 만한 건 아무것도 없었다. 그래도 뭔가, 조금 허전했다. 시간이라도 도둑맞은 것처럼. 택시 문을 닫을 때 백화점 귀퉁이의 커피 전문점이 눈에 들어왔다. 커피콩 모양의 벽돌들로 외관을 장식한. 혀끝에 군침이 살짝 감돌았지만 이미 택시 문을 닫은 뒤였다. 알 수 없게도 코끝으로 커피 향이 스쳤다. 선팅을 짙게 해 그런지 택시 안은 어두웠다. 슬쩍 곁눈질해 바라본 기사는 말처럼 긴 두상의 사내였다. 손가락 한 마디쯤 가지런히 자란 턱수염에 블루블랙의 선글라스가 제법 잘 어울렸다.

　달리가 자리를 잡고 한숨을 폭 내쉰 뒤에도 기사는 한동안 출발하지 않았다. 승차거부는 아니었다. 앞쪽으로 차가 빼곡하게 늘어서 있었다. 이윽고 앞차가 쿨렁 움직이자 기사는 끙 소리와 함께 사이드 브레이크를 내렸다. 차는 십오 년은 족히 굴러다녔을 듯한 구형이었다. 요즘 출시되는 차에는 사이드 브레이크는 고사하고 사이드 미러조차 없는 것들이 많았다. 어쩌면 기사는 구하기 힘든 구형 모델을 소장하고 있다는 자부심만으로도 어깨에 힘을 주는 축일지 몰랐다. 아무튼 시트는 아늑했다. 낮잠 자기 딱 좋을 만큼.

차는 세 바퀴를 굴러가고 나서 십 초쯤 정차하는 식이었다. 아쉽게도 커피 전문점이 인도를 사이에 두고 오른쪽으로 바투 다가왔다. 커피 향이 좀더 진하게 감돌았다. 어차피 차도 밀리는데 커피 한 잔 사와도 될까요, 물어볼까 싶어 기사를 바라보았다가 달리는 고개를 바로 했다. 페테르부르크에 있다는 청동 기사의 표정이 저럴까 싶었다. 기사는 묵묵히 삼보일배를 거행하는 수도승처럼 앞차의 뒤꽁무니만 바라보고 있었다. 한 바퀴 두 바퀴 세 바퀴 브레이크, 한 바퀴 두 바퀴 세 바퀴 브레이크…… 달리는 커피 향을 깊이 들이켜고 나서 차창을 끝까지 밀어 올렸다.

차는 다시 오랫동안 멈춰 서 있었다. 그사이 맞은편의 고층 빌딩에 가려 있던 해가 나타났다가 이내 옆 건물의 옥상에 반쯤 걸린 채로 줄타기를 하더니 천천히 가라앉았다. 여름이 본격적으로 시작되어서, 해는 길었다. 이제 곧 노을이 저쪽 아파트 숲

위를 발갛게 물들여놓을 터였다. 그렇지만 달리는 눈이 시어서 자꾸만 인상을 찡그려야 했다. 기사는 고개 한 번 돌리는 법 없이 묵묵히 전방을 응시하고 있었다. 그의 선글라스에 눈썹 모양의 태양이 달처럼 고여 있었다. 차가 다시 미끄러지기 시작했을 즈음 달리는 문득, 내가 기사에게 행선지를 얘기했던가, 의구심이 들었다. 이 양반은 대체 내가 어딜 가는 줄 알고……

그런데 참, 내가 지금, 가려는 곳이…… 어디더라?

*

어머니는 오래 버티지 못했다. 아흔 넘은 나이에 뼈가 일곱 군데나 부러지는 사고를 당한 데다, 그 사고로 육십 년 넘게 해로한 남편을 잃었고, 게다가 그 피의자로 아들이 지목되어 경찰 조사까지 받았으니 심리적인 충격도 적지 않았을 터였다. 의사가 환자의 장기 몇 가지를 복제해 이식해보자고 제안했을 때 달리는 고개를, 어머니는 왼쪽 집게손가락을 좌우로 흔들었다. 그리고 어머니의 장례를 마친 뒤에 달리는 인천에서 출발해 목포로, 그리고 부산을 거쳐 외금강까지 U자를 그리는 자전거 여행을 했다. 물론 발을 굴러 체인을 돌려본 적은 없었다. 인터넷에서 자전거 여행 프로그램을 다운받아 아이폰eyephone에 연결했을 뿐이다. 아무튼 본 적 없는 세상은 넓었고, 가본 적 없는 인생은 아득했다. 계획했던 여행은 아니었지만, 키스 캠벨에서 사무실을 비워달라는 전화를 걸어오지 않았다면 함흥을 거쳐 청진이나 백두산까지 올라갔을지도 몰랐다. 어쩌면.

복제 상담을 해주는 따위의, 일을 그만두게 되었다는 건 대단히 만족스러웠다. 그렇지만 그 사무실을 떠나야 한다는 건 썩 내키지 않는 일이기도 했다. 심지어 두렵기까지 했다. 처음 키스 캠벨 신촌점에 발령을 받았을 때, 달리는 집을 떠날 수 있다는 사실에, 아니 부모님과 더 이상 얼굴을 마주 보고 살지 않아도 된다는 사실만으로도 가슴이 벅찼었다. 사무실 뒤쪽에 달린 작은 쪽방에서 먹고 자면서 달리는 세상을 다 얻은 듯한 희열을 만끽했었다.

점원도 쓰지 않은 채 달리는 하루 열두 시간씩 이 년 넘게 꼬박꼬박 사무실에 나와 동물 복제 상담을 해주었다. '당신의 사랑을 더 오래 간직하세요.' 사무실 바깥 창에 걸린 채 종일토록 깜빡이던 광섬유 전광판이 눈에 선했다. 사이사이 깜찍한 쌍둥이 마스코트가 등장해 춤을 추던. 일이 엄청나게 많았던 건 아니었다. 하루 예닐곱 명의 손님이 상담을 받았고, 그중 한두 건의 계약이 성사되었다. 체세포를 복제하고 착상시켜 임신을 시키고 분만을 하기까지, 당장의 슬픔에 비하자면 치러야 할 비용과 기다려야 되는 시간이 만만치 않았다. 손님들은 비통한 표정으로 달려왔다가 굳은 표정으로 일어섰고, 그중 몇몇만이 계약서에 사인을 했다. 동물병원이 밀집한 곳이라서 손님이 끊이는 날은 거의 없었다. 달리는 그저 친절하게 상담을 해주고 체세포를 적출해 급랭시킨 뒤에 계약서를 첨부해 본사로 보내는 업무를 했을 뿐이다.

다시 돌아간 옛집은 고즈넉했다. 아버지의 꾸중도 어머니의 잔소리도 없었다. 고요했다. 마치 남의 집에 온 것처럼. 달리는 문틈으로 빈방을 흘끔거리다가 천장과 벽지 들을 호기심 어린 눈으로 훑어보곤 했다. 아버지도 어머니도, 아무도 집에 돌아오지 않았지만, 복도나 계단 쯤에서 소리가 날 때마다 달리는 벌떡벌떡 일어나 현관을 바라보곤 했다.

그렇게 며칠이 지난 뒤, 달리는 한두 가지씩 살림살이들을 들어내기 시작했다. 제일 먼저 사진이 든 액자와 앨범을 들어내 분리수거함에 집어넣었다. 누구의 것인지 분명치 않은. 장난감과 학용품, 책과 메모리칩 들을 들어냈고, 이어서 옷가지와 주방용품 들을 들어냈다. 그리고 이불과 가전제품 들도 하나씩 들어냈다. 들어낸 것들은 분리수거함에 넣기도 하고, 쓸 만한 것들은 동네를 돌면서 그것들을 필요로 할 법한 데 쌓아두기도 했다. 어떤 건 몇 시간 만에 사라졌고, 어떤 것들은 사나흘이 지나도록 자리를 지키고 있었다. 닷새가 지나자 집 안엔 속 빈 가구들만 남았다. 낡고 오래되고 큼직한. 그것들은 혼자서 들어낼 엄두가 나지 않았다. 달리는 철물점에서 톱과 장도리를 사다가 그것들을 조금씩 뜯어냈다. 간혹 아랫집과 옆집 사람들이 무슨 소린가 싶어 기웃거리기도 했지만 그 이상의 관심을 보이지는 않았다. 그저 집수리를 하는가 보다 싶었을 것이다. 그들은 오랜

만에 나타난 이웃집 아들과 눈을 마주치고 싶지 않은 눈치였다.

아주 천천히 일을 했는데도 한낮엔 온몸에서 땀이 뚝뚝 떨어졌다. 집 안을 비우면서 그제야 달리는 진짜 노동자가 된 듯한 느낌이 들곤 했다.

집 안을 비운 후, 간혹 덜 바랜 벽지의 흔적들이 옛 일을 떠올리게 만드는 경우도 없지 않았다. 명주 형의 사진이 걸렸던 자리가 그랬다. MIT에 입학하던 날 그곳 캠퍼스에서 찍었다는, 젊은 시절의 아버지와 어머니 사이에서 들꽃처럼 웃고 있는 열네 살의 천재 물리학도. 칠십오 일 뒤에 명주 형은 사진을 찍었던 자리에서 그리 멀지 않은 뒷골목에서 갱들이 쏜 총에 맞았다고 했다. 그의 영광은 거기까지였다. 흔적은 그렇게 네거필름으로 남아서 과거를 무한 재생시키고 있었다.

집이 텅텅 비고 나자 달리는 휑한 거실과 안방을 산책하듯 맴돌다가 아무 데서나 쓰러져 잠들곤 하는 버릇이 생겼다. 문이란 문을 모두 열어두었더니 낮에는 시원했고, 밤에는 으스스한 한기가 돌았다. 간혹 매미가 들어와 거실 벽에 붙어 서럽게 울다가 포르르 날아갔고, 박쥐가 들어와 거실 천장을 휘젓고 다니다가 한순간 사라지기도 했다. 그 후로도 오랫동안 매미의 울음소리가 귓속에서 울렸고, 박쥐의 시커먼 그림자가 천장을 휘젓고 다니는 환상이 보였다. 아니, 그것들이 정말 수시로 다녀갔는지도, 알 수 없었다. 그리고 어쩌면, 매미나 박쥐가 아니라 귀뚜라미나 큼직한 나방이었을지도.

그날, 달리는 배가 너무 고파서 현관 앞까지 기어갔었다. 뭔가를 먹어주지 않으면 정말로 헛것이 보일 것 같았다. 그런데 거기, 현관 앞에, 자신의 구두가 홀로 동그마니 놓여 있는 게 보였다. 노리끼리하게 곰팡이가 슨 구두에는 거미줄까지 쳐져 있었다. 거미집은 엉성했다. 이렇게 집을 지어놓고 먹잇감을 노린다는 것 자체가 어처구니없을 정도로. 얼기설기, 마치 가구 틈새에 먼지가 잔뜩 뭉쳐 있는 것처럼. 탄광 막장처럼 우멍해서, 구두 안쪽은 잘 들여다보이지도 않았다. 달리는 어떤 놈이 집을 지었는지 궁금했다. 그렇지만 한 시간이 지나고 두 시간이 지나도 집주인은 밖으로 나오지 않았다. 어쩔 수 없이 구두 뒤축을 톡, 톡톡 두드리고 나서야 쌀알 반 토막만 한 새끼거미 한 마리가 머리를 내밀었다. 녀석은 조심스레 사냥감의 두번째 몸부림을 기다리고 있다가 달리가 후— 입김을 불어주자 구두 안쪽으로 쏙 들어가버렸다.

이놈은 얼마나 기다렸던 걸까. 애초에 너무 불리한 자리에서 알을 깨고 나왔던 건 아닐까. 그동안 목구멍에 거미줄을 치지는 않았을까. 거미집 어디에도 생명체가 다녀간 흔적은 보이지 않는데…… 달리의 급조된 상상력은 자꾸만 거미줄을 늘였다. 그러다 말고 달리는 문득 이런 생각이 들기도 했다. 이놈도 배가 몹시 고파지면 사람들처럼 이성적인 판단이라는 걸 하게 될까. 먹잇감을 좀더 기다려보는 게 좋을지, 아니면 다른 장소에 새로운 집을 짓는 게 더 좋을지. 그 판단을 내리는 기준은 뭘까. 동물적인 본능일까, 계산된 행동일까. 그 조그마한 거미의 보잘것 없는 뇌세포들이. 달리는 거미가 어떤 판단을 언제 내리게 될지 궁금해서 현관 앞에 한참을 엎드려 있었다. 얼마나 그러고 있었을까,

어둑어둑 땅거미가 질 무렵, 현관문 두드리는 소리가 똑, 똑 똑 울렸다. 엉거주춤, 달리가 고개를 치켜들고 올려다보는 사이 현관문이 열렸고, 이어 시커먼 그림자 하나가 불쑥 집 안으로 들어섰다.

*

차는 아주 멈춰 선 거나 마찬가지였다. 기사는 파킹 버튼을 누르고 나더니 끙 소리를 내며 사이드 브레이크까지 잡아당겼다. 그의 선글라스가 붉게 물들어 있었다. 처음엔 노을 때문이려니 했다. 그런데 뒤쪽 어디선가, 사이렌 소리들이 떼를 지어 몰려오기 시작하더니, 얼마 지나지 않아 달리가 탄 택시 옆으로 벌 떼처럼 지나가기 시작했다. 역주행이었다. 길을 트기 곤란한 곳에선 소리들이 고여서 에엥에엥 소용돌이를 이뤘다. 그러고 보니 저 앞쪽 야트막한 언덕배기 너머에서 가느다란 연기가 피어오르고 있었다. 그 언저리 어디쯤, 좀더 밝은 불빛이 은은하게 퍼지는 느낌이 들기도 했다. 뭘까? 몇몇 차에 미등이 켜지는가 싶더니 오래지 않아 도로는 자동차의 발간 불빛들로 가득

찼다. 어둠 바이러스에 감염되었다는 표식 같군, 생각하다 말고 달리는 피식, 웃음을 흘렸다.

다시 묵묵히 삼보일배를 하던 기사가 갑자기 오른쪽 깜빡이를 켜고 바깥쪽 차선으로 진입을 시도했다. 그러고 보니 오른쪽 깜빡이를 켠 택시는 한두 대가 아니었다. 모두들 오른쪽 깜빡이를 켜고 백화점 뒤편으로 연결된 지하주차장 입구로 몰려들고 있었다. 그리고, 돌아보니 커피 전문점은 불과 이십여 미터 뒤쪽에 있었다. 뭐지? 삼십 분 동안 겨우 이만큼밖에 못 왔다는 건가? 그때, 앞뒤를 두리번거리며 주변을 살피고 있을 때, 하얗거나 시커먼 재를 옴팡 뒤집어쓴 몇 사람이 차들을 헤치며 백화점 후문 쪽으로 달려가는 게 보였다. 그들 주변으로는 구조대원 복장을 한 사람들도 여럿 끼어 있었다. 누더기 같은 옷을 그나마도 풀어헤친 사람과 사염화탄소 액을 뒤집어쓴 사람, 그리고 소방 헬멧을 벗어 든 구조대원이 달리가 탄 택시 옆을 스치듯 지나갔다. 화상을 입었는지 그들은 모두 살갗이 발갛게 들떠 있었다.

기사는 조금의 동요도 없이 전면과 오른쪽 사이드 미러를 번갈아 쳐다보며 백화점 지하 주차장 쪽으로 차를 몰았다. 아니, 몰았다기보다는 끌려가고 있는 것처럼 보이기도 했다. 자석 근처에 있는 쇠붙이처럼. 택시들은 망설임 없이 자기 자리를 찾아 줄을 맞추며 앞으로 미끄러졌다. 두 개의 차선은 자연스럽게 하나의 차선으로 합쳐졌다. 그 와중에도 왼쪽 다리를 심하게 저는 여자와 얼굴을 감싸 쥔 채 정수리에서 피를 흘리고 있는 남자가 택시 앞을 지나 백화점 후문 쪽으로 달려갔다. 손에 피를 묻힌 남자는 택시 앞을 지나가다가 기우뚱, 보닛을 짚을 것처럼 흔들리기도 했다. 순간, 기사의 상체가 조금 앞으로 쏠렸을 뿐, 그는 표정 하나 변하지 않았다.

불이…… 무슨, 큰 사고가, 난 모양이죠? 달리가 입을 뗐을 때도,

기사는 말없이 고개만 두 번 끄덕거렸다.

이윽고 택시는 지하 주차장 입구로 진입을 시작했다. 작은 요철 두 개를 툰 탁, 툰 탁, 타 넘으며 우회전을 할 때, 주차장 입구 빈터에 비상등을 켠 채 멈춰 서 있는 택시가 보이고, 그 옆으로 교복을 입은 한 여학생이 쪼그려 앉아 있는 게 보였다. 여학생은 울고 있는 것처럼, 자꾸만 어깨를 들썩거렸다. 그 옆으로 비둘기 여남은 마리가 모이를 쪼아 먹고 있었다. 그리고 커피 전문점 유리창 안쪽에 머그컵을 든 채로 활짝 웃고 있는 여자와 남자…… 길은 여전히 자동차 불빛들로 빼곡하고, 드문드문 고여 있는 소방차와 경찰차, 환하게 불을 밝힌 건너편 상가들과 어둠에 물든 검은 가로수들…… 노을마저 사라진 언덕배기 너머에선 뭉클뭉클 연기가 솟아오르고,

앞쪽이 푹 가라앉는 느낌이 드는 순간, 택시는 어느새 지하 주차장 진입로 안쪽으로 들어가 있었다. 기사는 왼손으로 회전 폭을 조절하며 시계 방향으로 돌아 내려가는 진입로를 따라 익

숙하게 차를 몰았다. 지하 일 층을 지날 때 기사는 깜빡 잊었다는 듯 헤드라이트를 밝혔다. 용수철처럼 휜 주차장 진입로는 지하 이 층으로 이어져 있었다.

*

달리는 시커먼 그림자를 천천히 올려다보았다. 마치 자벌레처럼 머리를 치켜들고. 잘 보이지는 않았다. 현관 센서 등은 작동하지 않았고 어둑한 창밖은 그나마도 아름드리나무들로 둘러싸여 있었으니까. 잠깐 놀라기는 했지만, 대단치는 않았다. 며칠 보이지 않기에 그도 이젠 부모님을 따라서 영영 사라졌나 보다 싶었었다. 그런 그가 며칠 만에 다시 나타난 것에 불과했다. 사실 따지고 보면, 이 집은 그의 집이었다. 그렇게 되어야 마땅했다. 사진과 메모리칩 들을 모두 버린 게 미안한 일이긴 했지만, 그렇지만…… 빌어먹을 새끼, 어머니 장례식엔 코빼기도 안 비치더니만.

……

그런데, 좀 이상했다. 늘 주변에서 배회하던 그 그림자와는 사뭇 느낌이 달랐다. 구두 옆에 쪼그려 앉아 달리의 머리를 쓰다듬더니, 심지어 그를 품에 안아주기까지 했다. 좋은 냄새가 났다. 언젠가 맡아본 적이 있는 것 같기도 한.

얼마나 그러고 있었을까, 달리를 품에 안은 그 그림자가 어깨를 파르르 떨기 시작했다. 아마도 울음을 속으로 삼키고 있는 것 같았다. 이번엔 달리가 그를 안아주기 위해 몸을 일으키려는 찰나,

2

유리는 균형을 잃고 현관에 털썩 주저앉고 말았다. 짊어진 짐이 많은 데다 한 손엔 화분까지 들고 있었기 때문이었다. 그 바람에 한 손으론 달리의 구두를 짚고 말았다. 좀 전에 그가 코를 박고 들여다보던.

거긴…… 아직, 그 녀석이……

달리가 뭐라고 웅얼거리는 순간, 현관의 센서 등이 뒤늦게 불을 밝혔다. 유리는 노랗게 곰팡이가 핀 구두를 내려다보며 탁탁 손을 털었고, 달리는 그런 그녀를 멀거니 올려다보았다. 커다란 배낭과 화분을 현관 한쪽에 내려놓고, 텅 빈 그의 집을 둘러보는 동안, 다시 불이 꺼지고 어둠이 켜졌다.

이사라도 나간 것처럼 그의 집은 텅 비어 있었다. 밖에서 예상했던 것과 크게 다르지 않았다. 우물. 돌멩이를 던지면 하나둘 셋을 세고 나서야 '폭' 소리가 들리던, 시골의 아주 오래된 우물처럼 괴괴했다. 모든 소리와 빛을 빨아들이고 나서 겨우 일렁이는 물빛만 조금 보여주던. 그의 부모가 평생 모은 재산을

천재 아들 이명주를 복제하는 데 모두 탕진하고 겨우 그거 하나 남겼다던, 바로 그 빌라인 모양이었다. 그들의 꿈은 여기, 이렇게 고여 있는 셈이었다.

아주 오랜만에 다시 찾은 달리의 사무실엔 범생이 스타일의 직원 두 명이 앉아서 수다를 떨고 있었다. 홍보용인지 테이블 위엔 돌리 인형이 수북하게 쌓여 있었다. 그들에게 '여기 근무하던 달리 씨'의 행방을 묻자 한 사람이 심드렁하게 대답했다. 퇴직했습니다. ⋯⋯혹시, 에이에스가 필요하신가요? 그 직원이 신상에 문제가 좀 있었거든요. 저희한테 말씀을 하시면⋯⋯까지 듣고 유리는 발걸음을 돌렸다.

달리가 살았다던 빌라를 찾는 건 어렵지 않았다. 그 동네 풍광에 대해서는 전에도 가끔 달리로부터 들은 적이 있었다. 오십 년도 더 된 느티나무들이 삼 층짜리 빌라를 완전히 뒤덮고 있어서 안에서 보면 꼭 밀림 같다는 곳. 단지 안에 있는 마트에서 주전부리 몇 가지를 산 뒤 얼마 전 뉴스에 자주 나왔던 복제인간을 묻자, 어렵지 않게 그의 집 동 호수를 들을 수 있었다. 그런데, 아가씨가 거긴 왜? 고맙다고 인사를 하는 유리에게 칠십 줄의 중노인 하나가 혀를 쯧쯧 찼다. 듣자니까 그놈, 완전히 불쌍놈이더만. 오늘내일 하는 부모를 계단 위에서 떠다밀었다니 원, 세상이 말세는 말세여⋯⋯

*

　지하 삼 층엔 빈자리가 더러 있는 듯했지만, 기사는 계속 아래로 차를 몰았다. 바로 앞차의 뒤꽁무니가 보였다 안 보였다 했다. 에어컨이 가동되고 있는지 차 밑바닥에서 물이 똑 똑 똑 떨어져 말없음표를 만들고 있었다. 지하 사 층엔 빈자리가 꽤 많은 듯했고, 지하 오 층은 거의 텅 빈 듯했지만, 기사는 주차장 쪽으로 핸들을 돌리지 않았다. 어두운 곳에서 보니 그의 표정은 더욱 견고해 보였다. 블루블랙의 선글라스는 이제 완연한 블랙이 되었다. 이 양반 혹시, 맨 아래층을 좋아하는 별난 취미가 있는 게 아닐까. 주차를 하기엔 그게 편할 수도 있겠지만…… 자동 주차 시스템을 설치하는 데 몇 푼이나 든다고…… 달리는 눈을 감고 의자 깊숙이 몸을 뉘었다. 노곤했다. 숙면을 취해본 게 언제였는지 기억나지 않았다. 주차를 하고 나면 캔커피라도 뽑아 마셔야겠군, 생각하며 깜빡 잠이 들었었던가,

　어떤 여자의 비명이 저 아래쪽에서 들려온 듯하기도 했고, 택시가 한참 동안이나 멈춰 서 있다는 느낌이 들기도 했다. 눈꺼풀이 한없이 무거웠다.

*

　살아 있다는 건 대체 뭘 의미하는 걸까. 유리는 달리의 가슴

에 귀를 붙이고 생각했다. 살아 있다는 것. 그의 가슴 안쪽에서 쿵 쿵 쿵 규칙적인 울림들이 들려왔다. 유리는 삐쩍 마른 몸에 핏발 선 두 눈이 퀭하게 들어가 있던 달리의 모습이 떠올랐다. 사흘 전, 그를 찾아왔을 때 멀거니 쳐다보던 사내와 지금 여기 옆에 누워 쿵 쿵 쿵 힘차게 혈액을 순환시키고 있는 사내 사이에는 어떤 차이점이 있을까. 내가 만약 달리를 찾아오지 않았다면, 그는 어쩌면…… 유리가 배낭을 뒤져 빵과 우유를 그의 손에 쥐여줬을 때, 달리는 게 눈 감추듯 그것들을 먹어치우다 말고 어느 순간부터인가는 꺽꺽 울음을 삼켜대기만 했었다. 살아 있다는 건, 대체 무얼 의미하는 걸까.

유리는 살그머니 일어나 창가로 가서 섰다. 달리는 벌거벗은 채로 누워 가볍고 느리게 코를 골고 있었다. 그의 성기는 왼쪽 허벅다리 위로 축 늘어져 있었다. 느티나무 사이로 보이는 하늘은 푸르렀다. 땀내가 풀풀 나는 달리를 잡아끌어 욕조에 집어넣고 거품을 잔뜩 내 씻겨주었던 사흘 전부터 두 사람은 벌거벗은 채로 지냈다. 온종일. 부둥켜안고 격정적인 사랑을 나누고 나면 늘어지게 잠을 잤고, 잠이 깨면 다시 서로를 부둥켜안았다. 배가 고프면 유리의 배낭을 뒤져 뭔가 먹을 만한 걸 꾸역꾸역 배속으로 집어넣었고, 먹다 지치면 다시 늘어지게 잠을 잤다. 매미들이 숨넘어갈 듯 울어댔다. 바람이 불 때마다 느티나무 이파리가 반짝반짝 빛났다.

유전자 치료를 받기 위해 병원을 들락거릴 즈음, 유리는 언론 보도를 통해 달리의 소식을 접하곤 했다. 한동안 그는 가장 유명한 인물 중 하나였었다. 첫 뉴스는 그가 패륜 범죄를 저질러 노부모가 중상을 입었다는 보도였고, 두번째 뉴스는 위성사진 판독 결과 그가 혐의를 벗게 되었다는 보도였다. 어쨌든 세상 사람들은 그의 무죄보다는 그의 개인사에 관심이 훨씬 더 많았다. 아이큐가 이백을 넘었다는 천재 물리학도 이명주 군이 삼십 년 만에 재조명을 받았고, 그의 부모들이 이명주 군을 복제하기 위해 치렀던 경제적인 손실들이 빠짐없이 계산되어 낱낱이 공개되었다. 그리고 제2의 이명주 군이 다녔던 학교 선생님과 동창생 들의 증언을 통해 시시콜콜한 에피소드들이 도마에 올라 토막토막 절단 났다. 자신을 달리라 불러주길 원하는 복제인간 이명주를 모르는 사람은 아무도 없었다. 그사이 온 국민은 복제인간 전문가가 되었고, 애꿎게도 '제2의 이명주 군'과 아무런 관련도 없는 세 명의 복제인간과 한 명의 대리모, 그리고 두 명의 난자 제공자가 비관 자살을 하는 사태가 발생했다. 학교가 파했는지 초등학생들이 와글와글 빌라 단지 안으로 몰려왔다. 몇은 벌써부터 아이폰을 쓰고 사이버 공간 속으로 빠져든 모양이었다. 딴 세상에 가 있는 아이들 사이로 한 임산부가 유모차를 밀고 천천히 지나가는 모습이 느티나무 잎사귀 새로 보였다.

지금쯤 판도라는 어떻게 되었을까? 유리는 문득 자신의 아바타가 어떻게 되었을지 궁금해졌다. 성주(城主) 레벨까지 올라갔다가 패전의 책임을 물어 좌천을 당했고, 기사 레벨로 강등되

어 전투 때마다 선봉에 섰다가 결국 전사해 다시 평민으로 돌아
가고 만…… 훗, 유리는 뒤를 살짝 돌아보며 프훗, 웃음을 흘
렸다. 조금 전 한 아이가 느티나무 꼭대기를 향해 사탕을 던졌
을 때는 일제히 침묵했던 매미들이 그 아이가 지나가고 나자 다
시 요란하게 울어대기 시작했다. 곁눈질로 슬쩍 돌아보니, 언제
부터 깨어 있었는지 달리가 거실 한쪽 벽면에다 그림을 그리고
있었다. 유리가 서 있는 이쪽을 슬금슬금 쳐다보면서. 허리를
굽힌 자세로 창밖을 내다보고 있는 한 여자의 뒷모습이 점점 윤
곽을 드러내고 있었다. 엉덩이가 유난히 강조되고 이쪽저쪽에
서 남성의 성기들이 치근대는 형상의. 그림은 점점 「자신의 순
결에게 자동능욕당하는 젊은 처녀」를 닮아가고 있었다. 살바도
르 달리의 그림. 안개가 자욱한 창밖을 하염없이 내다보고 있는
곱슬머리의 여자와 코뿔소 뿔 형상의 우람한 성기들…… 유리
는 모른 척 창밖에 계속 눈길을 준 채 그가 그림을 마저 그릴
수 있도록 충분한 시간을 주었다. 감상하는 것만 좋아하는 줄
알았더니, 이제 보니 달리는 그림 그리는 솜씨도 꽤나 수준급이
었다.

나는…… 달리다? 마침내 달리가 그림 옆에 사인을 하고 있
을 때, 유리가 다가가 거기 씌어 있는 걸 읽었다. 그의 엉덩이
를 쓰다듬으며. 제목이야? ……나는 달리다.

아니, 내 이름. 난 사인을 이렇게 하기로 했어. 나는, 달리다!

거기, 지금 달리가 그림을 그린 거실 벽면엔 전에도 큼직한

액자가 걸려 있었던 모양이다. 색이 바래지 않고 유난히 하얀 그곳에 금세 그림 한 점이 새로 붙었다. 벽 바깥을 내다보고 있는 여자. 나는 달리다. 그 때문에 거실엔 창문이 하나 더 생겼다. 이제, 막.

스페인의 초현실주의 화가 살바도르 달리는 태어나기 삼 년 전에 죽은 형의 이름을 고스란히 물려받았다고 했다. 그의 이름을 들으면, 그의 그림을 들여다보고 있으면, 연민이 생긴다는 남자. 유리는 달리를 품에 안고 젖을 물려주었다. 이제야 넌, 할 일을 찾은 모양이로구나. 그의 머리카락을 쓰다듬으며, 유리는 나직하게 읊조렸다. 그려. 가슴속에 있는 걸 다 끄집어내서 이 집 벽에다 그려놓으렴. 지난봄에도 달리는 명주 형의 기일 날, 그의 유골이 안치되어 있는 납골 묘역에 다녀오는 게 싫어서 체머리를 흔들어댔었다. 나중에 불미스런 사고가 생겨 구치소에 수감되어 있을 때에야 국선 변호사가 공개한 내용이지만, 그는 명주 형의 영정 사진에서 쿨럭쿨럭 쏟아져 나오는 검은 그림자를 해마다 보아왔고 언젠가는 자신의 몸속으로 영원히 들어와버릴지도 모른다는 공포에 휩싸여 있었다고 했다. 검은 그림자.

*

탕, 탕탕. 보닛을 손바닥으로 내려치는 소리와 함께 여자의 울부짖음이 지하 주차장 진입로를 따라 튕겨 올라왔다. 아마도, 몇 층 아래인 듯했다. 지하 칠 층이거나 팔 층쯤……? 달리는 깜빡 잠이 들었다가 화들짝 깨어 주변을 둘러보았다. 비상등을 켰는지 앞차의 후미가 깜빡깜빡 점멸하고 있었다. 비상등을 깜빡이고 있기는 달리가 타고 있는 택시도 마찬가지였다. 그리고 뒤에 따라오고 있는 차들 역시…… 아래층에서 어떤 일이 벌어지고 있는지는 짐작하기가 쉽지 않았다. 차들은 오래도록 멈춰서서 앞쪽의 상황이 빨리 해결되기를 기다리고 있는 눈치였다. 깜빡깜빡. 차에서 내려 아래층으로 내려가봐야 되는 거 아니냐는 뜻으로 기사를 바라보는 찰나, 앞차의 비상등 점멸이 꺼지고 이내 움찔움찔 차들이 다시 미끄러져 내려가기 시작했다. 지하 육 층을 지나고 칠 층으로 접어들 때쯤, 마침내 보닛을 두드렸던 여자의 모습이 눈에 띄었다. 그녀는 진입로 가장자리 좁은 난간을 타고 위쪽으로 걸어 올라오고 있었다. 양손엔 하이힐 한 짝씩을 들고, 맨발인 채로. 엘리베이터를 놔두고 왜 저 고생을 하고 있나 싶어 그녀를 쳐다보고 있자니 그녀 역시 달리가 타고 있는 택시를 지나치면서 안쪽을 뚫어질 듯 들여다보았다. 썬팅 때문에, 게다가 안쪽이 더 어두우니 잘 보이지는 않았을 테지만, 어쨌든 이쪽에서는 그녀가 잘 내다보였다. 눈물을 흘렸는지 시커멓게 번진 아이새도며 헝클어진 머리와 찢어진 하얀 블라우스 옷깃…… 하지만 묘하게도, 그녀는 활짝 웃고 있었다. 피에로처럼. 그녀의 하이힐이 택시 측면을 긁기라도 할까

봐, 기사는 유심히 사이드 미러를 들여다보고 있었다. 어떻든 그녀는 지하 육 층 쪽으로 총총 사라졌다.

지하 구 층을 지날 때 비상등을 깜빡이며 택시 한 대가 빈터에 세워져 있는 게 보였다. 기사인 듯 보이는 검은 형체가 앞유리에 언뜻 비쳤을 뿐 다른 승객은 없는 듯했다. 이제 차들은 밀리지도 않고 아래로 아래로 잘 내려가기 시작했다.

어느새 택시는 지하 십오 층을 지나 십육 층을 통과하고 십칠 층, 십팔 층, 십구 층…… 뱅글뱅글 돌아 아래로 아래로 자꾸만 내려갔다. 그런데, 이 양반이 이젠 주차하는 걸 아예 포기한 건가,

아니, 참! 그런데…… 이 건물에, 언제부터 지하 이십육 층이 있었던 거지?

*

유리가 잔뜩 사다 부려놓은 물감과 붓 들을 바라보며 달리는 처음으로 웃음다운 웃음을 지어 보였다. 아니, 그때부턴 웃음이 그의 얼굴에서 종종 일렁이곤 했다. 캔버스 따윈 필요 없었다. 달리는 색색의 물감들을 풀어 거실 벽면 가득 그림들을 그려댔다. 도무지 알 수 없는 건 일정한 순서도 없이 대강 칠하는 것처럼 보이는데도, 어느 순간 붓끝에서 어떤 형상들이 도드라져 올라온다는 거였다. 맨 처음에 그린 것은 「기억의 영속」이었다.

세상은 죽은 것처럼 적막해 보이고, 시계는 축축 늘어져 있었다. 밖은 한여름이었고, 느티나무 숲에선 매미들이 줄창 울어댔다. 달리는 마치 딴 세상에 사는 사람처럼 그림 그리는 데 몰두했다. 때론 벽 앞에 서 있는 그의 벌거벗은 뒷모습조차 그림의 오브제가 된 듯했다.

달리의 그림 그리는 속도는 놀랍도록 빨랐다. 어느 순간 「욕망의 수수께끼, 어머니, 어머니, 어머니」가 한쪽 벽면을 채웠는가 싶더니, 오래지 않아 다른 쪽 벽면에 「나르시스의 변모」가 완성되어가고 있었다. 온몸을 구부리고 앉은 나르시스와, 같은 모양을 하고 있는 죽음의 손가락, 그리고 알을 깨고 피어오른 꽃송이…… 그가 그려놓은 그림들은 붓 터치 하나까지 살바도르 달리의 그림을 빼닮아 있었다. 도대체 얼마나 그의 그림들을 들여다보고 살았으면…… 유리는 놀랍기도 하고 안쓰럽기도 해서 그림이 하나하나 완성될 때마다 그를 오래도록 품어주었다. 물론, 그림들마다 그렇지는 않았다. 살바도르 달리의 연인이었다는 갈라의 초상을 그릴 때면 유리를 세워놓고 모델을 삼곤 했는데, 나중에 보면 그림 속 여인은 갈라 같기도 하고 유리 같기도 했으며, 두 사람이 뒤섞인 것 같기도 했다.

아무러하든 거실 벽면이 그림들로 빼곡해졌을 즈음, 그의 그림은 조금씩 바뀌기 시작했다. 처음엔 살바도르 달리의 그림을 작품별로 한 점 한 점 따라 그렸지만, 나중엔 작은 에피소드들이 마구 섞여서 배치되기 시작했다. 고양이를 품고 있는 「새」

옆에 '베르메르의 망령'이 와인 병을 세워놓고 있기도 했고, 그 위쪽에 사자와 대화를 나누는 여자의 모습이 배치되기도 했다. 배가 고플 때면 「빵 광주리」를 그리고, 비가 오는 궂은 날이면 「꿈」의 한 부분을 그렸다. 틈틈이 그림 위에 개미들을 바글바글 그려 넣는 건 유리의 역할이었다. 세 마디의 둥그스름한 까만 점과 여섯 개의 가느다란 다리, 그리고 두 개의 더듬이. 개미라면 유리도 자신 있게 그릴 만했다. 개미들. 그림이 다 그려졌다 싶으면 달리는 '나는 달리다'라고 적었고, 개미 떼가 그려진 옆에는 유리가 '나는 유리다'라고 적었다. '나는 달리다'와 '나는 유리다'는 점점 많아져서, 이제 안방까지 그림으로 빼곡해졌다. 멀찍이 떨어져서 보면 두 사람의 사인이 개미 떼처럼 보이기도 했다. 달리는 유리의 아랫배에 사자를 그려놓고 나서 '나는 달리다'라고 써놓기도 했다. 이어 유리의 등과 오른쪽 허벅다리, 그리고 왼쪽 가슴 위도 '달리'가 되었다. 물론 달리 역시 그의 성기 위쪽 거웃 주위로 개미들이 바글바글 꼬이는 걸 피할 순 없었지만.

사인을 하고 나면 유리는 달리를 부둥켜안고 오래도록 사랑을 나눴다. 땀이 배면 사자와 개미들이 뒤섞여 한꺼번에 뭉개지거나 바스러지기도 했다.

어느 땐, 아침저녁으로 서늘한 바람이 느껴지기도 했다. 그럴 때면 유리는 배낭에서 침낭을 가져다가 아랫배에 두른 채로 창밖을 오래도록 바라보았다. 한두 장씩, 붉은색이 감도는 나뭇잎이 유리창을 톡, 톡톡 건드리기도 했다. 곤한 잠을 자고 일어났을 때, 유리의 잠든 모습이 벽면에 그려져 있을 때도 있었다. 그럴라치면, 유리는 잠결의 달리를 내려다보며 나직이 속삭이기도 했다.

우리, 이 집이 그림으로 가득 찰 때까지 여기서 살자. 아니, 그림이 가득 차면 그 위에 하얀 페인트로 덧칠을 하고, 그러고 나서 다시 그 위에 새로운 그림을 그리고, 또 하얀 페인트로 덧칠을 하고…… 그렇게 계속 그림이 쌓이면 벽도 점점 두터워질 테지. ……그러다가 시간이 아주 많이 지나면, 언젠가는 우리가 빠져나갈 통로마저 막혀버리게 될 거야. 그러면? 그러면, 자연스럽게 여기가 우리 무덤이 되는 거지 뭐. ……멋지지 않아? 우리가 그린 그림들 속에, 그것들과 함께 순장되는 거.

유리는 어느 순간, 달리와 함께 그림을 그리기 시작한 이후, 더 이상 사이버 공간이 궁금하지 않았다. 그런 자신이 신기하게 느껴지기도 했다. 티베트 출신 장족 남자와 연분이 난 엄마도, 머리를 깎고 산으로 갔을 게 뻔했지만 아무튼 홀연히 자취를 감춘 이모도, 더 이상 궁금하지 않았다. 궁금해하지 않기로 했다. 어느 땐, 어떤 기억이 실제의 기억이고 어떤 기억이 사이버 공간에서의 기억들인지 헷갈릴 때도 있었다. 그렇지만 뭔가, 알 수 없는…… 세상 바깥의 일보다는 까닭 없이 찾아드는 나른함이 더 소중한 듯 느껴졌다. 뭘까, 이렇게 착 가라앉는 느낌은…… 땅바닥에 달라붙어 뿌리를 내릴 것만 같은…… 유리는 달리의

아랫배를 손바닥으로 살며시 쓰다듬으며 창틀에 놓인 화분을
바라보았다. 저 호리호리한 녀석이 언제쯤 내 나이만큼 이파리
를 내밀 수 있을까?

*

있잖아, 실은…… 널 찾아오기 전에, 개마고원엘 갔었어. 유
전자 치료받는 것도 너무 힘들었고, 문득…… 사는 게 지겨웠
거든. 거기 가면, 자살 기계가 있다길래. 좀 비싸긴 해도, 아무
것도 남김없이 세상을 뜰 수 있다더라구. 거긴 바람이 많이 부
니까…… 캡슐을 하나 분양받은 뒤에 안에 들어가 있으면 자살
기계가 모든 걸 알아서 해준대. 전화를 걸어서 가족들하고 마지
막 인사를 나눌 수도 있고, 마지막으로 보고 싶은 영화를 보거
나 듣고 싶은 음악을 듣고 있다 보면…… 그러다가 생체리듬이
가장 차분하게 안정되는 순간, 자살 기계가 캡슐 안으로 조금씩
조금씩 가스를 뿜어준대. 기분이 최고로 좋아지는 순간, 잠이
쏟아지겠지, 참을 수 없도록 달콤한 잠. 그러면? 그러면 끝이
지 뭘. ……아니 참, 자살 기계가 고객에게 주는 마지막 선물
이 있댔어. 그의 심장이 멈추는 순간, 캡슐에 열을 가해 통째로
태워버리는 거지. 재만 남을 때까지. ……그리고? 그럼 정말
로 끝이지 뭘. 자살 기계 문이 스르르 열리고 나면, 그다음은
개마고원의 바람이 알아서 처리해줄 테니까.

난 캡슐 안쪽에 그림을 그려야겠군. 그런데, 그림을 그리다가 내가 그린 그림이 너무 맘에 들면 어떡하지? 내가 죽어서 재만 남는 건 하나도 아깝지 않지만, 그림이 타버리는 건 아까워질 텐데……

그럼 기계 작동을 멈추고 나오면 되지. 완전히 잠에 빠져들기 전까진…… 언제라도 자신이 선택을 할 수 있댔어. 그렇지 않으면 그게 자살 기계겠어? 살인 기계지. 그런데, 그거 괜찮다! 자살용 캡슐 안에 그려진 그림. 그거 경매 붙으면 꽤 비싸겠는데?

하핫, ……그런데, 왜 기계 작동을 멈추고 나온 거야?

아! 개마고원까진 가지도 못했어. 함흥에서 이틀을 묵었는데…… 자꾸 집에 두고 온 화분이 생각나더라구. 저거, 네가 준 은행나무 화분 말야. 내가 저 녀석한테 내 나이만큼 이파리가 달리면 아파트 앞 화단에 옮겨 심어주기로 약속을 했었거든. 저 녀석이 눈앞에 삼삼한 게, 도무지 발걸음이 떨어져야 말이지. ……야, 웃지 마. 정말이라니까.

깜빡깜빡, 달리는 혼몽한 와중에도 문득 자전거를 타고 개마고원까지는 올라가볼걸, 하는 후회가 들었다. 거길 가면 뭐가 있을까? 고원…… 산처럼 정상이 있는 것도 아니고…… 황량한 벌판, 사막 같은. 야트막하고 깡뚱한 나무나 억센 풀들이 검푸른 빛깔로 자라고 있으려나…… 한참 전부터 기사는 팔을 겯고 앉아서 아무것도 하지 않고 있었다. 브레이크를 밟지 않아도 더 이상 속도가 빨라지지 않았고, 회전 폭을 조절해주지 않아도 벽에 부딪치지 않았다. 지하 삼백이십 층인가 삼백삼십 층인가를 지날 때까진 내가 어디에 있구나 하는 느낌이 들기도 했었지만, 그 후론 아무런 느낌이 없었다. 심지어 어느 순간, 앞차와 뒤차의 불빛이 시나브로 약해지다가 완전히 어두워진 뒤부터, 그리고 계기판의 불빛들이 한순간 퍽 하고 꺼진 뒤부터…… 달리는 지금껏 나눴던 수많은 대화들을 하나하나 곱씹어보기 시작했다.

그래도, 조그맣게 바퀴 굴러가는 소리는 들려왔다. 지금쯤이면 오백육십 층쯤 내려왔을까? 아니면 육백오십 층쯤…… 대체 이 양반은 지하 몇 층에서 주차를 하겠다는 심보인 걸까. 혹시 운전을 하다 말고 잠이 든 건 아닐까……

달리는 도무지 자신의 것이 아닌 것처럼 아무런 감각도 느껴지지 않는 팔을 들어 기사가 앉아 있는 쪽으로 팔을 뻗어보았다.

3

공기 방울. 조그마한 공기 방울이 몸속에 달라붙은 느낌이었다. 여자는 침낭 속에서 얼굴만 내민 채로 오랫동안 천장을 쳐다보고 있었다. 뭘까? 이 느낌은. 공기 방울. 그리고 어느새 날이 추워졌다는 걸 느꼈다. 이제, 여름이 갔구나! 여자는 고개만 돌려 어둑해진 방 안을 둘러보았다. 남자가 보이지 않았다. 어딜 간 걸까? 화장실에 있나 싶어 가만가만 소리를 따라 그의 움직임을 잡아보려 했지만, 조용했다. 우물 속처럼.

현관 앞에, 여자가 침낭을 허리에 둘둘 말고 서서 현관을 바라보았을 때, 남자의 구두가 보이지 않았다. 거기, 노란 곰팡이가 솜털처럼 오소소 피어 있던 남자의 구두가, 없었다. 앙증맞은 크기의 여자 운동화만 한 켤레 가지런히 놓여 있을 뿐이었다. 여름내 그는 집 밖으로 한 번도 나간 적이 없었는데. 여자는 안방 문을 열고 들어갔다가 나와서 다시 거실을 한 바퀴 휘둘러보았다. 빼곡하게 그려진 그림들. 그는 어딜 간 걸까? 여자는 입속에 고인 침을 삼키다 말고 인상을 찌푸렸다. 배가 고팠다. 여자는 뭔가 먹을 게 없을까 하고 배낭을 뒤지다 말고,

거실 벽면을 찬찬히 다시 둘러보았다. 그림들 사이사이……없어진 건 남자만이 아니었다. 그림들마다 붙어 있던 사인들이, 없었다. 남자가 적어 놓았던 사인들마다, 그 위에 하얀색 유화 물감이 덧칠되어 있었다. 그는 대체 어디로 사라진 걸까. 여자는 배고픈 것도 잊은 채 거실 한복판에 서서 말없이 창밖을 내다보았다. 그러고 보니 오늘은 그림도 안 그리고 벽만 쳐다보고 앉아 있더니만. 바람이 부는지, 반짝반짝 빛나는 느티나무 잎사귀 사이로 붉은 노을이 언뜻언뜻 비쳤고, 어디서 불이라도 났는지 소방차 몰려가는 소리가 아득하게 멀리서 들려왔다.

여자는 탁, 소리가 나도록 야무지게 창문을 닫았다.

다시, 살아가는 일

Mix-and-Match 6

X

안개라니…… 멋진 아이디어긴 하군! 그렇지만, 대체 어디
로…… 나는 안개에 둘러싸인 채로 수십 번이나 같은 자리를
맴돌았다. 앞에도 뒤에도 옆에도 안개가, 만약 땅을 파본다면
그 속에서도 안개가 뭉클뭉클 솟아오를 게 분명했다. 안개. 미
세한 물방울들은 일정한 간격으로 공중에 부유하고 있다가 내
움직임에 따라 와락 와락 달려들었고, 그때마다 물비린내를 혹
혹 뿌려댔다. 일정한 간격으로 심겨진 단풍나무 열두 그루와 허
리 높이로 무성한 풀밭이 조그마한 호수를 끼고 백 미터쯤 이어
졌다. 그러고 나면 정말이지 한 치 앞도 분간할 수 없는 자욱한
안개가 달려들고…… 다시, 또, 단풍나무 열두 그루와 풀밭이
연한 호숫가가 희뿌연 안개 속에서 모습을 드러냈다.

　방향을 바꿔서 되돌아올 때도 마찬가지였다. 안개 속의 단풍

나무, 풀밭, 호숫가, 그리고 자욱한 안개…… 어느새 내 옷은 촉촉하게 젖었고, 얼굴과 목덜미와 팔뚝에선 비릿한 냄새를 풍기는 물방울들이 송골송골 맺혔다.

안개의 미로에 빠진 걸까? 그렇지만 여긴 미로 따위가 있을 만한 곳이 아닌데. 도무지…… 안개라니. 빨리 우리 집으로 가서 그이가 무사하다는 걸 확인해야 되는데. 도무지…… 안개, 안개라니……

✗

드디어 엄마와 이모가 이혼에 합의했다. 엄마가 모든 것을 포기했기 때문에 가능해진 일이었다. 아파트 한 채와 일체의 예금, 가재도구와 값나가는 장신구들, 그리고 약간의 주식 등. 엄마에게 남은 건 미래에 대한 무한한 자유뿐, 과거에 대한 모든 권리는 이모에게 양도한다는 조건이었다. 아니, 어쩌면 반대로 생각할 수도 있겠다. 엄마에겐 속박, 이모에겐 자유. 앞으로 발생할 일들에 대해선 그 누구도 속단할 수 없을 테니까. 엄마는 자해 소동을 일삼는 이모가 끔찍해졌고, 이모로서는 더 매달려서 될 일이 아니라는 이성적 판단이 작동했을 것이다. 또는 이제 그만 먹고 떨어지라거나 어디 한번 잘 붙어먹고 살아보라는 악다구니일 수도 있었겠지만.

두 사람이 나를 불러 앉혀놓고 처음 이혼 애기를 꺼냈을 때,

나는 이모와 엄마의 얼굴을 차례차례 똑바로 쳐다보고 나서 축하한다고 말해주었다. 생각 같아선 박수도 쳐주고 싶었지만, 이모 얼굴을 봐서 그것만큼은 꾹 참았다. 독한 년, 축하할 일도 쌨다! 나중에 이모는 내 등짝을 후려치며 말을 덧붙였다. 도무지 믿을 년이 하나도 없어! 하지만 위자료 지급 문제로 두 사람의 실랑이는 몇 달 더 지속되었다. 나는 아무런 입장 표명을 하지 않는 것으로써 자연스레 이모를 후원한 셈이 되었다. 어쩌다 보니 엄마가 몰던 최신형 승용차가 내 몫이 된 건 사실이지만, 재산 때문이라기보다는 두 사람을 위해 나름대로 신중하게 생각하고 내린 결론이었다. 초혼인 남자와 이제 막 신접살림을 차리게 될 엄마에게 혹처럼 달라붙을 수도 없고, 이제 막 혼자가 된 이모를 방치해둘 수도 없는 일이니까.

✕

개미들도 새살림을 차릴 때는 혈혈단신 집을 떠난다. 입속에 씨버섯 한 줌을, 저장낭 속에는 혼인비행에서 얻은 정자들을 비축해두고서. 그 외에는 모든 걸 새로 시작해서 몇 백만 마리에 이르는 개미 왕국을 세운다. 엄마와 이모를 개미에 비유하는 건 뭣하지만. 암컷들만으로도 완벽하게 살아가는 개미 왕국 같았던 우리 집 역시, 엄마의 혼인비행으로 끝과 시작을 맞은 셈이었다. 엄마의 뉴욕 출장이 잦았던 것도, 그곳에서 연하의 티베트 사내를 만나 아이를 임신하게 된 것도. 원, 나이 오십이 다 되어서 혼인비행이라니……

아무튼 이십 년 넘게 지켜온 두 사람의 사랑은 이로써 모든 것이 원만히 마무리되었다. 판사의 이혼 확인 판결을 듣기 위해 두 사람이 평화로운 모습으로 집을 나섰을 때, 나는 좀 짠해져서 눈물이 다 났다. 어느새 엄마의 배는 눈에 띄게 부풀어 있었다. 마지막으로 나와 포옹했을 때, 아랫배가 뭉클했을 정도로. 엄마의 절실함도 그만큼 부풀었을 것이다. 그런 엄마에게, 나도 이제 곧 엄마처럼 독립을 하게 될 거예요, 하고 말해주진 않았다. 차차 알게 될 일이고, 이모에겐 또 다른 상처가 될 일이니까. 한 손은 배에 얹고 다른 손으론 허리를 받친 엄마와 두 팔로 단단히 팔짱을 낀 이모는 무척 대조되어 보였다.

판사의 형식적인 판결이 끝나고 나서 이모 혼자 돌아오면, 그때부턴 이모를 엄마라고 불러줘야 할까? 두 사람이 탄 차가 아파트 단지를 벗어났을 때, 난 좀 복잡한 심정이 되어서 한숨을 폭 내쉬었다.

✕

짝짓기, 재생, 무한 반복…… 시간의 연장, 기억의 영속, 그리고 그다음은…… 나는 차에서 내리는 대신 이런 낱말들을 혀로 여러 번 굴려보았다. 짝짓기, 재생, 무한 반복…… 아이를 낳는다거나 출산이라고 말하지 않고 재생이라고 부르니 느낌이 많이 달랐다. 다시 쓰거나 다시 살아나는 일. 재생(再生). 지하 칠 층까지 램프를 돌고 돌아 한참 내려왔는데도 주차장은 차들로 빼곡했다. 운전석에 앉은 채로 널찍한 주차장을 내다보고 있는 동안 차문 닫는 소리가 여기저기서 탕, 탕, 울렸다.

어제, 최종 이혼 판결을 받으러 간 이모는 돌아오지 않았다. 물론 엄마 역시. 아무런 소식도 없었다. 아침에 깨어나 온 집 안을 둘러보았지만, 누군가 잠깐 다녀간 흔적조차 찾을 수 없었다. 나는 다시 이불 속으로 들어가 오늘 예식장에 가야 하나 말아야 하나를 두고 오전 내내 고민했다. 며칠 전에 전화를 걸어 자신의 결혼식에 꼭 참석해달라던 J의 모습이 눈에 선했다. 지난봄, 그의 아바타는 내 아바타를 대신해 동굴의 미로 지역에서 비참한 최후를 맞았다. 사이버 공간에서 있었던 일이고, 이젠 기억조차 하고 싶지 않은 시절의 이야기지만, 아무튼 고마운 일이었다. 우리, 혈맹인 거 맞지? 내가 그날 벨로시랩터 놈들한테 갈가리 찢겨 죽은 걸 생각하면 말이야…… J는 PDA폰 속에서 고개를 절레절레 흔들었다. 나는 어쩔 수 없이, 알았어, 꼭 참석할게, 하고 대답해버렸다. 그땐 어떻게든 전화를 빨리 끊고 싶어서 그랬던 건데, 생각해보면 참석 못할 자리는 아니었다. J는 대학원 입학 동기이고 한동안 곤충학연구소에서 한솥밥을 먹던 친구니까. 하지만 그 자리에 가면 누가 오겠구나, 누구도 만나겠구나, 생각할 때마다 결정은 메트로놈 진자처럼 왔다 갔다 했다. 늘 만나는 가족들 외에 다른 사람을 만날라치면 괜스레 얼굴이 화끈거리면서 말이 어눌해졌다. 그건 병원 치료를 받는 과정에서 생긴 증상이었다. 지금은 예후가 좋아진 편이지만, 반년 만에 학교 쪽 사람들을 다시 만나야 한다고 생각하니 얼굴 근육부터 바짝 긴장되었다.

✂

우물쭈물하다가 쥐어짜듯 용기를 냈고, 이미 늦었겠다 싶은 시간이 되어서야 시동을 걸고 목표 지점을 입력했는데, 차는 도리어 예식 시간보다 삼 분 앞서 주차장에 도착해주었다. 처음 조작해본 자동항법장치 덕이었다. 곧바로 엘리베이터를 탔다면 입장하기 전의 신랑 신부에게 축하 인사를 전할 수도 있었을 것이다. 그런 뒤엔 적당한 때를 골라 집으로 돌아갈 수도 있겠지. 하지만 나는 차에 앉은 채로, 올라가야 하나 그만 돌아가야 하나, 다시 망설였다. 그사이 운전자가 잠들어 있거나 동승한 지인들과 장난을 치고 있는 채로 차들이 미끄러져 들어와 주차선 안에 정확히 멈춰 섰다. 다시 이어지는 탕, 탕, 소리들, 그리고 머뭇거림도 없이 어딘가로 향하는 발소리들.

막상 차 밖으로 발을 떼어놓자 예식장으로 향하는 건 어렵지 않았다. 내가 예식장으로 올라갔을 때 J는 신부를 등 위에 앉힌 채로 팔굽혀 펴기를 하고 있었다. J가 '일고오옵' 하며 팔을 부르르 떨어대자 하객들은 손뼉을 쳐가며 웃어댔고, 그에 맞춰 신부는 '만세'를 외치며 두 팔을 추켜올렸다. 나도 사람들을 따라 웃어 보였다. 아니, 자연스레 웃음이 나오기도 했다. 뜻밖에 아는 얼굴들이 많지 않아서 가슴을 쓸어내리기도 했고. 아무튼 신랑 신부는 아름다웠고, 사람들은 모두 행복해 보였다. 적어도 이 순간만큼은, 그리고 나를 제외한다면 말이야. 나는 생각했다. 사람들이 살아가는 방식은 바뀐 게 하나도 없구나. 사람은 여전히 동물일 뿐이니까. 낳고 짝짓고 낳고 짝짓고 낳고 짝짓고 낳고…… 신부와 팔짱을 끼고 행진하던 J가 나와 눈이 마주치자 손을 살짝 들어 보이며 입꼬리를 올렸다. 저 녀석이 전에 나한테 수작을 걸었었다는 걸 신부도 알까? …… 그런데,

X

예식장에 갔다가 어떤 냄새들 때문에 괴롭기는 처음이었다. 언젠가부터 가느다란 깃털 한 오라기가 콧속 저 안쪽, 어쩌면 위나 허파의 어떤 부위쯤을 자꾸만 간질이는 것 같더니…… 한순간 욱 하고 치밀어 오를 것 같은 느낌이…… 참을 수 있을 듯, 없을 듯, 계속되었다. 페로몬 때문일 터였다. 화장품과 향수 냄새, 곳곳에 꽂혀 있는 색색의 꽃들—그러니까 식물의 생식기 냄새, 그리고 남녀노소 온갖 사람들의 분비물과 땀 냄새, 특히 신부와 그녀의 친구들로 구성된 이삼십대 여성들이 경쟁

적으로 뿜어내는 성 유인 물질들…… 메 슥 거 림. 이런 냄새
들에 부대꼈던 적은 없었는데…… 손으로 입을 가린 채 그들을
헤집고 나서자 이제 막 사진을 찍으려고 신랑 신부 주위에 둘러
섰던 친구들이 일제히 나를 쳐다보았다.

화장실까지 어떻게 뛰어갔는지 모르겠다. 얼굴을 붉힌 채로
입을 틀어막고 종종걸음을 치자 간신히 빠져나갈 수 있을 만큼
앞이 트였던 기억뿐. 세면대 턱을 짚은 채로 내 헛구역질은 한
참 동안 지속되었다. 이따금씩 노리끼리한 위액이 시큼하게 올
라와 턱을 따라 끈적하게 흐르기도 했다. 그사이 눈은 벌겋게
충혈되었고 눈물과 콧물이 섞인 액체들이 뺨에서 번들거렸다.
괜찮아, 괜찮아! 이건 그냥 냄새일 뿐인걸. 냄새 분자들이 공중
에 떠다니다가 콧속으로 들어왔을 뿐이야. 한 손으로 수돗물을
받아 입속을 헹구고 대강 얼굴을 훔친 뒤 거울을 들여다보고 있
을 때,

누군가 두 걸음쯤 뒤에서 나를 오랫동안 쳐다보고 있었다는
게 느껴졌다. 어쩌면 내가 화장실에 처음 들어왔을 때부터 거기
에 있었던 건지도 모르겠다. 그녀가 멈칫멈칫 다가와 내게 알록
달록한 꽃무늬 손수건을 내밀었다.

✗

갑자기 학교를 그만두어서 놀랐지 뭐니. 논문만 쓰면 졸업이

었는데.

엄마가, 외국 지사로…… 갑자기 중국으로 파견 발령을 받았어요. 그 바람에 저도……

그랬구나! 학교에서도 통 널 봤다는 학생이 없더니…… 그래 요즘엔 어떻게 지내니?

가장 피하고 싶었던 사람을 일대일로 대면하게 된 셈이었다. 이젠 데면데면 굴어도 괜찮을 텐데, 어쩌자고 이 사람 앞에만 있으면 좌불안석이 되는 건지…… 습관이란 참. 예식장이 있는 건물 지하 일 층 로비에 마련된 카페는 들고 나는 사람들로 북적였다. 환승이 되는 지하철역과 대형 쇼핑몰로 연결되는 통로여서 더 그럴 터였다. 냄새 길이 교란되어 우왕좌왕하는 개미 떼들처럼. 아, 그래서 사람들은 길에만 나서면 페로몬을 더 심하게 분비해대는 걸까? 홀로 떨어져 나와 길 위에서 헤매고 있다는 걸 가족들에게 알리기 위해. 마치 유서를 뿌리고 다니듯.

속은 편안해졌지만, 거기에 앉아 있자니 사람들이 내지르는 온갖 소리들로 귓속이 왕왕 울렸다. 그 사이로 지난봄까지 대학원 지도교수였던 그녀의 질문들이 나긋나긋 들려왔다. 왜 이렇게 비쩍 마른 거니? 건강에 문제가 있는 건 아니니? 복학은 언제 할 거니? J군이 좋아했던 건 사실 네가 아니었니? 등등등. 어쩌면 그녀야말로 예식장에 가 있고 싶지 않아서 다른 핑곗거리를 찾고 있었던 게 아닐까 싶었다. 지난봄, 내가 쓰고 있던 석사논문의 주제는 '사령관 개미의 역할에 대한 연구'였다. 그

건 개미 사회를 인간 사회와 대비하면서 생물학은 물론 정치사
회학적 테마를 두루 포함하는 주제였는데, 다른 대학에서 비슷
한 주제의 박사논문이 발표되는 바람에 계획을 접어야 했다. 대
신 그녀는 '개미와 진디의 상관관계에 대한 사례 연구'로 주제
를 바꾸자고 내게 제안했다. 그렇지만 그건 마치 '노예 관리법
과 생산성 향상의 연관성'을 분석하라는 말처럼 들렸다. 그런
연구를 하자면 일개미의 숫자와 진디의 숫자, 진디가 생산하는
단물의 양, 여왕개미가 낳는 알의 개수 같은 것들이나 매일매일
체크하고 있어야 할 게 뻔했다. 제기랄!

$$\mathbb{X}$$

내가 시큰둥한 표정으로 테이블만 내려다보고 있자 그녀는
다시 처음의 질문으로 돌아갔다. 그래, 요즘엔 어떻게 지내고
있니? 하고. 사실은, 대답을 하려고만 하면 계속 다음 질문을
던져대는 바람에 가만 있었던 것뿐인데.

그냥…… 그냥, 게임 시나리오, 같은 걸 쓰고 있어요.

게임 시나리오? 너희들이 그 공룡 잡으러 다니는 게임에 푹
빠져 사는 건 나도 알고 있었다만…… 대학원 공부 그만두고,
갑자기 웬 게임 시나리오라니?

그녀는 어이없다는 듯한 웃음을 흘렸다. 전에도 자기가 원하
는 방향으로 연구가 이뤄지지 않으면 흘리곤 했던 바로 그런 비

웃음. 학생들은 그녀가 원하는 방향으로 결과를 맞추기 위해 몇 번이고 관찰 실험을 되풀이해야 했었다.

그냥, 개미들이 등장하는 게임이에요. 잎꾼개미들은 먹이를 물어 나르고, 일개미들은 여왕개미와 알들을 보살피거나 집을 확장하고, 진디나 깍지벌레 들을 사육해 단물을 보충하기도 하고, 병정개미들은 전투를 벌여서 노예를 잡아오거나 식량을 빼앗아 와요.

오! 그렇다면 여왕개미를 잡으면 게임이 끝나겠구나? 호호호, 재밌겠는걸. 장기 두는 거하고 비슷하겠어. 그럼 혹시 덫개미나 목수개미도 등장하니? 개미지옥 같은 천적들은 어떻고? ……이번엔 네가 전공을 제대로 살렸는걸.

그녀는 어깨를 들썩거려가며 깔깔거렸다.

X

나중에 시나리오 완성되면 보여드릴게요. ……감수, 부탁드려도 되죠?

병신 같은 년! 쪽팔리게, 그런 굴욕적인 멘트를 날리다니. 나는 운전대 위에 손을 올린 채로 얼굴을 파묻었다. 여기 어딘가 쥐구멍이라도 있다면…… 차는 저 홀로 양화대교 위를 질주하고 있었다. 아니, 이 길 어디쯤에 크레바스라도 있다면…… 그쪽으로 차를 몰아붙이고 싶었다.

그건 그렇고, 너도 이젠 결혼을 해야지. 혼자보단 그래도 둘이 좋지 않겠니? 날 봐라, 때를 놓치고 나니까 영 힘든 걸. ……내가 누굴 좀 소개시켜주랴?

그래도 문득, 전에 비하면 사람을 만나는 일이 자연스러워졌다는 생각이 들기는 했다. 수백 명이 북적이는 공간에도 가고, 누군가에게 어쭙잖은 부탁을 하며 너스레를 떨기도 하고. 어쩌면 '행복동'에 집을 분양받은 효과인지도 몰랐다. 아무튼, 실은 저 결혼했어요, 하는 소리를 목구멍 속으로 삼킨 건 정말 잘한 일이라는 생각이 들었다. 남편은 그림을 그리는 화가고요, 지금 제 배 속엔 아기도 붙어 있는걸요. 지금쯤이면 아마 새끼손가락만 하게 자라났을 거예요, 하는 소리. 그건 아직 우리끼리만 아는 비밀이고 싶었다.

차를 주차시켜 놓고, 나는 곧장 행복동으로 갔다. 정원에 옮겨 심은 은행나무가 뿌리를 잘 내렸는지 궁금해 미칠 지경이었다. 그리고 집 외벽에 벽화를 그리고 있을 달리와 재롱둥이 도라 녀석도.

✗

우리 집은 언덕 꼭대기에 자리 잡고 있어서 전망이 좋았다. 옥상에 올라가서 둘러보면 사방으로 시야가 트여, 남쪽으로는 한강이 북쪽으로는 북한산이 아스라했다. 햇볕은 따듯하고 바람은 맑았다. 하루 종일, 언제라도. 특히 저물녘의 붉은 노을과 반짝이는 한강 물빛이 좋아서, 달리와 나는 옥상에 자그마한 평상을 가져다 놓고 앉아 맥주를 홀짝이곤 했다. 둘이 나란히 누워 하늘을 올려다보기에 맞춤한 크기였다. 해가 넘어가고 나면 하늘엔 은하수가 쏟아질 듯 펼쳐졌다. 달리의 무릎을 베고 누워 있자면, 어느새 나타난 유성이 밤하늘을 긋고 나서 가뭇없이 사라지곤 했다. 그걸 하나, 둘, 셋, 넷, 세고 있다 보면 까무룩 잠이 들었다. 뒤뜰의 솔숲에선 이따금씩 풀벌레 소리와 새소리가 쓰쓰쓰 짹짹짹 들려왔고, 정원 한쪽의 목련나무에는 색색의 목련들이 연등처럼 환했다.

　내 발자국 소리를 들었는지 도라가 대문 밖까지 뛰어나왔다. 나는 도라를 번쩍 안아 들고 계단을 올랐다. 달리가 동남쪽 외벽에 그리고 있는 벽화는 어제까지도 밑그림 상태였는데 오늘은 절반 넘게 채색되어 있었다. 군청색의 하늘과 노랗게 이글거리는 태양, 황금빛 구름과 잿빛 설산, 그리고 이제 막 무리를 지어 하늘에서 내려오는 천사 떼들. 노란 부리의 흰 새와 양팔을 벌린 채 공중에 떠 있는 사내…… 그의 표정은 꿈에 취한 듯 몽롱했다. 달리는 붓을 내려놓고 다가와 양팔로 나를 폭 안아주었다. 그에게서 향긋한 물감 냄새가 풍겼다. 하늘, 태양, 구름, 설산, 천사 들이 뒤섞인 듯한 냄새. 내겐 몹시 피곤한 하루였다. 달리도 알까? 사람을 만나고 들어오는 일이 내게 얼마나 피곤한 일인지. 해맑은 그의 눈동자를 들여다보며 표정으로

엄살을 부리고 있을 때,

　도라가 우리 주위를 뛰어다니며 멍멍멍 짖었다. 그 앞으로 흰나비 한 마리가 팔랑팔랑 날았다. 그제야 정원이 많이 달라진 걸 알았다. 달리가 이끄는 대로 걸어가자 어느새 노랗게 물든 은행잎이 지천이었다. 바람이 불 때마다 하트 모양의 은행잎이 난분분 떨어져 내렸지만 아름드리로 자란 나무에는 아직도 노란 은행잎이 빼곡했다. 뿌리를 잘 내린 모양이구나! 언뜻 보기에도 은행나무는 아주 탄탄해 보였다. 그래, 너야말로 제대로 다시 태어난 거야! 굵직한 나무둥치에 손을 얹고 있자니 새카만 점들이 부지런히 오르내리는 게 눈에 띄었다. 개미. 파란 이 파리 조각이나 노랗게 익은 곡식 낱알들, 그리고 사냥해 온 다른 곤충의 어떤 부위들을 물거나 짊어진 채로, 녀석들은 무척 분주해 보였다.

X

　달리의 팔을 베고 잔디밭에 나란히 눕자 노란 은행잎들이 하늘하늘 날아와 우리 주변으로 내려앉았다. 어느 땐 눈 위에도 떨어져 정말로 온 세상이 노랗게 보이기도 했다. 달리는 모든 게 만족스런 표정이었다. 여긴 아무것도 신경 쓸 필요가 없는 곳이니까. 자신의 태생을 문제 삼는 사람도, 부모님과 얽힌 불미스런 과거들도…… 무엇보다 그리고 싶은 그림을 실컷 그릴 수 있으니까.

나무 밑에서 올려다보고 있자니 노란 은행잎들 사이로 뻗은 줄기들이 마치 심장에서 뻗어 나온 혈관들처럼 맹렬해 보였다. 영양분들이 줄기를 타고 쭉쭉 빨려 올라가 마침내 가장 끝 부분의 가지에까지…… 햇빛에 반짝거리는 노란 은행잎의 덩어리가 터져버릴 것처럼 출렁였다. 하늘은 시푸르고, 그 안에다 하얀 구름을 길쭉하게 토하며 비행기 한 대가 지나갔다.

여기 누워 있으니까, 모든 게 우리를 중심으로 도는 것 같지 않아?

그렇군.

좋아?

……

좋으냐니까?

응. 좋아.

그렇구나! 그럼, 된 거지 뭐. ……나도 좋아.

……

X

대학교 일 학년 여름방학 때, 친구들하고 몽골로 배낭여행을 갔어. 사진으로만 보던 초원을 실제로 보니까 너무 신나는 거야. 이제 막 뛰는 법을 배운 망아지들처럼 팔짝팔짝 뛰어다녔지. 한참을 그렇게 뛰어다니다 보니까, 갑자기 허탈해지는 거야. ……초원이 너무 넓었거든. 낑낑거리며 언덕에 올라가서 둘러보면 비슷비슷한 초원이 이쪽에도 저쪽에도 끝없이 펼쳐져 있었지. 그런데, 사진으로 보았던 초원과 다른 점들이 그제야 눈에 들어왔어. 내가 상상했던 초원은 싱그러운 풀밭에 조그맣고 예쁜 야생화들이 그야말로 지천이었는데, 실제로 보니까 여기저기 온갖 동물들의 똥 천지인 데다 파리나 하루살이 같은 날벌레 떼가 뒤엉켜서 난리도 아닌 거야. 말, 소, 야크, 염소, 양, 그리고 그보다 작은 설치류들이 내지른 다양한 똥들까지…… 하하하, 우리를 차로 실어다 풀어놓은 몽골인 운전수가 꼭 목동처럼 우릴 바라보고 있더군. 담배를 뻑뻑 피워대면서 말야. 하지만 그건 아마도 21세기식 유목의 실제 모습이었을 거야. 가축을 기르던 진짜 유목민들은 대부분 사라지고 없다니까. 그 아저씨처럼 관광객을 몰고 다니다가 여기저기 관광지에 풀어놓고 방목한 뒤에 저녁때가 되면 다시 불러들여 밥 먹이고 게르에다 집어넣고 재우는 거지. 게르 말곤 달리 갈 데도 없고 말야. 그 아저씨 이름이 아마 어뜨 후인가 그랬어. 어뜨 후. 우리말로는 별 아이, 한자로 쓰자면 성아(星兒)쯤 되겠지. ……자? …… 재미없으면 얘기해. ……세번째 날이었을 거야. 호턱 언더르라고, 셀렝그 강변 어디쯤인데…… 우리가 알 턱이 없잖아. 우린 그냥 유목 중인 가축들이었으니까. 주변엔 도시는커녕 작은 마을도 하나 없었지. 하루 종일 초원의 비포장 길에서 시달리다

배불리 밥 먹고 독한 보드카까지 한두 잔씩 걸쳤으니 다들 일찍 곯아떨어졌어. 얼마나 잤을까, 오줌이 마려워서 게르 밖으로 나왔는데, 하늘에 별이…… 이야! 그런 별 무리는 난생처음 봤어. 정말 어마어마하더군. 그래서? 그래서 내가 어쨌겠어? 별이야! 별이야! 외치면서 친구들을 전부 깨웠지. 히히히! 거기가 말똥 소똥 천지인 것도 잊어버리고 모두들 초원 위에 벌러덩 드러누워서 하늘을 올려다보는데, 난리도 그런 난리가 없었을 거야. 그런데 한참 뒤에 어떤 친구가 인증샷을 찍자면서 배낭에서 구닥다리 카메라를 하나 꺼내 들고 왔어. 아무리 별이 많다지만, 달도 없는 밤에 사진이 찍히겠어? 플래시를 터뜨리면 별은 하나도 안 나오고. 우리는 북두칠성이나 카시오페이아자리를 배경으로 찍고 싶었던 건데. 그래서 어쨌겠어. 사진 좀 찍어봤다는 친구가 시키는 대로 셔터 스피드를 30초, 60초, 이런 식으로 고정해놓고 찍었지. 30초나 60초 동안 동상처럼 가만히 서서 말야. 나중에 어떤 친구는 10초에 한 번씩 팔을 움직여서 천수관세음보살처럼 찍기도 했고, 어떤 친구는 중간에 한 발짝을 옆으로 움직여서 쌍둥이 사진을 만들기도 했어. 물론 제대로 찍은 것들에 비하면 형편없는 사진이었지만. …… 자? 자꾸 하품을 하면서 뭘. 졸리면 자도 괜찮아. …… 나중에, 시간이 한참 흐른 뒤에도, 문득문득 그날이 떠오르곤 했어. 수십억 광년 동안 우주 여기저기서 날아온 별빛들과 지구 위에 가만히 서 있는 우리들, 그리고 30초나 60초 동안 셔터를 열어두고 우리가 그때 그 자리에 존재하고 있었다는 사실을 한 점 한 점 기억하는 카메라를 말이야. ……혹시, 자? ……자는구나?

X

　게임이 이렇게 시작되는 건 어떨까. 구름 한 점 없이 맑고 화창한 날, 동화 속 같은 숲 속 풍경이 펼쳐진 어떤 곳에, 여왕개미의 캐릭터가 등장해 비행을 시작하는 거야. ……곧이어 경쾌하고도 장중한 음악, 일테면 파가니니의 「무반주 카프리스 24곡」이 흐르고, 그와 동시에 숲 속에서 몰려온 온갖 수개미들이 여왕개미를 쫓아 날아오르는 거야. 이 장면은 코믹하면서도 치열하게 표현되면 좋겠군. 아무튼 게임에 참가한 여왕개미들은 하늘 높이 날아오르는 와중에도 정해진 시간 내에 좋은 유전자를 가진 수개미들을 골라 교미를 하고 저장낭 속에 그들의 정자를 양껏 모아놓는 거야. 그리고 마침내 혼인비행 시간이 끝나면 여왕개미마다 각자의 영역이 나타나고, 더 이상 필요 없는 날개를 스스로 부러뜨리는 장면. 이 장면은 진지하고도 엄숙해야겠군. ……그리고 일개미들이 한두 마리씩 부화되어 나오기 시작하면 미세하지만 혼인비행 때의 성적이 지속적으로 반영되는 거야. 일개미의 성실성이라든가 병정개미의 전투력, 그리고 유닛들의 면역체계 같은 것들에…… 그런데, 처음에 정해진 것들이 너무 오랫동안 영향력을 미치는 건 치사할까? 신분 사회처럼. 그리고 이런 게임이라면 초삐리들한테나 어울릴 텐데, 그 녀석들한테 교미하는 장면이라든가, 그 결과들이 유전에 영향을 미치고 한다는 것들을 교육적으로…… 그렇지, 그게 좀……

뜬금없이 떠오른 생각이 길어져 나는 잠이 깬 채로 이불 속에서 오래 뒹굴었다. 그러는 동안 거실과 안방 쪽에서 어떤 소리들이 지속적으로 들려왔다. 뭔가를 꺼내고 펼치고 쌓아놓고 치우는 소리. 이모가…… 짐 정리를 하고 있나? 이제는 자신의 관리를 받게 된 엄마의 짐들을. 가령, 가구와 가전제품, 컴퓨터와 책, CD, 메모리칩, 오래된 사진들과 선물로 받은 소소한 기념품 들을…… 그리고 그녀에겐 필요 없을 골프채와 첨단 기능이 내장된 자전거와 등산 장비 같은 것들까지.

예상했던 대로 이틀 만에 돌아온 이모가 거실에 엄마의 물건들을 늘어놓고 앉아 넋 놓고 바라보고 있었다. 이런 순간만큼은 축하해요, 말씀드렸던 게 후회되기도 했다. 나는 또 짠해져서 슬며시 다가가 이모의 등을 껴안았다. 그러자 이모는 갑자기 몸을 포르르 떨었다. 밤새 집 밖을 떠돌다 아침 이슬에 함빡 젖은 산새처럼. 서러움. 이모의 한껏 오그린 등판은 내게 그런 느낌을 불러일으켰다.

X

내가 이틀 동안 팔자에도 없는 미행이란 걸 해봤지 뭐니. 최종 판결까지 난 마당에, 도무지. 그래도, 그놈이 어떻게 생겨먹은 놈인지 내 눈으로 한번 보고 싶어서…… 난 또 기생오라비 같이 생겼을 줄 알았는데, 생각보다는 허우대가 멀쩡하더라. 똑똑해 뵈고, 사내답고. 니 엄만, 내 앞에선 맨날 흑기사처럼 굴더니, 그놈 앞에서는 애교가 아주…… 아니 참, 내가 네 앞에서 별 소릴 다하는구나.

동성애자로 이십 년을 함께 살다가 배신당한 기분은 어떤 걸까? 이성애자들과는 다른. 배신감도 배신감이지만, 한동안 잊고 살았던 평범하지 않은 운명을 다시 확인하는 기분이 더 쓰리고 아프지 않을까?

너무 모질게 쫓은 거 같아서, 니 엄마가 쓰던 것들은 보내주려고. …… 그리고 어제 통장에 들었던 예금하고 주식 같은 것들, 다 처분해서 절반은 니 엄마한테 보내줬으니까 그렇게 알아라. ……어차피 우리한테 남은 건 전부 네 몫이 될 테니까 섭섭해 말고.

몇 달간 집요한 쌈닭처럼 굴었지만, 이모의 본래 모습이라면 이런 게 훨씬 잘 어울렸다. 정 많고 조신한, 전형적인 여성 스타일. 그럼 혹시, 이모도 이제 진짜 남자를 찾아 나서는 건 아닐까? 나는 이이모오, 부르며 그녀의 등을 와락 안아주었다. 그런데,

그제야 이모의 발치에 놓인 상자 하나가 눈에 띄었다. 반쯤 열린 그 상자 안에는 엄마와 이모가 침실에서 사용하던 둘만의

용품들이 다양하게 들어 있었다. 길쭉하거나 오돌토돌한 것들, 전지가 들어 있거나 전선에 둘둘 말린 것들, 부르르 진저리를 치는 것부터 한없이 미끄덩거리는 것들까지. 스프레이, 젤, 오일, 그리고 각종 약품류 들…… 이따금씩 이모가 부주의하게 숨겼거나 잠금장치가 풀려 있을 때, 내가 어릴 때부터 슬쩍슬쩍 열어보며 온갖 상상력을 불태웠던 바로 그 상자. 이모는 별것 아니라는 듯 뚜껑을 닫더니, 버릴 품목들 위에 툭 던져놓았다. 그리고 방금 생각난 중요한 질문이라는 듯 내게 물었다.

근데 너, 요즘 병원엔 잘 다니니?

그럼, 열심히 잘 다니지. ……이모가 보기에는 내가 씩씩해진 것 같지 않아요?

글쎄다, ……조금 그런 것 같기도 하고. ……아유, 저리 비켜, 인석아! 애기같이 지금 뭐 하는 거야?

✕

하지만 병원 따위, 사실 다섯 번 가보고 그만두었다. 의사 말마따나 유전자 치료는 웬만큼 완치가 된 것 같았고, 환각 증세도 행복동에 집을 분양받은 이후로 많이 완화된 듯 보였다. 원인이 어디에 있었던 건지는 종내 알 수 없겠지만. 손발을 덜덜덜 떤다든가 춤을 추는 듯한 이상 운동 증세는 더 이상 나타나지 않았고, 환각도 잠을 자다 이따금씩 꾸게 되는 악몽 같은 것

외에는 거의 찾아볼 수 없었다. 그보다는 사실, 산부인과 쪽 진료를 받아야 되는데…… 나 역시 그걸 실감하고 있으면서도, 그쪽은 더더욱 내키지 않는 일이었다. 살아가는 일이란, 참.

문득문득 나란 사람을 몇 발짝 떨어져서 바라보게 되는 일이 잦아졌다. 이름은 유리〔엄마가 유(兪)씨, 이모가 이(李)씨라서 그렇게 지어진 것이다. 말하자면 이름이 아니고 양성(兩姓)인 셈이다〕. 여성. 이십오 세로 추정. 생후 백일 즈음 보육원에 유기됨. 친부모 알 수 없음(CCTV에 찍힌 그년의 등판은 절대 잊지 않는다). 사 번 염색체 이상 소견. 칠 세에 입양, 입양자는 동성(同性) 커플(당시엔 불법이었다고 한다). 이십사 세에 헌팅턴 무도병 발병. 게임 중독에 의한 환각 증세 경험(내가 게임 중독이라고? 그건 절대 인정할 수 없다). 현재 병원 치료 중. 대학원 휴학 중(전공은 생물학). 임신 십이 주로 추정(특이 사항: 아기 아빠는 복제인간이고, 현재 행방불명). 최근 입양자들이 이혼한 상태. 그리고 또……

산부인과 진료를 받게 된다면 십중팔구 태아에 대한 유전자 검사를 강제할 테고, 이변이 없는 한 아기를 낳지 않는 게 안전하다고 협박할 게 뻔했다. 최근에 진료를 담당했던 신경정신과 의사는 애 아빠가 실은 복제인간이라고 알려주자 어이없다는 표정부터 지어 보였다. 물론 그의 반응이 이해되지 않는 건 아니었다. 유전병에 정신질환, 거기에 보태 복제인간의 2세라니.

하루라도 빨리 산부인과 진료를 받으세요. 늦어서 후회할 일이 생겨도 전 모릅니다.

그런데, 이런 경우…… 정말 위험할까요? 그러니까, 어떤 가능성들이 있는지……

의사는 내 얼굴을 빤히 쳐다보았다. 내게 들려줄, 말을 고르는 것이겠지!

그건 그쪽 전문의가 자세히 진단해드릴 겁니다. ……다만, 제가 드리고 싶은 말씀은, 위험한지 아닌지는 누구도 정확히 알 수 없다는 것이죠. 어차피 확률이라는 건 숫자일 뿐이니까. 누구도 백 퍼센트 장담할 순 없어요. ……결과가 항상 나쁘게 나오리란 법도 없고, 그러니까 겁부터 먹을 건 없구요.

내가 평범한 임산부였다면 그렇게 말하진 않았을 테지. 우선 축하부터 해줬을 테고, 가급적 안심되는 말들만 들려줬겠지. 씨발, 나쁜 새끼!

X

나는 달리의 손을 끌어다가 아랫배 위에 올려놓았다.

아직은 아무것도 느껴지지 않지?

……응. 잘 모르겠어.

이제 배가 불러오면 심장 뛰는 소리도 들리고, 움직임도 느껴질 거야. 손으로 노크를 하거나 발로 여기를 걸어차기도 하겠지.

빨리 나오고 싶어서? 그래서 그러는 걸까?

응. 빨리 나오고 싶어서 마구마구 걷어차겠지. 큭큭, ……그런데, 걱정돼. ……사실은 많이, 아주 많이 걱정돼. 걱정돼서 미쳐버릴 것 같아.

걱정 마. 별일 없을 테니까. ……삼십 년 전에, 그 열악하던 시절의 기술로도 나 같은 사람이 태어났다는 걸 생각해봐.

한동안 달리는 내 아랫배에 손을 올려놓고 가만 있었다. 온몸이 나른해지도록 따듯했다. 잠시 후에 달리는 부드럽게 손을 움직여 더 아래로 내려왔다. 거웃을 쓰다듬고, 더 아래의 그곳을 매만지고, 속옷을 벗겨내더니…… 어느새 내 몸속으로 쑥 들어와버렸다.

우리 아기가 보고 싶어서 그러는 거지? 빨리 만나보고 싶어서……

응.

그럼 더 깊숙이 들어와서 만나봐. ……응, 그렇게. 거기, 거기로.

……

그런데,

X

누군가 우리가 덮고 있는 담요를 들췄다. 처음엔 망설임이 느껴지는 동작이었지만 나중엔 몹시 과감하고 신속했던 것 같

다. 한기가 느껴지는 순간, 이번엔 내 아이폰eyephone이 벗겨
졌다. 아이 씨, ……이모? 갑자기 벗으면 눈부시단 말야!

나는 눈을 질끈 감은 채로 담요 한 자락으로 얼굴부터 가렸
다. 땀을 많이 흘렸던지 침대 시트와 담요가 모두 축축했다. 나
는 몸을 잔뜩 웅크린 채로 이불을 둘둘 말아 꼭 안았다. 아, 방
문 잠그는 걸 왜 잊었던 걸까? 그렇지만, 노크도 없이 처녀 방
에 들이닥치는 게 어딨어! 매너 없이.

내가 알몸이거나 말거나, 당황해서 어쩔 줄 몰라 하거나 말
거나, 이모는 내 아이폰을 가져다가 써보고, 한동안 두리번거
리더니, 이내 벗었다.

대체 뭘 보고 있었길래 이런 추잡스런 짓을 하고 있었던 거
니? 뭐야, 이게?

다행이 이모에겐 아무런 영상도 보이지 않는 모양이었다. 뇌
파가 다르니 당연한 일이었겠지만. 그러니 잔말 말고 가만 있었
더라면 적당히 넘어갈 수도 있었을 텐데…… 내가 악을 쓰며
대드는 바람에 일이 좀 커지고 말았다.

……왜, 왜 안 되는 건데? 이런 것도 생활의 일부인 거잖아
요. ……이게 뭐야, 정말! 교양 없이.

뭐? 교양, 없이? 너, 지금 뭐라고 했니? 다시 한 번 말해봐!

X

이모와는 도무지 말이 통하지 않았다. 초등학생 때 인터넷에서 포르노 동영상을 다운받아 보다가 들켰을 때 이후로, 뭔가를 금지당하기는 처음이었다. 내 나이는 스물다섯이고, 그런 걸 가상 체험이 아니라 실제로 했더라도 문제될 게 없다고 아무리 목소리를 높여도 이모는 들으려 하지 않았다. 방문을 닫아걸고, 죽어버리겠노라 협박을 해도 마찬가지였다. 그런데, 별 생각 없이 내지른 한마디가 이모를 움직인 모양이었다. 자꾸 이러면 엄마한테로 갈 수밖에 없어! 하는.

한참 뒤에, 이모는 방문을 노크한 뒤에 문 앞에 내 아이폰을 가져다 놓았다. 그사이에 이모는 누군가와 오랫동안 통화를 하는 눈치였다. 소리가 잘 들리지 않아 누구와 어떤 대화를 나눴는지는 알 수 없지만, 방문 앞에 아이폰을 놓고 돌아서며 했던 말은 그 대상을 짐작케 했다.

무슨 이런 개뼈다귀 같은 게 다 있니? 이걸 하면 게임 중독 증세가 완화된다니…… 나 원 참.

나를 진료했던 신경정신과 의사와 통화한 모양이었다. 행복동 사이트를 알려주고, 접속 방법을 알려줬던 사람. 그는 내게 행복동에 집을 분양받은 뒤에, 마음을 열고 가장 편안하게 대할 수 있는 사람의 아바타를 만들어서 같이 살아보라고 조언했었다. 사냥을 하거나 전투를 하는 공간 말고, 편안히 옛이야기 나누며 속에 담아두었던 응어리들을 속 시원히 풀어놓을 수 있는 공간. 집이나 정원을 함께 가꾸고, 텃밭에 야채를 심어 정성껏 키우다 보면 어느새 마음을 다스리는 법을 배우게 될 거라고. 그런데, 쪽팔리게…… 아! 진짜 쪽팔리게. 나는 방문을 열고 아이폰을 집어 들며 안방을 향해 큰 소리로 말했다.

이건 현실 복귀 프로그램이란 말이에요. 이모는, 잘 알지도 못하면서.

그러나,

X

행복동 사이트의 단점은 너무 자주, 너무 쉽게, 접속이 끊어 진다는 점이었다. 이용자가 적다 보니 사이트 관리가 잘 안 되어서 툭하면 '점검 중'이란 알림 표시가 올라오기 일쑤였다. 심심하고 지루하니 외면받을 만도 했다. 그럴 때면 사방이 안개로 자욱한 동네로 변하는 게 행복동이었다. 아무러하든, 내가 달리를 만나기 위해 오랫동안 안개 속을 헤매며 점검이 끝나길 기다리던 어느 날,

내 PDA폰으로 여러 통의 전화가 걸려왔다. 발신자가 모두 같은 사람이었는데, 내가 나중에 전화를 걸어 무슨 일이냐고 묻자, 자신을 서대문경찰서 형사라고 소개한 남자는 대뜸 이명주 씨를 아느냐고 물었다. 이명주…… 그건 달리의 본명이었다. 배 속에 든 내 아이의 아버지. 그리고 열네 살 천재 물리학도 이명주 군의 복제인간. 아버지를 죽인 패륜 범죄자로 낙인찍혔

다가 간신히 누명을 벗었던 불쌍한 사내……

형사는 거두절미하고, 이명주 씨로 추정되는 변사체를 보관하고 있으니 빠른 시일 내에 본인 확인을 해줬으면 좋겠다고 말했다. 시간이 지나면 미연고자로 분류되어 시립 화장장으로 넘겨 처리하게 된다고. 한 달쯤 전에 나는 달리의 실종 신고를 접수시키며 연락처를 남긴 적이 있었다. 그 연락이 이제야, 이런 식으로……

키스 캠벨 한국 지사에 화재가 발생한 건 삼십오 일 전이었다. 그 사고로 다섯 명이 사망하고 열세 명이 중경상을 입었다. 그리고 다섯 명 중에 한 명의 신원이 끝내 밝혀지지 않았는데, 아무래도 그 사람이 이명주가 아닐까 짐작된다는 게 형사의 설명이었다. 화상이, 특히 얼굴과 손 쪽의 화상이 심해서 신원을 확인하기가 힘들어요. 당일 키스 캠벨 근처를 지나가는 모습이 CCTV에 잡히기도 했고, 또 전에 그 회사에 다닌 적도 있으니까……

내가 혹시 DNA는…… 하고 묻자, 기록들이 전부 불탔어요. DB도 날아가서 불명확하고. 가능성은 높은데, 단정 짓기는 어렵고, 이것 참…… 하며, 말끝을 흐렸다.

형사는 국립과학수사연구소의 한 부속 건물 앞에 서 있다가 내가 다가가자 담배부터 빼 물었다. 폐활량이 작은지 연기는 아주 조금씩만 흩뿌려졌다. 나는 조심스레, 혹시 이명주가 방화 용의자인지 물었다.

형사는 고개를 절레절레 저었다. 알 수 없다는 뜻인지, 그렇지 않다는 뜻인지, 모호하게.

우리도 그걸 의심해보지 않은 건 아닌데, 목격자들의 진술을 들어보면 이명주 씨는 일단 아닌 것 같습니다. 아직 최종 수사 결과가 나온 건 아니지만…… 발화 시간으로 추정되는 시간에 이명주 씨는 키스 캠벨에서 세 정거장 떨어진 지하철역 플랫폼에 서 있더군요. 그러니까 원격조정을 했다면 혹시 모를까…… 그렇지만, 그런 증거도 없고, 이것 참……

현판이 없는 그 부속 건물 지하에 시체 보관실이 있었다. 커다란 서랍들로 빼곡한 그곳에선 냉기가 감돌았다. 냉동고가 많아서기도 하겠지만, 일단 분위기가 그런 느낌을 주도하고 있었다.

흰 천으로 덮인 시신 한 구가 우리 앞으로 운반되어 왔을 때,

형사가 먼저 흰 천을 벗겨 보더니 이내 덮었다. 그는 인상을 찌푸리며 잠깐 고개를 외로 틀었다. 나는 아무런 감정의 동요도 일지 않았다. 그보다는, 이런 상황에서는 어떤 행동을 취해야 하는지, 그게 막막할 뿐이었다.

보시겠습니까?

……

고통스러우시겠지만, 그래도……

……

무서워서 그러시나요? ……사진 판독으로 할까요?

……아뇨. 안 보겠습니다. 미리 말씀 못 드려 죄송하지만, 제

가 지금 임신 중이라서…… 괜찮으시다면, 제 대신 단서가 될 만한 몇 가지만 확인해주시면 좋겠는데…… 그러면 안 될까요?

형사의 표정이 살짝 굳었다가 풀렸다. 나와 흰 천과 또 내 아랫배를 연이어 쳐다보고 나서, 그의 표정은 다시 굳었다. 어쩔 수 없다는 듯.

왼쪽 옆구리에 까만 점이 있는지 봐주세요. 겨드랑이 밑으로 한 뼘쯤 떨어진 자립니다. 그냥 보통 점이 아니구요, 거진 팥알만 할 겁니다.

형사는 왼쪽 옆구리 부분의 천만 조금 들춰보고 나서 이내 덮었다. 그리고 나를 바라보며 고개를 살짝 저었다.

그럼, 오른쪽 발바닥을 봐주세요. 지난여름에 해수욕장에 갔다가 유리 조각을 밟는 바람에 꽤 큰 상처가 났었어요. 치료를 제때 못 받아서, 지금도 꽤 선명하게 남아 있을 겁니다.

형사는 발 쪽 천을 들춰보고 나서, 역시 고개를 저었다.

얼굴을 확인하는 것보다는 제 기억이 더 정확할 거예요. 됐습니다. 달리…… 이 사람은 명주가 아닌 것 같네요.

ℵ

행복동은 행복동 지하철역에서 지상으로 올라오면 정면으로 보이는 동네다. 동네를 향해 뻗은 완만한 경사의 대로변 양쪽으로 상점들이 즐비해 있다. 옷과 식료품, 그리고 조경수나 애완

동물을 파는 상점들이 특히 많고, 서점, 문구점, 화방, 음반 가게 같은 것들도 하나씩 있다. 세상에 존재하는 것이라면 무엇이든, 행복동에서도 구입할 수 있다. 언젠가 경비행기를 주문하고 가는 노신사를 본 일도 있으니까. 집을 분양해줄 때 받는 집세 외에는 이런 물품을 팔아서 얻는 수익이 행복동을 존속시키는 유일한 수입원이다. 가족이나 친지 들을 위해 그런 물품들을 구입하고 나서 행복대로를 따라 걸어 올라가다가 자기 집으로 통하는 골목길로 접어들기만 하면 된다. 그게 행복동으로 가는 유일한 방법이다. 물론,

접속이 안 되어서 안개를 만나지만 않는다면 말이다. 만약 안개를 만난다면 일정한 간격으로 심겨진 단풍나무 열두 그루와 허리 높이로 무성한 풀밭이 조그마한 호수를 끼고 백 미터쯤 이어진 풍경을 보게 될 것이다. 그러고 나면 한 치 앞도 분간할 수 없는 자욱한 안개가 달려들고…… 다시, 또, 단풍나무 열두 그루와 풀밭이 연한 호숫가가 희뿌연 안개 속에서 모습을 드러낼 것이다. 그런 날은 안개 속에서 잠시 산책을 하거나, 다음 날 다시 찾아오면 된다.

X

아침에 눈을 뜨자마자 여자는 뭔가, 평소와 다른 감각을 느낀다. 어쩌면 그 감각이 여자의 잠을 깨웠을 수도 있다. 밖에서 뭔

가 새로운 일이 벌어지고 있었다. 일테면 바람에 섞여 들려오는 저 소리는. 뭘까? 뭔가가 한 점 한 점 숨죽여 쌓이고 있는 저 소리는. 마치 어떤 순간을 기억하려는 것처럼…… 소복 소복…… 아! 그러고 보니 느껴지네! 저기 무수히 지표면을 향해 내려앉는 소리. 서로 뭉치거나 엉키는 소리. 뽀드득 뽀드득.

여자가 창문을 열자, 온통 하얀 눈 세상이 펼쳐진다. 첫눈 치곤 참 소담스레 내린다. 추운 줄도 모르고 여자는 아파트 밖으로 머리를 내밀어 눈을 맞는다. 손바닥으로 받아보기도 하고, 입을 벌려 혓바닥으로 느껴보기도 한다. 그이도 이걸 볼 수 있으면 좋을 텐데…… 거기도 이런 눈이 오고 있을까? 여자는 눈송이들을 바라보며 나직이 속삭인다. 거기도 눈이 오나요?

그러나 남자가 있는 곳은 아직 안개에 휩싸인 만추(晩秋)다. 밤낮도 구분 없이, 이슬을 머금은 은행잎만 하염없이 차곡차곡 떨어져 쌓이고, 바람 한 점 없는 정원에서는 강아지 한 마리가 잔뜩 웅크린 채로 바깥의 소리에 귀를 기울이고 있다. 남자는 며칠 전 완성한 동남쪽 방향의 벽화를 물끄러미 바라보고 있다. 안개. 이 빌어먹을 안개가 걷혀야 아내가 나를 만나러 올 수 있을 텐데. 그래야 이 벽화를 보여주고, 새로 그릴 그림 이야기도 나눌 수 있을 텐데. 그리고, 우리 아기는 얼마나 자랐을까? 남자는 공중에 뜬 미세한 물방울들을 물끄러미 바라보며 그런 말들을 표정에 담고 있다.

여기는 함박눈이 펑펑 쏟아지고, 어딘가에선 안개가 점점 더 짙게 깔리는 중이다.

한동안 눈 내리는 풍경을 바라보던 여자는 침대에 놓여 있던 아이폰을 집어 들어 머리에 착용한다. 이번엔 바로 접속된 모양이다. 여자의 표정이 환하게 밝아진다.

X

어울리지 않는 것끼리의 짝 지움. Mix-and-Match.

X

서울, 2009년 봄

서울이라는 섬

그래, 이젠 좀 솔직해져보자. K는 홍대 앞 노천카페에 앉아 거품이 2할은 될 성싶은 하우스맥주를 바라보며 중얼거렸다. 그런데, 내가 R에게 거짓말을 한 게 있었나? 뭘, 어떻게 솔직하란 거지? 혹시, 나의 비루함을 눈치채기라도 한 걸까? 속속들이.

K는 맥주 조끼를 들어 두 모금 마시고 나서 철제 테이블에 내려놓았다. 부드러운 거품과 함께 흘러든 맥주는 목을 넘어가며 진한 레몬 향을 풍겼다. 솔직히, 맥주는 더할 나위 없이 맛있었다.

K는 깍지 낀 손을 뒤통수에 받친 채로 주변을 둘러보았다.

일곱 개의 테이블이 놓인 카페 정원에는 K 외에도 두 명이 더 있었다. 이십대 후반으로 보이는 두 여자는 세 시가 조금 넘었을 때 들어와 여섯 시가 다 되어가는 지금까지 쉼 없이 재재거리고 깔깔거렸다. 커피를 두 번 리필받은 여자는 결혼식을 보름 남겨뒀고, 키위주스를 홀짝이고 있는 여자는 석사학위 논문을 쓰고 있는 대학원생이었다. 부케는 꼭 네가 받아야 돼, 그랬다가 영영 시집도 못 가보고 죽으란 말이냐, 옥신각신하더니 둘의 대화는 요즘 대학원생이 만나고 있다는 세 명의 남자에 대한 품평으로 이어졌다. 소곤소곤 흥을 보는 말소리는 들렸다 안 들렸다 했다. 누군 쥐어짜도 돈이 없고, 누군 까탈스럽기가 자갈밭에 럭비공 같고, 또 누군 쪽팔리게도 키가 도토리만 한 모양이었다. 이따금씩 까르르 웃어댈 때마다 R은 절반쯤 고개를 돌리며 인상을 찌푸리곤 했었다. K 역시 못마땅한 표정으로 그쪽을 흘겨보곤 했지만, 솔직히 말하자면, K는 카페에 들어설 때부터 골목길에서 화보 촬영을 하고 있는 패션모델에게 눈길이 쏠려 있었다. 건너편 카페를 들락거리며 옷을 갈아입은 모델은 뇌쇄적인 눈빛으로 K가 있는 쪽을 건너다보곤 했는데, 그때마다 K는 보일 듯 말 듯 아른거리는 그녀의 속살과 그 실루엣을 연상하곤 했었다. 솔직히 말하자면. 그래서 K는 지금 '생각 자리'에 서서 뭔지 모를 잘못을 열심히 반성하고 있는 유치원생이라도 된 듯한 기분이었다.

다섯 시쯤, R은 사무실에 들어가 눈도장이라도 찍고 오겠다며 자리를 털고 일어섰다. 점심 먹으러 나왔다가 지금이 대체 몇 시야? 이러다간 얼마 못 가 회사에서 잘리고 말 거야. 일이 얼마나 산더미처럼 쌓였는지 알기나 해? R은 휴대폰과 지갑을 챙겨 들고 황급히 일어섰다. 출판사 다니는 편집자가 전도유망한 작가를 만나고 있으면 그게 다 영업이고 업무인 거지 뭘. K가 아쉬운 표정으로 너스레를 떨었을 때 R은 외통장군을 부르듯 한마디를 남기고 돌아섰다. 세상이 그렇게 만만한 줄 알아? 아저씨, 이젠 좀 솔직해져보시지! R은 종종걸음을 치며 한길로 나섰지만, 그녀의 뒷모습에서는 구 년차 직장인의 여유 같은 게 물씬 풍겼다.

어떻든 K는 정말로 자신이 무슨 거짓말이라도 한 게 없었는지 다시 한 번 꼼꼼히 되짚어보았다. 그렇지만 특별할 건 없었다. 이젠 좀 세상 물정을 배우라거나 철 좀 들라는 말이 그렇게 나왔나 보다 싶기도 했지만, 그 말이 그 말이었다.

그러다 어느 순간, 레몬빛 원피스를 입은 점원이 카페 현관에 서서 고개를 내밀고 바깥을 살피고 있을 때, K는 얼굴이 화끈 달아오르는 걸 느꼈다. 그녀의 눈에 비쳤을 자신의 모습이 광각렌즈로 잡은 사진 이미지처럼 눈에 선했던 것이다. 벌건 봄날 오후에 홀로 앉아 일곱 잔째 맥주 조끼를 비우고 있는 삼십대 중반의 남자. 함께 있던 여자는 어디론가 사라졌는데도 한자리에 마냥 앉아서 맥주잔만 기울이고 있는.

K는 문득 R도 자신의 얼굴에서 그런 비루한 일상을 엿보고야

말았던 게 아닐까 싶었다. R이라면 충분히, 그걸 읽어내고도 남았을 것이다. 세 군데 통장의 잔고를 이리저리 굴려서 간신히 공과금과 대출 이자를 틀어막는 것이나, 써지지도 않는 소설을 쓴답시고 삼 킬로그램도 넘는 구닥다리 노트북을 둘러메고 구립도서관이나 북카페를 이리 기웃 저리 기웃거리는 일, 그러다가 그나마도 먹고사는 게 여의치 않게 되어서 어디 빌붙을 데 좀 없을까 싶어 어슬렁어슬렁 기어나온 이 비루함을 말이다.

사실 K는 오전에 삼 년 연속 보험여왕을 거머쥐었다는 여자와 자서전 대필 계약을 하고 온 차였다. 엄밀히 말하자면 대신 써줬다는 사실을 죽을 때까지 누구에게도 발설하지 않겠다는 각서를 쓴 셈이지만. K는 여왕으로부터 착수금 천에 중도금 두 번 해서 이천, 그리고 자서전 출간 후에 잔금으로 천을 더 주겠다는 약속을 받아냈다. 합이 사천만 원이면, 로또 당첨까지는 아니더라도, K로서는 횡재에 맞먹는 거래였다. 그 돈이라면 친구들한테서 빌린 오래된 빚을 갚고 나서 반지하의 허름한 집이나마 전세방을 알아볼 수도 있겠다는 계산이 나왔다. 내심 이천 이하로는 어렵겠습니다, 라는 대사를 준비해왔던 터라 K는 침이 꼴깍 넘어가기까지 했다. 하지만 K는 이를 앙다물고 세 번으로 줄여주시면 더 좋겠는데, 했다. 이천, 천, 천…… 시작하자면 이래저래 준비할 것도 많을 테니 말입니다.

그러나 역시, 여왕은 한수 위였다.

내가 보험 설계해서 여왕 자리까지 오른 사람이에요. 보험이란 게 워낙 의심의 소지를 줄이고, 또 여러 차례 검증 절차를 밟는 게 상식이지요. 게다가 세월이 지나도 다달이 내는 보험료 액수가 똑같은 건 기본이잖아요? 그런 시스템에 워낙 익숙해져 살다 보니까…… 대신 책만 맘에 들게 써주신다면 계약과는 별도로 플러스알파가 있을 겁니다. 섭섭하지 않게. 사람들은 내가 돈독에 오른 자린고비인 줄 알지만, 잘 쓰기 위해 번다는 게 내 인생 철학이거든요. 어차피 돈이란 건 뭔가로 바꾸기 위해 모아두는, 일종의 희망 같은 거니까. 어디에 쓸지는 생각도 않고 모으기만 하는 건 천치 같은 짓이죠.

K는 '돈＝희망'이라고 적고, 그 옆에 '$+\alpha$'라고 적다 말고 슬그머니 취재노트를 덮었다. 여왕이 넌지시 건너다보고 있었던 것이다. 쪽팔리게도. 그러나 이 작업을 빨리 끝내기만 하면 가을쯤엔 장편 작업을 위해 홀가분한 마음으로 취재를 다닐 수도 있겠다는 생각이 들었다. 희망. 눈앞에 카메라를 둘러메고 1920년대 의열단의 활동 무대들을 답사하는 자신의 모습이 떠오르자 슬멋 입꼬리가 올라갔다. 지린, 베이징, 상하이, 그리고 또…… 그러니까 여왕은 돈으로 작가의 꿈을 이루는 셈이고, K는 정말 쓰고 싶은 글에 매진할 수 있으리라는 희망을 저축하는 셈이었다. 빌어먹을, 돈 따위가, 희망이라니.

사실, 좀 알아봤어요. 등단하고 나서 활동이…… 미미했더군요. 문단에서 주목도 못 받았고, 아직 책도 못 묶었고. 아, 미안해요. 그런 거야 인터넷만 뒤져봐도 대강 알 수 있는 거니까요. 사실 예술 하는 게 어디 말처럼 쉽겠어요? 누가 알아주는 것도 아닌데, 배곯고 머리 아프고…… 가난한 설움이라면 누구보다 내가 잘 아니까 하는 말이에요. 나 역시, 찢어지게 가난한 농사꾼 집안에 일곱 딸 중 넷째로 태어났으니…… 무슨 존재감이 있었겠어요? 언니들한테 채이고 동생들한테 치이다 보니 눈치만 빤해지더라구요. 아! 녹음은 하지 마세요. 이런 게 나중에까지 남는 건 피차 좋지 않아요. 그래요, 그냥 메모만 좀 해도 충분할 거예요. …… 낮엔 일하고 밤에 공부하는 산업체 부설 여상고를 간신히 졸업하고 어찌어찌 트럭 모는 남자를 만나 살림을 차렸는데, 젖먹이 하나를 두고 이제 좀 재미지게 살아지려나 싶을 때, 그 양반이 가버리더라구요. 열네 시간을 내리 운전만 했다니, 졸음이 안 쏟아졌다면 사람 종자가 아닌 거죠. 그러니, 먹고살자니 어쩌겠어요. 마침 이 일을 하고 있던 둘째 언니를 따라다니며 어깨너머로 배웠죠. 첨엔 만만한 줄 알았는데, 세상인심이란 게 어찌나 각박하던지……

여왕의 눈웃음을 보고도 이성을 잃지 않는다면 사내자식이 아닐 성싶었다. K가 짐작하기로는 S대학 총동문회장을 지낸 L 씨를 만난 것이 성공의 알파요 오메가였을 게 뻔한데도, 여왕은 '맞춤형 보험 설계'라는 용어만 여러 차례 강조했다. 십억을 상회하는 연봉에 비서 두 명이 달린 집무실이 발품 열심히 판다고 거저 생겼을 턱이 없는데도.

어렵게 살아온 얘기를 한 시간여 이어가는 동안 L 씨는 '고마운 분'이라는 명칭으로 딱 한 번 등장했다. K 역시 알아볼 만큼 알아보아서, 칠십 줄의 L 씨가 그만 난치병에 걸려 시난고난하고 있다는 걸 알고 있었다. 취재노트에는 '일곱 딸, 넷째, 산업체 부설 여상고, 트럭, 졸음 운전, 젖먹이, 둘째 언니, 맞춤형 보험 설계' 따위를 대중없이 적어놓았지만, L 씨와의 러브스토리 위주로 플롯을 짜야 여왕의 비위를 맞춰줄 수 있겠다는 확신 같은 게 들었다. 플러스알파. 그래, 솔직히 말해서, K는 여왕에게서 빳빳한 일백만 원권 수표 열 장이 든 봉투를 건네받았을 때, L 씨가 빨리 죽어버려 자신이 여왕의 기둥서방으로 들어앉았으면 좋겠다는 생각까지 들었었다. 아주 잠깐, 맹랑하게도.

여섯 시를 넘기자 서쪽으로 기운 해가 K를 정면에서 비추기 시작했다. 나무 그늘에서 벗어나 햇빛이 막 비치기 시작했을 땐 따뜻하단 느낌이 먼저 들었지만, 이내 얼굴로 불콰한 술기운이 치밀고 올라왔다. K는 눈을 찡그리며 여왕이 건네준 명함을 주머니에서 꺼내 바bar의 약도를 꼼꼼히 들여다봤다. 이 근방 어디일 듯했다. 여왕이 실소유자라는 바, '그래도'는. 언제라도 술 생각나면 들러서 양껏 마시고 가요. 지배인한테 일러놓을 테니. K는 작위라도 받은 것처럼 우쭐해서 명함을 받들어 지갑 안쪽에 찔러 넣었었다. 그래도, 그래도라. 언제라도 마시고 싶은 술을 실컷 마실 수 있다는 희망. 사실 여왕이 들려준 그녀의 과거는 텔레비전 드라마에서 종종 보아왔던 스토리들의 뒤범벅에 지나지 않았다. K는 내심 자신이 쓰게 될 글이 자서전이 아니라 통속적인 멜로소설이 되리라 짐작하며 남은 생맥주를 한 번에 쭉 들이켰다. 칠 대 삼 정도면 되겠지…… 픽션 칠 에 논 픽션 삼 정도면.

희망?

여섯 시 삼십 분이 넘어도 R은 돌아오지 않았고, 이제 막 퇴근해서 꾸역꾸역 몰려드는 직장인들로 카페는 새로운 활기를 띠기 시작했다. 그리하여 카페라기보다는 맥주홀에 가까워졌다는 느낌이 들기 시작했을 때, 그리고 빈자리를 찾지 못한 몇몇 직장인들이 대기석에 앉아 K쪽을 째려보고 있다는 눈치가 자꾸 들었을 때, K는 마지못해 계산서를 챙겨 들고 일어섰다. 그런데,

처음엔 K가 당황했고, 그다음엔 레몬빛 원피스를 입은 점원이 당황했다. 생맥주 아홉 잔에 샐러드와 안주용 피자까지 술값이 칠만 사천 원이나 나왔는데 K의 수중에는 고작 삼만 오천 원이 전부였고, 그래서 어쩔 수 없이 여왕에게서 받은 수표 중 한 장을 꺼내 점원에게 내밀었는데 이 카페 금고를 탈탈 털어도 거스름돈을 계산해주기엔 현금이 부족했던 것이다.

정말 신용카드가 한 장도 없으세요? 아니면, 체크카드라도 괜찮은데…… 점원은 수표의 동그라미를 다시 한 번 세어보며 물었다.

　신용카드가 없는 게 무슨 흠이랴마는, 솔직히 K는 잠시 창피하단 생각이 들기도 했다. 언젠가, 길거리에서 아무에게나 신용카드를 마구 만들어주던 시절에, K도 신용카드를 몇 장이나 가졌던 적이 있었다. 처음엔 내 돈처럼 편하게 썼고, 그다음엔 다른 카드를 믿으며 아껴 썼는데, 그러다 보니 어느 순간 카드 대금을 돌려 막는 게 버거워져 월세방으로 옮겨 앉게 되었고, 끝내는 고향집 텃밭 한 뙈기가 이웃에 넘어가는 사태가 생기고 말았다. 취직도 않고 들앉아서 뭔 큰일을 하나 했더니만, 종당엔 네놈이 우리 집안을…… 입을 다물고 끙, 돌아앉은 아버지 뒤에서 K는 카드를 모두 잘라버렸다.

　카페 사장이 어디선가 구해온 거스름돈을 지갑에 욱여넣고 나자 바지 뒷주머니가 빡빡해져 잘 들어가지 않을 정도가 되었다. 그래도, 아니 그래서, 마음은 뿌듯했다. 솔직히 말해, 카드도 한 장 없다는 사실이 여럿 앞에서 들통 났지만 어쨌든 계산을 치르고 나니 어깨에 힘까지 들어갔다. 아이비리그 박사학위를 사서 교수가 되었다는 어떤 여자도 현금만 들고 다녔다지 않은가. 대체 거스름돈 백만 원도 준비해놓지 않고 어떻게 물장사를 한다는 거야? ……그건 그렇고,

　좀 이상하단 생각이 불쑥 들었다. 내가 한턱 쏘겠다는 흰소릴 치거나 말거나, 술값과 밥값은 언제나 R이 계산하곤 했었다. 설령 K가 눈먼 돈이 생겼다고 큰소릴 치며 끌고 오긴 했지만, 그래도 가난한 예술가한테 술을 얻어먹고 탈이 나느니 문예진

홍기금 내는 셈 치면 속이 편해, 라고 말하던 게 그녀의 오래된
화법이었던 것이다. 오늘은 다른 날보다 비싼 데서 먹었는데,
계산도 안 하고 가서는 돌아올 생각도 않다니…… 혹시 나한테
돈이 생긴 걸 이미 알고 있었던 게 아닐까? K는 패션모델이 야
릇한 자세로 포즈를 잡던 벤치 옆을 지나치며 휴대폰을 꺼내 1번
을 꾸욱 눌렀다. 벨소리는 오랫동안 집요하고도 간절하게 울었
지만,

*

R은 휴대폰을 받지 않았다. 발신자가 K라는 걸 확인하자마
자 손바닥에 올려놓고 가만히 들여다보고 앉아 있었다. 휴대폰
은 일 분 가까이 우웅우웅 몸부림을 쳐대더니 일순간 잠잠해졌
다. 금요일이고, 이젠 해가 넘어가 어둑어둑해지고 있었다.
사무실에 들어오니 모니터에 포스트잇이 세 개 붙어 있었다.
신문사와 인터넷 서점 들에서 요청한 보도자료와 사진 파일들
을 보내주고 필자 몇몇에게 원고 독촉 전화를 하고 나니 그제야
술기운이 올라와 잠깐 아찔했다. 나쁘지는 않았다. 나른하게 근
육이 이완되는 느낌도 좋았고, 별일 없는 주말이 기다리고 있다
는 평온함도 좋았다. 그리고 무엇보다 선택을 유보하고 있는 동
안의, 잠깐의 설렘이 야릇했다. 신문사 기자가 **'곡차나 한잔?'**
문자 메시지를 보내왔고, 대학교 겸임교수인 오래된 필자가 **'영**

화 어때? 기분도 꿀꿀한데' 하는 인터넷 메신저를 올려놓았던 것
이다.

이렁저렁 저울질을 하며 잠깐 넋을 놓고 있을 때 K의 전화가
걸려왔다. 아, 그래! 너도 있었지, R은 이마를 툭툭 두드렸다.
아깐 내가 왜 거기로 돌아가겠단 소릴 했던 걸까? 생각도 없이.

K에게서 연락이 온 건 서너 달 만이었을 것이다. 맛있는 거
사줄 테니까 빨리 나오라는 흥분된 목소리를 듣고서야 며칠 전
소개해줬던 거래가 잘 성사된 모양이라는 짐작을 했다. L 회장
과는 몇 년 전 그가 경제 관련 에세이 원고를 들고 찾아왔을 때
두 번의 윤문을 거치는 대수술 끝에 책을 베스트셀러로 만들어
준 인연이 있었다. 가끔씩 찾아와 점심을 거하게 사곤 하던 그
가 얼마 전엔 좀 쑥스러운 듯 전화를 걸어와 고향 후배의 자서
전을 부탁했었다. 물론 씌어진 원고는 전혀 없었다. 명문장이
아니어도 좋고, 베스트셀러로 만들어줄 필요도 없으니, 그저 후
배의 이름으로 된 책만 하나 만들어주었으면 싶다고.

L의 이야기를 듣고 K를 떠올린 건 한순간이었다. 안된 일이지
만, 그만 한 적격자도 없지 싶었다. 마음은 1920년대 의열단의
삶을 살고 있으면서, 실제로는 먹고사는 문제로 늘 동동거리고
있으니. 그 선배 좀 어떻게 해줘, 아니 그 나이에 일이백도 아니
고 돈 십만 원만 빌려달라고 전화를 했더라니까, 소리를 들은 건
제법 여러 번이었다. 그 얘기 뒤에 숨은 말줄임표 역시 R은 잘
알고 있었다. 네가 그래도 그 녀석하고 학교 다닐 때 일 년 넘

게 동거를 했었잖아. 지금도 이따금씩 만난다면서? 그러지 말고, 네가 좀 거둬주는 게 어때? 최소한 이런 전화 안 걸려오게 신경을 좀 쓰던가.

문학이 신성한 어떤 것이라고 여기던 시절의 이야기였다. 사랑? 그것 역시 종교 같은 것 아닐까? 믿을 때 믿는 만큼 존재하다가 믿음이 없어지면 송두리째 사라지고 마는. 눈앞의 안개만도 못한 것이 문학이고 사랑 아니던가? 서른을 넘기고 나니까 난 비로소 그걸 알겠던데. 그래도 R은 K에게 고마운 마음이 없진 않았다. 그가 구질구질하게 달라붙었더라면 얼마나 골치가 아팠을까. 온 동네 소문을 내고 다녔더라면…… 저만치 쿨한 걸 보면, 그래도 내가 사람 보는 눈은 있었던 거지.

L의 고향 후배라는 분이 K가 무명작가인 것을 두고 고개를 갸웃했을 때, 그녀를 설득하기도 수월하지는 않았다. 유명작가라면 이런 대필 청탁을 받아들일 가능성도 없고, 만약 받아들인대도 만만치 않은 액수를 요구할 게 뻔하고, 또 완성된 글이 맘에 안 들었을 때 수정을 요구하기도 깝깝하고, 무엇보다 도중에 삐끗해서 갈라졌을 땐 피차간에 소문이 안 좋게 날 수도 있다, 등등. L과 그의 후배는 '안 좋은 소문' 부분에서 정색을 했었다. 그렇게 소문나는 게 무서우면 직접 쓰시든가, 젠장…… 소리가 목구멍에서 맴돌았지만 그들의 표정은 이미 K와의 계약을 기정사실화하고 있는 듯했다.

R은 잠깐의 망설임 끝에 겸임교수에게 픽업하러 오라는 문자

메시지를 날렸다. 지금, 자신의 마음을 제일 잘 알 것 같은 남자가 그였다. 기분도 꿀꿀한데. 그러고 나서 K에게도 문자를 날렸다. **급히 필자를 만나러 갈 일이 생겼어. 남은 얘기와 술은 담에 만나서 비우자고^^;;** 꿀꿀이라니, 대체 꿀꿀하다는 건 어떤 심정인 걸까?

*

R의 문자 메시지를 받았을 때, K는 그래도 앞을 지나고 있었다. 잠깐 골목을 끼고 돌아야 하는 위치에 있어서 눈에 잘 띄지는 않았지만 제법 아담하니 아는 사람들 사이에선 꽤 인기가 있을 듯한 곳이었다. 그 앞 골목은 이미 고급 외제차들로 빼곡했다. K는 검은 색유리 사이로 드문드문 떠 있는 아로마오일 램프의 빛 무리와 그 사이에 비친 자신의 모습을 맥없이 바라보았다. 그래도. 내가 끼어 앉을 만한 자리는 아니군, 하는 생각이 들었다. 그렇지만, 차라리 거기 끼어들어 대단한 외교 사절이라도 된 양 이름 석 자를 들이대고 고급 양주를 양껏 먹고 뻗었더라면 좋았으련만,

K는 홍대입구 전철역을 향해 걸어 내려가다가 노상에서 R이 누군가를 기다리는 모습을 먼발치에서 보았고, 몇 분 후엔 시커먼 세단을 끌고 온 훤칠한 녀석이 그녀를 태우고 사라지는 모습을 고스란히 지켜보고야 말았다. 쓸쓸하게도. 한때, R도 시를

쓰면서 함께 문학에 목을 맸을 땐, 한 편 한 편 작품을 완성할 때마다 따뜻하게 몸을 내어 서로를 품어주기도 했었는데……
K는 전봇대 뒤에 한참 동안 붙박인 듯 서서 사천만 원은 R이 만들어준 것이 분명하다는 소설적인 플롯을 완성하고 있었다.

피카소 거리와 걷고 싶은 거리를 지나 홍대입구역으로 가는 동안, 어둠과 불빛은 경쟁을 하듯 점점 더 짙어졌다. K는 그 길을 걸었다. 미끈한 미녀들과 훤칠한 사내들이 쏟아져 나와 활보하는 길을. 걸으며 채이며 밀치고 부딪히며, 걸었다. 낯선 건 아니었지만 좀 부담스런 활기에 묻혀서 홍대입구역 5번 출구로 몰려가는 동안, K는 왼손으로는 재킷 안쪽에 넣어둔 봉투를 오른손으로는 바지 뒷주머니를 수시로 만지작거렸다. 좀 우스운 자세였을 게 뻔했지만,
그 자세로 차도 한가운데 서서 한참 동안 킬킬거리기도 했다. 홍대 앞 대로를 건너려고 횡단보도 앞에 서 있을 때, K는 낯익은 여자가 반대편에 서 있는 걸 보았고, 이윽고 보행 신호가 들어와 사람들과 뒤섞이는 순간, 그녀가 노천카페에서 보았던 대학원생임을 알아챘다. 그러나 그녀가 팔짱을 단단히 끼고 있는 사내는 돈이 없어 보이지도 까탈스러워 보이지도 더구나 키가 도토리만 하지도 않았다. K는 사람 인(人) 자를 만들며 걸어가는 두 사람의 뒷모습을 바라보며 오랫동안 킬킬거렸고, 이윽고 차들이 클랙슨을 울려대는 순간에야 천천히 발을 떼어 건너편

인도로 올라섰다.

K는 짐짓 술을 한 잔도 마시지 않은 척 의식적으로 꼿꼿하게 서서 걸었다. 지하로 뻗은 통로가 어둠이 내리는 서울 하늘을 향해 아가리를 쫙 벌리고 있는 홍대입구역 5번 출구가 보일 때까지. K는 R이 좀 전의 그들처럼 사람 인 자를 만들며 어디선가 데이트를 즐기고 있을까, 상상을 했다가, 어쩌면 정말로 그치는 그냥 필자일지도 몰라, 너그러운 생각을 하기도 했다. 어차피 우린 이제 서로 책임질 사이도 아닌걸 뭐, 중얼거리면서. 그리고,

그 거리를 지나치면서 K는 문득 여왕에게 돈을 돌려주고 싶다는 생각이 들었다. 좀 느닷없기도 했지만, 그게 좋겠다는 생각이, 아니 그래야만 한다는 확신 같은 게 생겼다. 나는 등단해서 활동 중인 대한민국의 소설가이고, 적어도 작가라면 돈 때문에 이름을 팔아서는 안 되는 거니까. 그녀가 원한다면, 내 소설 속에 공짜로 등장시켜줄 수도 있지 않을까. K는 걸음을 멈추고 하늘을 올려다보았다. 별은 보이지 않았다. R에게도 그렇게 전하고 싶었다. 이제 곧 써버린 돈을 보충해서, 말하자면 어디서든 백만 원짜리 수표 한 장을 다시 만들어서, 여왕을 만나겠다고.

지하철역으로 통하는 입구가 앞에 나서자, K는 스며들 듯 그 속으로 내려갔다.

바다를 건너는 법

　예측할 수 없는 사건들은 하나의 선언과 함께 찾아왔다. K가 듣기에, 그건 분명 하나의 선언이었다. 언제나 전철을 탈 때면 사람들의 이동이 대관령 목장의 양 떼들 같다는 생각을 했었고, K 역시 그저 한 마리 양처럼 고분고분 사람들 틈에서 정해진 통로를 따라 걸었을 뿐인데, 세상일은 알 수 없는 도미노의 무너짐과 같아서, 그로서는 도무지 감내하기 힘든 결과를 맞고 말았다는 생각이 들었다. 구로역 광장의 화단 턱에 주저앉아 K는 그렇게 중얼거렸다. 나는 양처럼 울타리 안쪽을 따라 걸었을 뿐인데, 그런데……

　그곳에선 대체 무슨 일이 있었던 걸까? 왜 양처럼 순한 사람들을 이곳에 풀어놓아서, 으르렁거리도록 만들었을까?

　이삼십대로 보이는 청년 셋과 오륙십 줄의 아저씨 둘은 여전히 멱살을 쥐었다 놓았다 하며 핏대를 세우고 있었다. 싸움을 거는 사람이 둘, 말리는 사람이 둘, 그리고 붙였다 말렸다를 반복하는 사람이 하나였다. 누가 누군지, 어떻게 편이 갈리는지, K로서는 도무지 알 수 없었다. 한동안 노무현 탓이다 이명박 탓이다 티격태격하더니, 이젠 철 지난 미국산 쇠고기와 대운하, 그리고 촛불 재판 문제까지 도마에 올리는 모양이었다. 날은 어두워 누가 어른이고 누가 청년인지, 누구 코피가 터졌고 누구

주먹이 깨졌는지, 알 수 없었다. K 역시 오늘 저녁의 이동 경로를 따라 두 바퀴나 미친놈처럼 맴돌았지만 찾지 못했다. 찾을 수 없었다. 어디서 그걸 빠뜨린 건지, 오리무중이었다.

이따금씩 말이 끊길라치면 어김없이 어린놈의 새끼가 버르장머리 없이, 소리가 터졌고, 그러고 나면 그들은 쌈닭처럼 다시 엉겨 붙었다. 행인들은 잠깐씩 서서 그들을 멀찍이 바라보다 혀를 끌끌 차며 지나쳤다. 지금은 모든 게 술 탓인 것처럼 보였다. 그리하여 마침내,

K는 광장 화단 턱에 쪼그리고 앉아 저녁에 있었던 일들을 순차적으로 하나하나 짚어보기 시작했다. 대체 그놈이 어디서 빠져 달아난 것인지.

어쩌면 이제, 한동안 이 다리를 건너지 않게 되리라는 막연한 예감을 하며, K는 당산철교를 건넜다. 그건 정말 막연한 예감에 불과했다. 한강은 마치 바다처럼, 검은 빛으로 잔잔히 출렁거렸다. 그걸 내려다보고 있자니 머리가 한결 맑아진 느낌이 들기도 했다. 지금쯤이면, 여덟 시가 가까웠을까? 휴대폰을 꺼내 시계를 보았지만, 부재중 전화나 문자 메시지가 도착했다는 표시는 없었다. 휴대폰을 주머니에 집어넣으며, K는 다시금 몇 시나 되었을까 궁금해졌다. 여덟 시가 넘었을까? 하필 퇴근 시간대에 걸리긴 했지만,

북적이던 역사 바깥의 인파에 비하면 전철 안은 그나마 여유

가 있는 편이었다. 휴대폰이나 PMP로 고스톱이나 야구 게임을 하는 사람, 그리고 연예인들끼리 치고 까불며 시시덕거리는 프로그램을 보고 있는 사람들을 헤집으며 폐지 수거하는 노인이 지나가기도 했다. 배낭은 이미 폐지들로 빵빵했지만, 노인의 손엔 마대가 하나 더 들려 있었다. 노인은 선반에 매달리다시피 손을 얹어 몇 시간 만에 폐지로 변한 신문들을 한 장 한 장 간신히 끌어내렸다. 더러 신문들을 모아서 가져다주는 승객도 있었지만. K는 출입문 옆 손잡이에 등을 기댄 채로 한 손은 재킷 주머니를 다른 손은 바지 뒷주머니를 더듬거리며 서서, 넌지시 노인의 일하는 모습을 관찰했다. 왜 신문 수거하는 노인들은 키마저 작은 걸까, 아니 작아진 걸까, 생각하며.

그리고 경로석 위쪽에 붙어 있는 캠페인 광고도 유심히 살폈다. '경로석이 아닙니다. 50년 후 당신의 예약석입니다.' 처음이 광고 문안을 봤을 때, K는 피식 웃음이 났다. 50년 뒤의 예약석이라니…… 정말 50년 뒤에 겨우 저런 자리 하나 차지하자고 50년 전부터 젊은이들이 고생을 밥 먹듯 하는 걸까? 누구라도 50년 뒤엔 기사 달린 멋진 중형차의 뒷자리를 상상하지 않을까? 돈은 곧 희망이니까. 아니 참, 희망이 곧 돈이었던가? 아무튼, K는 50년 후 기사 달린 중형차를 타고 있는 자신의 모습을 상상해봤지만, 그런 모습은 좀체 또렷이 떠오르지 않았다. 오히려, 모두가 기사 달린 중형차를 탄다면 그 중형차는 누가 만들어 누가 팔고 누가 고치고 누가 운전한단 말인가? 하는 쓸

데없는 걱정만 들었다.

1호선은 2호선에 비해 승객이 훨씬 많았다. 그나마 목적지를 향해 빨리만 달려주면 좋으련만, 신도림역을 출발한 전철은 구로역으로 곧장 달려가지 못하고 중간에 자꾸만 멈춰 섰다. 두 역 사이에선 흔한 일이어서, 승객들은 별로 동요하는 기색을 보이지도 않았다. 어떨 땐 이십 분 이상 정체되는 경우도 있었으니까. 사람들은 그저, 또 시작이군, 하는 떨떠름한 표정으로 앞에 선 사람이 저녁에 먹었을 식재료들을 머릿속에 떠올리고 있었다.

아니, 어쩌면 사람들은 그 순간, 자신들의 원죄에 대해 생각하고 있었는지도 모르겠다. 이게 혹시 서울에 살지도 않으면서 서울 시민인 척 그곳으로 출근하는 사람들에게 진짜 서울 시민들이 보내는 경고 같은 게 아닐까 하고. 그러니 이런 병목현상쯤은 당연하게 받아들이라는 무언의 압력 같은 것 말이다. 우리는 집 살 때 당신들보다 대출도 많이 받았고, 그걸 갚아나가자면 허리가 휠 판이니, 그 대신 당신들은 지하철 안에서 허리가 휘어보라고. 어쩌면 그런 것도 조금쯤 작용했을 거라고 K는 생각했다. 손잡이를 잡은 채로 늘어져 있다 보니 그런 생각들, 혹은 그와 비슷한 생각들이 끊이질 않았다.

아무튼, 다시 말하지만 사건은 기관사의 느닷없는 선언으로부터 시작되었다. 아마도 첫번째 선언은 별생각 없이 흘려들었던 모양, 몇몇 승객들이 볼멘소리로 웅성거리고 나서야 K가 듣게 된 그의 두번째 선언은 이러했다.

다시 한 번 안내 말씀드립니다. 우리 열차는 더 이상 운행하지 않습니다. 승객 여러분께서는 이번 역에서 내리시어 다른 교통수단을 이용해주시기 바랍니다. 여행에 불편을 드려 죄송합니다. 거듭 안내 말씀드립니다. 우리 열차는 더 이상……

사람이 이렇게 많이 탄 퇴근 열차가 설마…… K는 우선 그렇게 생각했다. 주변 사람들 역시 설마 하는 표정들이었지만, 막상 전철이 구로역에 정차해 출입문을 활짝 열어젖히더니 불까지 꺼가며 어서 내리라고 윽박지르자, 우선은 시키는 대로 따르는 수밖에 다른 도리가 없었다.

K가 플랫폼에 발을 내디뎠을 땐 이미 역사로 올라가는 계단까지 사람들로 빼곡히 들어 찬 상태였다. 역사의 스피커에서도 전철 안에서 들었던 내용이 반복되고 있었다. 왜 운행을 하지 않는지에 대해서는 누구도 알려주지 않았다. 사람들은 일제히 휴대폰을 꺼내 들고 뉴스 검색을 하거나, 지인들에게 전화를 걸거나, 교통방송을 청취하느라 여념이 없었다. 그렇지만 아무도 전철이 멈춰 선 비밀을 풀지는 못한 모양이었다.

그리고 계단에 발을 디뎠을 때부터는 멈춰 설 수도, 그렇다고 빨리 걸어 역사 밖으로 빠져나갈 수도 없었다. 한 뼘씩 종종걸음 치기를 십 분쯤 지났을까, 앞쪽은 교통카드 검색대에 가로막혀 있었고, 뒤쪽으로는 또 한 대의 전철이 들어왔는지 더 많은 사람들이 꾸역꾸역 밀치며 올라오고 있었다. 전쟁이 나면 이런 식으로 피난을 가게 될까, 생각하며 K는 순한 양처럼 한 손은 재킷 안쪽에 넣어둔 봉투를 다른 손으로는 바지 뒷주머니를 만지작거리며 사람들을 따라 앞으로 조금씩 밀려났다. 몇몇 사람들 사이에서 밀지 말라는 고성이 오갔고, 누군가는 좌측통행을 하라는 소리를 버럭버럭 질러댔다. 나라에서 시키면 좀 시키는 대로 하쇼. 거긴 유치원도 안 다녔소?

교통카드 검색대와 역무실 사이에는 사람들의 아우성이 더 큰 소리로 소용돌이를 이루고 있었다. 역무원을 찾거나 환불을 요구하는 사람들도 더러 있었지만, 대다수는 묵묵히 역사 밖으로 빠져나가느라 여념이 없었다. 여기서 지체한다면 사람들이 더 많이 몰려들어 버스로 갈아타는 데에도 지장이 생길 터였다. 아무튼 K는 역사 밖으로 튕겨지듯 빠져나오고 나서야 주안역에서 열차가 출발하지 못하는 여파로 모든 경인선 전동열차의 운행이 중단되었다는 소식을 들을 수 있었다. 뉴스는 휴대폰을 든 사람들의 입에서 입으로 퍼지기 시작했고, 삼 분쯤 뒤엔 역사에 설치된 스피커를 통해 공식적으로 전달되었다.

안내 말씀드립니다. 현재 주안역에 정차해 있는 열차가 출발을 못 하고 있는 여파로 경인선의 모든 전동열차가 운행을 중단한 상태입니다. 여정이 급하신 손님께서는 버스나 택시 등 다른 교통수단을 이용해주시기 바랍니다. 아아, 다시 한 번 안내 말씀드립니다. ……

그렇지만, 주안역에 있다는 그 열차가 왜 못 가고 있는지에 대해서는 아무도 말해주지 않았다. K는 문득 주안역에 열차 한 대가 정차해 있고, 그 앞에 피투성이의 누군가가 엎드려 있는 장면이 떠올랐다. 그 또는 그녀는 무슨 힘든 일이 있었기에 전철에 몸을 던졌을까? 게다가 이 많은 사람들을 피곤하게 만들면서까지. K는 버스 승강장으로 걸어가며 생각했다. 웬만하면 오늘, 이 시간은 좀 피했더라면 좋았으련만.

그러나 삼백여 미터나 걸어서 부평행 버스를 타러 간 K는, 그것 역시 쉽지 않은 일임을 직감했다. 이미 승객들로 가득 찬 버스는 문을 닫지 못해 출발을 못할 지경이었지만, 사람들은 승강대에 매달려 자신이 올라탈 한 자리를 확보하기 위해 안간힘을 쏟고 있었던 것이다. 문을 열지 않은 채로 슬금슬금 지나치려는 버스는 사람들의 주먹질과 발길질 세례를 받기도 했다. K는 그저 멍하니 그 모습들을 지켜보고 있었다. 버스 기사가 야속하다가도 좀 지나치다 싶은 승객의 반응을 볼라치면 그게 또 볼썽사나워 보였다.

버스는 모두 만원이었다. 버스 앞으로 달려가는 것도, 자리를 비집고 올라서는 것도, 더구나 부평까지 그 안에 실려 갈 걸 생각하면 도무지 엄두가 나지 않았다. 사람들은 점점 더 많이 몰려와, 차도에까지 내려서서 버스를 잡았다. 사람들이 매달린 버스는 점점 더 뒤쪽으로 늘어났고, 새로 도착하는 몇몇 버스들은 승강장을 피해 줄행랑을 치기도 했다. K는 그저 멍하니 그

126

모습들을 지켜보았다. 이즈음 몇몇 사람들이 버스 승강장에서 말다툼을 벌이기도 했다. 어떤 차편으로도 약속 시간에 댈 수가 없게 되자, 근처의 누군가에게 화풀이를 하는 모양이었다. K는 그저 멍하니 그 모습들을 지켜보고 서 있었다.

시간이 얼마나 지났을까, 어처구니없게도 휴대폰을 든 사람들의 입에서 전철이 운행을 재개했다는 소식이 들리기 시작했다. 몇몇 사람들은 벌써 몸을 돌려 전철역으로 향하고 있었다. 좀 여유로운 버스가 한두 대 나타나준다면 K는 그냥 버스를 타고 갈 생각이었다. 그렇지만 그런 버스는 나타날 기색이 없었다.

K는 어쩔 수 없이, 걸어서 다시 구로역으로 돌아왔다. 언제, 무슨 일이 있었냐 싶게, 구로역은 평온을 되찾아 있었다. 모든 게 원활하게 흘러가고 있었다. 사무실 유리창 안으로는 역무원의 모습도 보였고, 역사 양편으로는 안전요원도 두 명씩 배치되어 있었다. 개찰구가 보이는 역사에 서자, K는 문득 목이 말랐다. 발품을 너무 많이 판 탓이었다. 하지만 음료수를 사기 위해 매점 앞으로 걸어가다 말고,

K는 걸음을 멈췄다.

없었다. 뒷주머니가 빵빵하도록 욱여넣었던 지갑이, 만져지지 않았다. 주머니 한쪽이 뜯겨나간 걸로 봐선 누군가 맘먹고 소매치기를 한 모양이었다. K는 반사적으로 재킷 주머니의 봉투도

더듬어보았다. 다행히 그건 만져졌다. K는 지금껏 지나왔던 길을 따라 쏜살같이 광장으로 내달렸다. 땅바닥만 바라보면서.

환승을 하려면

지갑은 아무래도 역사를 빠져나와 버스 승강장으로 걸어가는 동안 잃어버린 듯했다. 어쩌면 버스를 타기 위해 실랑이 부리는 사람들을 구경하는 사이 도난당했을 수도 있었다. 제대로 써먹어본 적 없는 운전면허증과 몇 달 생활비로 요긴했을 지폐 뭉치와 자질구레한 영수증들과 거기에 적힌 자잘한 메모들…… 돈도 돈이지만 언젠가 불러와야 할 기억들과 아쉬운 문장들은 어쩐다?

K는 오랫동안 광장 화단 턱에 넋을 놓고 앉아 있다가 휴대폰을 꺼내 1번을 꾸욱 눌렀다. 다행히도 R은 전화를 받았고, K는 미안하지만 조만간 여왕의 돈을 돌려줄 생각이라고 불쑥 말했다. 일부를 조금 쓰긴 했지만 원금을 채워놓는 데는 오래 걸리지 않을 거라고도 덧붙였다. R은 K의 말을 잘 알아듣지 못하는 눈치였다. 여왕이 누구냐고 되묻더니, 생활비도 빠듯할 텐데 무슨 보험까지 들 생각을 하느냐고도 했고, 아간 술값 계산을 미처 못하고 와서 미안하단 소리도 했다. K가 영화는 재밌게 봤냐고 물었을 때 R은 버럭 화를 내기도 했다. 사장의 부탁으로

급히 원로 작가 댁을 함께 방문했는데, 마룻바닥에서 한 시간 넘게 무릎을 꿇고 앉아 출간 일정 조율을 했더니 발이 저려 죽는 줄 알았다고 했다. 극장 가본 게 언젠지, 무슨 영화를 언제 어디서 봤는지, 이젠 기억조차 가물가물하다고도 덧붙였다. 그러고 나서 한참 동안 K가 말을 않고 있자, R은 의열단 중국 쪽 취재비는 자기가 어떻게든 만들어볼 테니 걱정 말라고 했다. 그래, 만주에 다녀오면 뭔가 좀더 구체화되겠지, 하고 큰누님 같은 말도 했다. 다시 한참 동안 K가 말을 않고 있자, R은 이제 퇴근 준비해야 되니까 그만 끊자고 했다. 그리고 이어서, 술 좀 적당히 마시고 일찍 들어가라고 잔소리를 해댔다. 아침저녁으론 아직 춥다고.

K는 천천히 걸어서 구로역사로 올라갔다. 광장 주변으로 환히 불을 밝힌 어느 주점에 들어가 막걸리라도 한 사발 시원스레 들이켜고 싶은 생각이 간절했지만, 돈이 없었다. 재킷 주머니의 봉투와 그 속에 든 수표들이 손가락 끝에 만져지긴 했지만. 돈도 희망도, K의 수중엔 아무것도 없는 셈이나 마찬가지였다. 순간 집에 돌아갈 차비가 아찔하게 떠올랐지만 다행스럽게도 바지 주머니에 선불 교통카드가 들어 있는 게 어렴풋 느껴졌다. 서너 차례는 더 외출할 수 있는 잔액이 거기 남아 있을 터였다. 그러나 K는 짐짓 짜증스럽다는 표정으로 출입구 근처에서 서성이던 공익근무요원에게 쭈뼛쭈뼛 다가갔다. 한 시간여 전에 이

곳에서 있었던 황당한 사건에 대해 말하려던 찰나, 공익근무요원은 미소를 듬뿍 담아 고개를 끄덕여주었다. 불편을 드려 죄송하다는 표정인지, 그쯤이야 아량을 베풀어줄 테니 걱정 말라는 표정인지, 알 수 없었다. K는 그가 열어준 비상용 게이트를 통과하며 나직이 고맙다는 인사를 붙였다.

K는 플랫폼으로 내려가 노란선 안쪽, 발자국 표시가 붙어 있는 곳에 가서 얌전히 섰다. 추운 건지 외로운 건지 두려운 건지 알 수 없었다. 팔짱을 끼고 역사 건너편의 불빛이 환한 아파트 단지를 바라보는 사이 소슬한 바람이 불었다. 얼마 지나지 않아 전철 진입 안내음이 울렸고, 인천행 전동열차의 불빛이 플랫폼을 따라 휘어져 들어오는 게 멀찍이 바라보였다.

개꿈

놈은 보름간 사경을 헤매다가 죽어버렸다. 산소호흡기에 숨통을 맡긴 채 중환자실에 누워 있다가 끝내는 그것마저 받아들이기를 거부한 것이다. 아니 어쩌면, 거부한 것이 아니라 거절당한 것일 수도 있다. 놈이 죽은 날 저녁에 놈의 병실을 찾았던 어떤 친구의 말에 따르면 병원 로비에서 놈의 의붓아버지를 보았다고 했다. 그 말을 전하던 친구의 표정에 '그 새끼 꼰대가 죽인 게 틀림없어. 지난번 국회의원 선거도 따지고 보면 그 새끼 땜에 떨어진 거였잖아'라는 말이 담겨 있었다는 소문도 꼬리에 꼬리를 물었다. 또 다른 친구는 그 친구가 그걸 증언할 때 산소호흡기를 얼굴에서 떼어내는 동작까지 취했었다고 주장했다. 아무튼 소문은 꼬리가 길어지거나 여러 갈래로 갈라지기도 하다가 어느 순간 잠잠해졌다. 놈이 죽었다, 는 사실 하나만을 명확하게 남긴 채.

놈이 다니던 학교에 여전히 다니고 있던 어떤 할 일 없는 녀석이 놈에 관한 마지막 소식을 전했을 때 년은 한마디로 일축했다.

아, 씨바…… 졸라, 되는 일이 하나도 없어!

그러나 그 일갈은 놈의 죽음에 대한 것이 아니라, 그 사건이 있고 나서 생긴 몇 가지 신상의 변화를 두고 한 말이었다. 그건 그렇다 치고,

우리가 본 것을 굳이 밝히자면, 소문과 진실 사이에는 괴리가 많다. 그날 놈의 의붓아버지 이한림 씨가 병원에 다녀간 건 사실이지만, 그건 아들놈의 생사가 걱정되어서가 아니라 그와 내연 관계에 있던 여자가 딸을 출산했기 때문이다. 그는 놈이 입원해 있는 육 층에는 발자국 하나 지문 한 점 남긴 일이 없다. 다음 날 오후에도 비슷한 차림으로 한 번 더 병원에 나타났지만 딸아이를 안고 밝은 표정으로 퇴원했을 뿐 다른 병실에는 눈길 한 번 기웃거린 일조차 없다. 우리가 본 것은 그게 전부다. 어쩌면 이한림 씨는 놈이 그 병원에서 사경을 헤매고 있다는 사실조차 까맣게 몰랐을 수도 있다.

굳이 한 가지 사실을 더 밝히자면, 놈의 아버지를 봤다고 소문을 낸 바로 그 친구가 오히려 안절부절못하는 행동들을 우리에게 여러 번 들켰다는 점이다. 그러나 우리는 그 친구가 놈의 병실에서 어떤 짓을 했는지는 보지 못했다. 놈이 멀쩡히 학교를

다니며 포악을 떨던 시절엔 호주머니를 털어 용돈까지 쥐여주던 친구인지라 의혹의 시선을 보내는 건 적절치 않을지도 모른다. 뿐인가. 그 친구를 위한 변호로 한마디만 덧붙이자면, 친구가 병실을 다녀간 것은 놈이 숨을 거둔 시각보다 무려 다섯 시간이나 빨랐지만 그 다섯 시간 동안 별다른 이상은 눈에 띄지 않았다는 것이다.

아무튼 놈은 죽었고, 죽은 놈은 말이 없다.

그러고 나서 사 년이 지난 어느 날,

년은 눈을 뜨고 보았다. 아니, 눈이 뜨인 아주 짧은 순간, 년의 눈에 무언가가 보였다고 해야 하나. 깊은 물속 같은 묵직한 어둠이 일렁이는 새로 푸르스름한 불빛과 희뿌연…… 연한 물방울, 그리고 고즈넉한 자세로 꼼지락거리는 두 사람…… 하아, 짧은 순간 목을 타고 올라오는 가쁜 숨소리. 소리가 들렸다. 어쩌면 그런 소리들 때문에 년의 눈이 뜨였던 건지도 모른다. 아무튼 년은 어둠침침한 공간에 누워 있는 자신의 상태와 처지를 비로소 인식하게 되었다. 팔과 다리와 목…… 어느 것 하나 뜻대로 움직일 수 없는. 갑갑함과 아득함. 그리고 지속적으로 들려오는 철제 침대의 삐걱이는 소리도. 하아, 가쁜 숨소리와 삐걱삐걱삐걱…… 푸우우—가습기가 미세한 물방울들을 토해놓는 소리. 뭐지? 저 소리들은.

그러고도 얼마나 지났을까, 잠깐의 적요를 사뿐사뿐 짓이기

며 짙은 어둠 하나가 다가와 년을 빤히 내려다보았다. 그림자보
다 더 시커먼 그 형체는 허리에 하얀 담요를 두른 채로 서서 년
의 눈 위에다 한쪽 손을 휘저어댔다. 모야? 거긴 왜? 또 다른
형체에서 나는 소리. 쉿! 가만 있어봐, 쫌 전에 이년이 눈을 떴
었단 말야. 반짝 했어. …아 씨, 걔는 식물인간이라던데. 닷새
째 의식불명이랬… 씨바, 쫌 조용히 해봐. 분명히 눈에서 빛이
반짝 했단 말야. 졸라, 말이 되는 소릴 해라. 그년이 실려 들어
온 뒤로 눈 뜬 걸 한 번도 못 봤는데, 무슨… 쉿! 조용히 좀 해
봐, 졸라… 아, 씨바, 비켜봐 봐, …뭐, 어디가 눈을 떴다는 거
야? …그런가? 분명히 아까… 아, 씨바, 산통만 깨졌네. …히
힛, 그러게! 에이 씨바, 그새 죽어버렸잖아. 큭큭큭. 히히히.
그런데… 이상하다, 분명히 눈에서 빛이 반짝…… 야, 쫌 치
워봐, 어! 아아, 키키킥, 모야아, 아 씨바, 졸라 밝히기는……
  의식불명? 닷새째, 식물인간…… 이제 좀더 명확히 들리고
또렷하게 보이는 듯했다. 캄캄하기는 해도 희뿌옇게 칠해진 게
느껴지는 벽면하며 길게 둘러쳐진 커튼들, 맞은편에 놓인 철제
침대와 그 위에서 알몸인 채로 끌어안고 있는 두 사람…… 아!
병원이로구나, 여긴. 그런데, 내가 여길 왜…… 년은 빡빡한
눈알을 천천히 굴리며 사태를 파악해보았다. 대체 무슨 일이 있
었던 거지? 그러나 생각은 자꾸만 툭 툭 끊겼다. 그때마다 몸속
저 안쪽에서 내장이, 온몸의 근육과 핏줄이…… 신경 줄이 꼬
였다가 툭 팅기기라도 한 것 같은 통증이 짜르르 퍼져나갔다.

몇 분이나 지났을까? 어쩌면 아주 짧은 몇 초였을지도 모를 시간이 자근자근 지나갔다. 년은 맞은편 벽에 걸린 시계가 한순간 멈췄다가 다시 움직이고, 오랫동안 멈췄다가 또 잠깐씩 움직이는 걸 어슴푸레 바라보고 있었다. 고장이라도 난 걸까, 아니면 건전지가 다 닳은 걸까. 아니 어쩌면 저건, 다른 차원의 공간에서 누군가가 날 바라보는, 일종의 잠망경 같은 것일지도 몰라. 그 순간 사 년 전에 죽은 놈의 얼굴이 또렷이 떠오르는 건 또 무슨 불길한 징조일까. 혹시 놈이 날 부르고 있는 건, 아닐 테지…… 너도 이렇게 아팠니? 꼼짝도 못하고 누워서 다음 순간을 기다리는…… 어찌 될지도 모르는 다음 생을. 막막하게. 시계 아래쪽 침대에 엉켜 있는 두 사람은 킬킬거리며 침대를 들썩이다가 어느 순간엔 오십 년쯤 함께 산 잉꼬부부처럼 적막하게 그저 끌어안고 있기만 했다. 여러 번, 아주 여러 번 그런 장면이 이어지고 겹쳐지고, 또 순서가 바뀐 채로 년의 시야에 잠깐씩 나타났다 사라지곤 했다. 어느 순간엔 침대에 뒤엉켜 있던 시커먼 형상 중의 하나가 어딘가로 사라져 한참 동안 보이지 않기도 했고, 어떤 유니폼을 입은 듯 보이는 그림자가 카트를 밀고 들어와 뭔가를 분주히 부스럭거리다가 나가기도 했다. 그럴 때마다 년의 눈이 잠깐씩 빛났다. 빤짝.

*

이야기는 이렇다. 년이 지난 사 년간 옆구리에 끼고 다니던 150원짜리 1962년판 완판본 『춘향전』식으로 시작해보면, 이렇다.

이때 서울특별시 강남구에 '은미'라는 여대생이 살았으되, 일찍이 공부는 작파하고 있는 집 남자애 꼬드겨 팔자 고칠 잔머리로 날밤을 지새우는 것이었다. 그날도 대낮부터 명문대 의대생과 오월 봄바람이 살랑살랑 불어 커튼을 하느작하느작 휘날리는 한적한 모텔에 들어 한창 분위기를 잡으려는 찰나,

"흠, 흠…… 아! 씨바, 오늘도 어디서 데모하나 보다. 거기 문 좀 꽉 닫아라."

"네, 오빠! ……에 에치! 재들은 수업 째고 나가서 맨날 저 타령이니, 부모님들 속이 얼마나…… 에, 에이치…… 상할까요?"

"하하! 넌 어떻게 재채기하는 것까지 그렇게 이쁘니? …… 이리 와봐라. 오늘은 어떻게 해줄까, 응?"

"아이, 자 잠깐만요. 그렇게 서두르면, 아 아프단…… 말예요."

공들여 쌓은 탑이 무너지고 물가에 심어놓은 나무가 시들리오. 얼마 지나지 않아 은미는 임신진단시약을 들여다보며 소리 죽여 만세삼창을 불렀더라. 그런데, 어수룩한 연출이 지나쳤던가, 영악한 연기가 설익었던가. 꿈에도 의심하지 않았던 줄이 하필 썩은 새끼줄일 줄이야 그 뉘가 알았으리오. 오빠(라 불린

남자)는 삼수 끝에 간신히 수의대에 발을 들여놓기는 했으되, 지방에서 큰 사업체를 경영한다던 소리는 고작 논 천여 평에 밭 오백 평을 호미로 갈아엎고 사는 농투성이의 자식이라. 그것도 동생이 줄줄이 딸린 종손이라니 더 말해 무엇 하리오.

"애고애고, 내 팔자야, 공들여 쌓은 탑이 우골탑이요, 물가에 심은 나무가 하필 선인장이었고나!"

섧게 울 기력도 시간도 없이 나날이 배가 불러 어느새 여섯 달인지라, 산부인과를 전전해본들 의사란 작자들은 어떻게 손 써볼 기색도 요량도 없이 고개만 절레절레 젓는 걸로 의사를 표시하는 게 아닌가. 그리하여,

열 달을 꽉 채우고 년이 태어났으되, 은미의 꿈에는 그 옛날 월매가 꾸었다는 오색구름도 선녀도 나타날 기미가 없었다. 친정도 시가도 등 돌리고 오빠도 나 몰라라, 기나긴 랠리의 탁구공처럼 얻어맞고 튀어다니며 동가식서가숙하는 설움을 그 뉘가 알까. 애가 애를 키우는 격이니, 먹이면 탈 날세라 안으면 터질세라 방구석에 홀로 누워 꼴깍꼴깍 울음을 삼키는 년의 신세도 처량하기는 마찬가지라. 협박 반 애걸 반으로 간신히 살림을 합쳤으나 그 꼴은 또 오죽하랴. 천덕꾸러기도 그런 천덕꾸러기가 없었다.

허나 아무리 서러워도 세월은 쏜살이라. 년도 무럭무럭 자라 뒤집고 기고 앉고 서니 늘어가는 재롱으로 보아 제 살 길은 찾을 만했더라. 은미가 그제야 정신을 추스르고 년이 아장아장 걷

기 무섭게 옛 취미를 살렸구나. 어미 아비는 집 밖으로만 나돌고 어린이집에 홀로 처박힌 년의 팔자도 참말로 기구하다. 하루하루가 산 넘어 산이요 물 건너 물이라. 그래서 그랬던가, 년은 너덧 살이 되도록 말과 욕도 구분 못하고 열심히 종알대기만 할 뿐, 일삼느니 사내 녀석들하고 몰려다니며 사고 치는 게 일상이었더라. 아무러하든,

그때가 어느 때인고, 놀기 좋은 봄날이라. 정치판이 개판이더니, 때마침 너도나도 애완동물 한 마리씩 기르지 않는 집이 없구나.

"그러면 그렇지! 애초에 내가 십 년을 내다보고 그이를 꼬였었단 말이지. 이제 우리 사업도 대박이 나겠구나."

명품으로만 휘두르고 처바른 각양각색의 계원들과 산으로 들로 날아들며 춘정을 다투는데…… 샴페인을 너무 빨리 터뜨렸던가, 흔들흔들 비틀비틀 관광버스가 길도 아닌 계곡으로 우르르 쾅쾅 굴러간다. 굴러가되, 아이고 이를 어쩔거나, 중경상 서른에 사망이 하나인데, 그 하나가 하필 년의 어미 은미라.

"오대 종손 귀한 씨가 내 대에서 끊길 판이니 조상님들을 어찌 볼까. 편부 슬하에 남은 저 딸년을 이제 무슨 수로 혼자 키운단 말가."

아비는 화장실로 들어가며 섧게 웃음 웃는지라, 상을 치르기가 무섭게 재취부터 들였겠다.

“쯧쯧, 그러니까 계모하고 사이가 안 좋아서 가출했던 거구나?”

“아, 씨바! 성격 졸라 급하네. 얘기 끝나려면 졸라 멀었거든. ……그건 그렇고, 아까부터 왜 자꾸 반말이야? 언제 봤다고.”

“아니, 뭘, 너도……”

“새끼, 쫄긴…… 인생이란 게 그렇게 단순하지가 않은 거야, 짜샤. 암튼, 아빠가 재혼을 하는 순간 난 비로소 세상을 알아버렸던 거지.”

“……”

“언젠가 꿈을 꿨어. 내가 만들어지던, 아니 쫌 유식한 말로 하자면 내가 막 존재하기 시작한 순간을 보게 된 거야. 봄바람이 살랑살랑 부는 어느 날, 젊디젊은 청춘남녀가 사랑을 나누고 있었어. 솔직하게 말하자면, 남자는 그저 하루 즐기고 싶었던 거고 여자는 그걸 빌미로 조건 좋은 남자를 낚으려던 거였겠지만. ……이 세상에 사랑이란 게 과연 존재하는 걸까?”

“누구나 그런 식으로 태어나는 거지 뭐. 아니, 그런 거죠 뭐. 특별할 게 뭐 있겠어……요? 사람 사는 게 다 비슷비슷한데.”

“그럼 끝까지 잘 키우기나 할 일이지. 그렇게 빨리 죽어버리면 난 어쩌라구? 씨바, 이건 마치 같이 자살하자고 꼬셔놓고는 벼랑 끝으로 차를 몰고 가다가 저만 살겠다고 차에서 뛰어내린 거나 마찬가지잖아.”

“그렇지만, 그건…… 적절한 비유가 아닌 거 같은데. 돌아가신 건 그쪽이 아니라 그쪽 어머니잖아……요."

"아, 씨바! 진짜로 말귀 졸라 못 알아듣네. 그러니까 네가 임마, 군대 못 가고 여기서 공익근무나 하고 있는 거야. 졸라, 생긴 건 멀쩡하게 생겨 가지구."

우리 눈에 띈 바로는, 사고가 나던 날 오후에 년의 엄마는 심하게 취해 있었다. 우리로서는 짐작할 수 없는 어떤 감투를 쓰기로 그날 계원들과 약조가 되었으므로 년의 엄마는 기분이 날아갈 듯 좋아 보였다. 그런 데다 속칭 관광버스 춤을 추는 틈틈이 버스 기사에게도 맥주를 억지로 권했으니 전날에도 야간 운전을 했던 기사는 깜빡깜빡 졸 수밖에 없었던 것이다. 사고가 나던 바로 그 순간에도 버스 기사의 눈은 게슴츠레 감겨 있었다. 클랙슨 소리에 놀란 기사가 번쩍 눈을 떴을 땐 이미 중앙선을 넘어 십 톤 트럭의 옆구리를 스치는 중이었고, 뒤따르는 승합차를 피하기 위해 급히 핸들을 돌린 직후엔 가드레일을 들이받았고, 이어 에어백이 시야를 가리고 말았다. 그러니 버스 복도를 돌아치던 년의 엄마만 홀로 튕겨져 나가 뒤늦게 발견된 건 이상할 것도 없는 일이었다.

정작 이상한 일이라면 년의 새엄마가 된 여자는 이미 오래전부터 년의 아빠와 만나오던 사이라는 정도일 텐데, 아무튼 이야기를 더 이어가보자. 년의 말마따나 이야기가 끝나려면 아직 하멀었으니까.

비록 어미가 죽었으되, 년은 무럭무럭 자라 일곱 살이 되었구나. 어미 죽어 나온 보상금과 보험금으로 리모델링한 아비의 동물병원은 날이 갈수록 호황이라. 수의사를 충원하고 진료시간을 늘렸지만 눈코 뜰 새가 없어 앞도 안 뵈고 숨도 막힐 지경이라. 새로 온 수의사 하는 말이,

"강아지님 고양이님 치료하다 사람 새끼 병나겠네."

이 말 듣고 모두 웃었으되 년의 아빠 혼자만 먼산바라기라.

년도 가까스로 '가갸거겨' 한글 자모를 익히니 드문드문 동화책도 읽고 요상한 그림을 섞어가며 일기도 쓸 만한 재주가 생겼겠다. 그러나 어릴 적 버릇이 어디를 가겠는가. 년은 어린 나이에도 잠이 없어 화면조정으로 색감을 익히고 '대한 사람 대한으로 길이 보전하세'로 음감을 잡으니 세상일을 모르는 바 없었더라. 헌데, 종알거리며 까불 나이에 방구석에 웅크리고 앉아 벽으로만 달라붙으니 그것이 문제라. 어미 복 없는 년이 계모 복은 있으리오. 이 모든 게 어린 나이에 어미 잃은 슬픔인지라,

"쯧쯧, 자고로 애는 제 어미가 키워야 되는 거야. 저것이 무슨 팔자가 드세 저 꼴이 되었을꼬."

이웃들이 쉬쉬하며 쑥덕일 제, 그때마다 년은 텔레비전이 시킨 대로 울고 웃고 분노하고 욕망했으나, 그도 오래되니 자연히 '무표정'이라.

"내 나이 일곱 살에 터득한 건 사람들 앞에서 표정을 들키지 말라는 거였어. 포커페이스. 알아도 모르는 척 몰라도 모르는 척, 그저 그렇게 관망하는 거지."

"……"

"씨바, 가까이 오지 말랬지? 거기서 한 발짝만 더 오면, 그냥 콱……"

"아, 아냐, 내가 뭘. ……재, 재밌으니까, 얘기나 더 들려줘……요."

세상일을 관망하며 소일하다 보니 년의 나이 어느덧 열여섯이 되었을 때의 일이라. 2차 성징을 지나친 지도 한참 되어 처녀 태가 물씬물씬 풍길 적에,

이때 년도 드디어 가슴앓이를 하였더라. 처음 하는 가슴앓이라 관망하던 세계관도 얌전 빼던 처세술도 모두모두 집어던지고 일로매진 달려든다. 그러하니, 년의 생모가 뉘라서 그 피를 속일쏜가. 두근두근 몽글몽글, 오매불망 그이만을 가슴에 담았으되, 그이는 눈도 깜짝 않는다. 부처님 가운데 도막이 이러할까, 공자님 책 넘기던 손가락이 그러할까. 산책을 하재도 흥, 놀이공원엘 가재도 흥, 심지어 떡볶이나 먹재도 흥이라. 한번은 교복 치마를 슬쩍 걷어 올려도 보았건만 곁눈질 한 번 침 넘김 한 번이 없다.

"오빠, 혹시 그거 아녜요?"

년이 가운뎃손가락을 꼬부려 보일 적에,

"까불지 말고 공부하자. 너, 대학 가기 싫으니? 과외 알바 짤리면 난 갈 데도 없다. 제발 성적 올려서 보너스 좀 받아보자, 응?"

"아빠한테 얘기해서 오빠 월급 올려주라고 할게요, ……으응? 그냥 사는 얘기 좀 하자니까. 누가 뭘 어쩌자는 것도 아니고…… 으응?"

"사는 얘기? 네가 살 길은 이 책을 달달 외우는 것밖에 없어. 머리에 피도 안 마른 게 못된 짓은 먼저 배워 가지고……"

그이가 뉜가. 대꼬챙이 학자 집안에 일류대학 출신이요, 돈 없는 게 흠이로되 입신양명이 보장된 청년이라. 무에 아쉬운 게 있어 년 같은 계집애를 건드릴까? 이리 빼고 저리 빼고 년의 애간장만 다 녹이더니 국회의원 출마한 선배 따라 총선 캠프로 내뺐더라.

"서럽고 서럽구나. 사랑에는 국경도 없다던데, 나한테 시방 애 취급을 하였겠다?"

이를 바득바득 갈았으되,

이때가 어느 땐고, 초고속 인터넷망이 초고속으로 깔리던 시절이라. PC방 출입 일주일 만에 동갑내기 놈을 꼬이고야 말았구나. 『춘향전』을 『성경』 삼아 옆구리에 끼고 가출한 놈과 이팔이팔 나이에 만났으니 그 일이 어찌 되겠는가. 밤마다 업음질로 놀아나며 정자(情字)로 놀아났다 궁자(宮字)로 놀아났다, 세월

가는 줄 모르는데,

"지금 얘기하는 놈이 아까 전에 얘기했던 바로 그…… 옥탑 방에서 도망치다가 사 층에서 떨어졌다는 그놈인가…… 요?"

"응. 맞어."

"아하! 그놈 아버지가 이번 총선에서 당선된 이한림 씨 맞지…… 요? 뒷골목 불량배들하고 휩쓸려 맨날 사고만 치고 다니는 아들을 위해 온몸을 던졌던 과거사를 자서전으로 써서 대박 났잖아…… 요. 그 여파를 몰아서 국회의원 당선까지…… 아마 지금 교육위원회에서 일하고 있을걸…… 요? 텔레비전에도 자주 나오던데. 아! 폭주 오토바이 타다가 의식불명된 아들 병간호하는 장면 읽을 땐 나도 모르게 눈물이 찔끔거리……"

"병신, 꼴값을 해요."

그런데, 이 얘기야말로 진실과는 거리가 멀다. 우리가 비록 남의 사생활을 손바닥에 손금 보듯 내려다보며 눈칫밥으로 먹고살지만, 웬만한 것은 보고도 못 본 척 눈감아주다가 오래지 않아 깡그리 잊는 걸 도리로 알아왔다. 그런데, 이 얘기야말로 제대로 짚고 넘어가야 직성이 풀리겠다. 그날 놈이 PC방에 처음 나타났을 때 우연히도 년의 옆자리만 빈자리로 남아 있었다. 놈은 처음부터 눈이 괴괴 풀린 것이 본드나 부탄가스 흡입 경력이 제법 화려해 보였다. 아무튼 때에 절어 썩은 내를 풀풀 풍기

는 놈이 옆자리에 털썩 자리를 잡고 앉으니 화상채팅방에서 한
창 남자애들하고 재미나던 년으로서는 불쾌하기가 이를 데 없
었다. 코를 잡고 버텨보다가 결국 못 참고 일어서려던 찰나,

그런데 년의 눈에서 빛이 반짝 났다. 놈이 옆구리에 끼고 있
는 이스트팩 가방의 열린 틈으로 시퍼런 돈다발이 보였던 것이
다. 열여섯 살 청소년으로서는 언감생심 만져보지 못했을 만큼
두둑했으니, 년은 다시 철퍼덕 주저앉아 놈이 잠들기만을 학수
고대했다. 허나 당시 대유행이던 스타크래프트 게임에 푹 빠진
놈은 번번이 대패했고, 그때마다 PC방 테이블을 주먹으로 내리
쳐 주변을 긴장시키곤 했다. 잠들 때를 노리긴 글렀고, 모처럼
찾아온 월척을 놓칠 수도 없었던지라, 잠깐 고민하던 년은 놈에
게 몸을 기울이고 친절하게도 단축키를 알려주며 코치 노릇을
자청했다. 그러니 사고무친 가출 청소년이 받았을 감동은 두말
할 필요도 없을 터. 두 연놈은 그날부터 연거푸 일주일을 일수
도장 찍듯 PC방에 나타났다.

그리하여 둘 사이에 무슨 일이 있었느냐고? 혹시 둘이 같이
잔 것 아니냐고? 하, 우리한테 너무 심한 오해를 하면 곤란하
다. 우리가 비록 뭔가를 목격해야 하는 본분을 갖고 태어났지
만, 이래 봬도 말[馬]만 한 처녀 혼자 지내는 방을 엿볼 만큼
타락하지는 않았으니 말이다. 그 둘이 놀아난 사연은 이 이야기
의 전편인 「용꿈」을 읽어보면 상세히 알 수 있되, 실은 그 사연
도 곧이곧대로 믿기는 곤란하다. 년이 공익근무요원에게 해주

고 있는 얘기가 진실인지도 알 수 없고, 그걸 소설 쓰는 사촌 형에게 들려줄 공익의 기억력도 믿을 수 없고, 개연성과 극적 요소를 따져가며 플롯을 짜 맞출 작가의 상상력도 현실과는 거리가 멀 게 분명하기 때문이다. 되레 우리는 그 작가의 치명적인 약점을 몇 가지 알고 있는데, 우연찮게도 놈의 아버지 이한림 씨의 자서전을 대필한 사람이 바로 「용꿈」의 작가이기 때문이다. 이한림 씨의 선거 사무소가 들어 있는 빌딩을 강아지 개집 드나들듯 찾아오는 걸 여러 차례 목격했으며, 전업 작가로서는 쉽게 만져보기 힘든 목돈을 수차례 나누어 송금받는 모습도 현금지급기 앞에서 똑똑히 목격했기 때문이다.

아, 한 가지 더 기억나는 게 있다. PC방에 연놈들이 나타날 시간이 다 되었는데 어째 안 나타난다 싶던 바로 그 이렛날, 년이 계모의 손을 잡고 치안센터에 나타나 제발 도둑놈 좀 잡아가 달라고 신고하던 장면도 우리한테 들키고야 말았다. 나중에 돌아가는 모양새를 보아 하니 그날 놈이 도망치다 옥상에서 굴러 떨어진 모양인데, 그 장면은 우리도 직접 보지 못했으니 뭐라 할 말이 없다. 아무려나 우리에게도 직업윤리라는 게 있다. 자, 송사는 그만하면 되었고,

놈이 비명횡사를 하였을 적에 년의 심정도 편치는 않았더라. 비록 홧김에 서방질한 꼴이 되었으되, 그래도 이레 동안 안고 업고 뒹굴던 놈인지라 겉으로는 끙끙 앓았겠다.

"애고애고, 설운지고. 그 뉘가 내 슬픔을 알리오. 집 떠나온 거지 새끼 이리 다독 저리 다독 헌헌장부 만들고저, 타이르고 가르치고 얼러주고 달래주니 그 정이 적지 않고, 입혀주고 먹여주고 재워주고 안아주니 그 돈도 솔찮더라. 그놈한테 물심양면 나같이 공들인 년 세상천지에 없으리라."

놈이 두고 간 『춘향전』을 베고 누워 돈다발을 세고 또 세는 재미 그 무엇에 비할 텐가. 입이 귀에 걸려 한두 달 '긴급 대출' 명함 나눠주듯 돈을 뿌리고 다닐 적에,

이때 뜻밖에 동네 아줌마 하나가 달려온다. 헐레벌떡 달려와 하는 말이,

"아이고, 쌍둥이 어미야…… 네 신세도 이제 개털이 되었고나."

계모의 손을 잡고 한동안 말을 잊지 못하다가 목소리 낮춰 쑥덕쑥덕 고해바친다. 그 얘기 듣자마자 계모의 낯빛이 납빛으로 변했으되, 독을 묻힌 은수저도 이보다 빠르진 않으리라. 계모 득달같이 뛰쳐나가매,

"아이고, 이년의 박복한 팔자야. 뒷골이 뻣뻣하달 적에 눈치를 챘어야 했는데……"

어린 동생들의 손을 부여잡고 동물병원으로 뛰는데, 동네 사람들 술렁술렁 모여선 가운데 벌써 흰 천을 뒤집어쓴 아비는 북망산천으로 떠났구나.

"저 차가 필시 구급차로 왔다가 이제 영구차 되어 떠나니 이

년의 모진 팔자를 어디다 하소연할꼬."

세 사람 붙잡고 대성통곡할 적에 모여선 사람들도 모두 고개 돌려 눈물을 찍어낸다. 찍어낼 때, 그 뉘가 알았을까. 계모도 이미 오래전부터 작정한 바 있었으니, 세금이 무섭다며 큼직한 재산들은 모두 제 명의로 돌려놓은 지 오래인지라, 자잘한 푼돈들만 한 덩이씩 던져주며 간을 본다.

"이 통장은 원래 아버님 몫으로 적금을 부은 것인데, 지난번 돌림병 때 사고로 죽은 강아지들 보상금으로 나갈 것이고요. 이 돈은 어머님 몫으로 모아둔 것인데, 지난번에 치료받던 미친개가 동네 사람 물어서 크게 다쳤던 거 기억하시죠? 그 치료비로 써야 될 것 같아요. 그리고 넌 아직 학생이니 돈 같은 건 필요 없을 테고…… 재취 자리로 들어와서 이날 이때까지 허리띠 졸라매고 악착같이 살았는데, 아비도 없이 클 저 불쌍한 것들을 이제 어떻게 데리고 살아야 한단 말인가요? 천상 이 집에서 저 어린 것들 거두고 살아야 될 모양이니 아버님 어머님, 그리고 너는 고모님한테로 가야 쓰겠다."

제 배 아파 낳은 쌍둥이만 누가 채갈 새라 보듬어 안는데,

조부모 주저앉아 하는 말이,

"생때같은 내 자식이 의료사업으로 일군 재산 네년이 무에라고…… 아니 된다, 아니 돼. 육대 종손 귀한 손자들은 우리가 키우련다."

계모 뿌리치며,

“그러니 법대로 하시자구요.”

“햐! 세상 무섭네……요. 그래서 결국 재판을 했나……
요?”

“나야 모르지. 할아버지 할머니 졸도해 쓰러진 거 보고 집을
나왔으니까. 나참, 어이가 없어서. 그 와중에도 손자만 찾더라
니까, 씨바.”

“옛날 노인네들이 다 그렇지요 뭐. 그런데 참, 고모님 댁으론
안 갔어……요?”

“미쳤니? 오대산 옆구리에 하늘만 빼꼼 보이는 촌 동네 가서
나보고 뭘 어쩌라고?”

“아! 근데, 계모는…… 계모는 어떻게 됐어……요?”

“새로 온 수의사하고 잘 산다던데. ……나야 잘 모르지. 발
길을 끊었으니까. 나 어릴 적에, 그땐 쌍둥이가 태어나기 한참
전인데, 하루는 아줌마, 아니 참, 계모가 동화책을 읽어주는 거
야. 유치원 보모 출신답게 구연동화가 제법 들어줄 만했어. 콩
쥐 팥쥐, 장화 홍련, 신데렐라, 백설 공주…… 내가 물었지, 동
화책에 나오는 계모들은 모두 못됐는데 새엄마는 왜 이렇게 착
해요? 그때 계모가 하는 말이, ‘그야 우리 공주님이 너무 착해
서 하느님이 나를 선물로 주셨으니까 그렇지.’ 치료받던 개도
웃겠다, 씨바.”

이때 년은 종로 네거리를 휘휘 돌아친다. 미친 듯이 돌아치며 하는 말이,

"불쌍하고 불쌍하다. 그놈을 그리 보내고 나니, 내가 천벌을 받는 모양이로세. 덧정 없던 아비라도 있고 없고가 이리 달라, 의지가지 하나 없는 세상에 홀로 나와보니 놈의 속을 이제야 알겠구나."

헌데, 가출을 하고 보니 그렇게 자유롭게 사는 것도 썩 나쁘진 않았구나. 그때가 어느 땐고, 풍찬노숙하기 딱 좋은 한여름이라. 낮엔 시원한 음반점에서 음악 듣고, 밤엔 별을 헤며 잠이 들고, 배고프면 할인마트 시식코너를 찾아가되, 오늘은 이 동네 내일은 저 동네, 오라는 덴 없어도 갈 곳은 많고 많더라.

그런데, 이쯤 이야기가 진행되고 보니 년의 하는 말에 앞뒤가 안 맞는 구석이 많다. 우리가 기억하고 있는 년의 내력을 살펴보면 대략 이러하다. 기억나는 대로 대충 골라보자면,

가장 오래된 기억 중에 하나는 이런 것이다. 년의 나이 일곱 살 적에, 하루는 계모가 년을 놀이공원에 데리고 갔다. 바깥세상에 나와 처음 보는 풍경들이 많았으니 그날 년의 눈은 하루종일 휘둥그레져 감길 줄을 몰랐다. 이상한 모양을 하고 하늘을 나는 풍선이며, '쌩쌩' '와와' 달리는 놀이기구며, 생쥐 머리 오리 머리 눌러쓴 언니 오빠들이며…… 그런데, 어느 순간 두리번두리번 아무리 찾아봐도 계모가 안 보이는 것이었다. 지금처

럼 휴대전화기가 흔했다면 지나가던 아저씨한테 부탁해 전화를 걸었을 수도 있고, 되바라진 아이였다면 방송실로 찾아가 '누구 엄마, 애 찾아가세요' 고래고래 소리를 질렀을 수도 있으련만, 그날 년이 했던 유일한 행동은 '아줌마'라는 호칭 대신 "새엄마, 새엄마" 외치며 울었던 것밖에 없다. 그러나 그렇게 애타게 불렀던 새엄마와의 극적인 상봉은 그로부터 일주일이나 지나서야 가능했다. 계모가 년의 손을 뿌리치고 뒤도 안 돌아보고 놀이공원 밖으로 뛰어나가는 걸 우리 눈으로 똑똑히 지켜봤으니, 그렇게 일주일이나 걸렸을 수밖에 없었을 것이다.

글쎄, 유치원 보모 출신답게 계모가 정말로 구연동화를 잘 구연했는지는 모르겠다. 그러나 구연동화가 녹음된 카세트테이프와 만화영화 비디오테이프를 드문드문 사 나르던 일이나, 은행에 가서 삼십 분 넘게 차례를 기다리면서도 말 한마디 안 붙이고 "새엄마, 이게 뭐야?" 물어도 여성지만 뒤적이던 것이나…… 아, 이런 일도 있었다. 년이 아홉 살 나던 해인가, 백화점에서 물건을 훔쳤다며 비 오는 날 먼지 털듯 년을 팼던 적도 있었다. 빈 가방을 메주고 지퍼를 살짝 내려놓은 채 지갑이며 목걸이, 스카프, 속옷…… 계모의 손맛에 맞는 물건이라면 어떤 물건이라도 슬쩍슬쩍 년의 가방에 집어넣던 장면을 우리 눈으로 분명히 목격했다. 그런데도 그날 계모는 "이년의 못된 손버릇을 단단히 고쳐놓아야 돼요" 하며 숱한 사람들이 지켜보는 가운데서 피멍이 들도록 년을 두들겨 팼다.

혹여, 우리가 본 장면이 이 정도에 불과하다며 타박하진 마시라. 지금이야 온 천지에 우리 눈이 박혀 있지만, 그래서 짜증이 날 만큼 별의별 장면을 다 목격해야 하지만, 년이 어렸을 적만 하더라도 공공장소가 아니면 확보할 수 없는 장면들이었다. 자! 그러니 년이 가출한 뒤에 편의점에서 김밥을 훔치다 들켜 귀뺨을 맞은 일이나, 무임승차하다 걸려 하루 종일 버스를 청소했던 일이나, 공원 벤치에서 잠들었다가 가출 청소년들에게 윤간을 당한 일이나, 며칠을 꼬박 굶은 뒤에 패스트푸드점 휴지통을 뒤졌던 일들을…… 그리하여 나중엔 산호장여관, 조아모텔, 애플테마호텔 등등에서 목격한 장면들을, 간혹 인터넷에도 올라가 날개 돋친 듯 복제되어 유행했던 명장면들을…… 그리고 그 밖에도 본 것이 더 있다면 남김없이 토설하라고 강요하진 말아주시라, 제발!

시간이 흐르고 흘러 년도 결국 성년이 되었구나. 시시때때로 유부남과 총각을 가리지 않고 만났는데, 살기 위한 것과 죽지 않으려는 것이, 즐기기 위한 것과 고통받지 않으려는 것이 한통속이라. 년의 몸부림은 간절하고도 감질났더라. 누가 부르기도 전에 인터넷에 등대만 하면 넘치느니 수컷들이요, 어느 땐 두세 놈이 한꺼번에 달려든다. 외모 되고 몸매 되고 교태가 끓어 넘치니 줄을 선 놈들끼리 구멍동서를 자청하는구나. 그중 옛적 상처를 씻을 요량으로 국회의원 보좌관 하나를 성심껏 꼬여냈으니, 말놀음과 업음질로 낮을 새는지 밤이 가는지도 모르더라.

그날, 모 국회의원 보좌관과 이제 막 봄볕 따듯하고 한적한 모텔에 들어 한창 혼몽한 시간을 보낼 적에,

"고독해! 고독해서 미칠 것 같아."

"뭐? 심심하다고?"

"씨바, 고독하다니까……"

보좌관이 허리를 꼼지락거리다 말고,

"야! 근데, 너 언제부터 나한테 반말했어? 이년 봐라, 욕까지……"

년이 허릴 비틀며 맞받되,

"의원님 보좌한다는 새끼가 고독이 뭔지도 모르니 나라가 이 모양이지. 병신, 이렇게 홀딱 벗고 누워서도 존댓말을 듣고 싶단 말이냐?"

놈들이란 알 수 없는 동물이라, 눈자위가 시커메지도록 작신작신 팰 때는 언제고 평소보다 몇 배나 많은 돈을 던져놓고 도망간다. 또한 시절이란 알 수 없는 법이라,

이때가 어느 때인고, 탄핵 정국이라. 집으로 가는 길이 온통 촛불로 꾸민 꽃밭으로 변했다. 검푸른 연못에 연꽃이 떴듯, 년의 가슴에 고독이 떴듯, 동동 떴구나, 촛불의 바다. 민주 수호, 탄핵 반대…… 동동, 그게 이 말이든 저 말이든, 멍이야 들었든 안 들었든, 버스가 움찔움찔 잠깐씩 멈춰 설 때에,

어디선가 음악 소리 들려온다.

"……그래서 너흰 아니야, (왈왈왈왈) 너흰 아니야, 제발 너흰 나라 걱정 좀 하지 마, 너희만 삥 안 뜯어도 경제는 살아날 거야, (왈왈왈왈) 너희들은 아니야."*

년도 따라 어깨를 들썩여본다. 그 속엔 동생 또래들도 보이고, 애 업고 나온 언니 오빠들도 보인다. 나눠주는 초와 종이컵을 받아 들고 캠프파이어를 하듯, 촛불기도를 하듯 나도 저기 끼어서 기분을 내볼까. 그러던 어느 순간,

너흰 아니야 소리가 년의 귀에 쟁쟁하다. 너흰 아니야, 너흰 아니야, 너흰 아니야…… 때마침 년이 탄 버스 쪽으로 우르르 몰려오는 무리 중에 잠깐 다녔던 고등학교 때 급우들이 섞여 있다. 년은 알아보되, 그중 년을 알아보는 친구는 하나도 없다. 내 어디가 달라져 저 아이들이 날 몰라본단 말인가. 화장이 진해 그러한가, 그사이 폭삭 늙기라도 했다던가. 그도 아니면 내 몸이 더러워져서 그런가. 한 교실에서 같은 공부하던 때가 엊그젠데 우리가 이리 달라졌구나, 오랜만에 눈물이 솟아 앞을 가리되,

언젠가 꾸었던 꿈이 눈앞에 선하다. 이런 게 개꿈이구나 싶었던 꿈…… 년은 개가 되어 컹컹 짖고 있었다. 검정색 잡종 개와 흘레붙고 난 뒤에 년은 아빠에게 주사를 맞으러 갔다. 잡종 강아지는 낳고 싶진 않아요. 그런데 주사를 맞자마자 배가

* 윤민석 작사 · 작곡, 「너흰 아니야」 중에서.

156

불러오기 시작했고, 만나는 사람마다 몽둥이를 들고 쫓아온다. 고무 밧줄로 꽁꽁 묶어놓을 것처럼…… 그게 무서워 달아나는 동안 검은 털이 성성한 강아지들이 꼬리 밑으로 쏟아져 나오기 시작하는구나. 년은 달아나면서도 궁금했지. 난 새하얀 백구인데 왜 아이들은 저렇게 새까만 털로 뒤덮였을까……

갈 듯 말 듯 버스가 움찔거리는 긴 시간 동안 년은 창에 머리를 기대고 풀리지 않는 숙제를 풀 듯 고개를 움찔거린다. 꺼떡꺼떡.

*

그날 우리 시야에 특별히 한 여자가 잡혔는데, 모두 눈치챘겠지만 바로 그년이었다. 년은 그날 신도림에서 2호선 열차를 타고 신촌 방향으로 가는 중이었다. 열차는 문래, 영등포구청, 당산역을 지나 당산철교를 건넜다. 합정역에서 내린 년의 모습이 우리 눈에 보였는데, 뭔가 이상했다. 나가는 계단으로 올라가는 게 아니고 열차의 후미 방향으로 계속 진행을 하더니 긴 철로 변을 걸어 급기야 당산철교 위에 모습을 드러냈던 것이다. 멀리서 보았을 때는 당산철교 수리반원처럼 보이기도 했다. 반의반쯤 철교를 건넜을까, 신도림 방향으로 가는 전철이 건너편에서 휙 지나갔고, 이어 신촌 방향으로 가는 전철이 맞바람을 일으키며 쌩 지나갔다. 하늘은 더없이 맑았고, 강바람이 선들선들 머리카락을 흩날렸다. 왼편으로 국회의사당과 63빌딩이 보이고, 오른쪽으로 상암동 월드컵경기장의 조명탑과 그 왼편으로 하늘공원이 선명하다. '이렇게 날씨가 좋은 날도 참 드물 거야, 그렇죠? 아가씨! 어디서 투신하기 딱 좋은 날이야!' 외치고 싶을 정도로.

얼마나 더 걸었을까, 년은 당산철교 중간쯤에서 다리 난간 밖으로 건너가더니 두 팔로 난간을 잡은 채 아슬아슬하게 이동하기 시작했다. 그리고 얼마 지나지 않아 당산역 플랫폼에서 근무를 서고 있던 공익근무요원의 눈에 포착되었다. 공익은 태평하던 낯빛이 대번에 흙빛으로 바뀌더니 익히 볼 수 없었던 빠른 동작으로 상황실에 보고한 뒤 년을 마주 보고 당산철교를 내달렸다. 그 광경이 얼마나 보기 좋았는지…… 젊은 남녀가 호젓하게 만나기에 이보다 좋은 장소가 또 어디 있을까. 둘은 무슨 심각한 대화를 옥신각신 나누며 십 미터쯤의 거리를 유지한 채로 상대방의 동작을 주시하기 시작했다. 공익이 은근슬쩍 접근을 할라치면 년은 한쪽 팔을 치켜들고 나머지 팔에 온몸을 의지한 채 다리 바깥으로 몸을 재끼곤 했다. 그 아래로는 한강이 무심히 흘렀다. 녹색과 검정색을 적당히 배합한 색이었는데, 찰랑찰랑 벨벳 무늬를 그리며 쉼 없이 흐르는 모양은 '평화' 그 자체였다. 아무튼, 우리가 보기에는.

"이 다리 높이가 몇 미터쯤 되는지 알아?"

“……”

“나를 죽이는 놈이가 얼마나 되는지는 알아야 될 거 아냐.”

“그런 소리 마. 누구 뻥이 치는 꼴을 보고 싶어서 그래……요? 아직 창창한 나이에……”

“전에 나랑 사귀던 사람 중에 저기 국회에서 근무하던 사람이 있었는데, 하루는 국회의사당 모양의 저금통을 하나 들고 온 적이 있었어. 저 돔 모양 중간에 동전 넣는 구멍이 있는. 거기 오백 원짜리 동전이 가득 차면 둘이 호젓하게 여행을 가기로 했었는데…… 그런데, 지금 보니 이젠 저 국회의사당이 내 저금통처럼 보이네. ……저 안엔 동전이 얼마나 들었길래 사람들이 저길 들어가려고 기를 쓰는 걸까? ……왜, 뭐가 잘못됐나? 이번 선거에서 저 안에 들어가게 된 연놈들은 참 좋겠다. 그치?”

“……”

“어차피 내 맘대로 되는 게 하나도 없었으니까, 난 막 살아도 되는 게 인생이라고 생각했는데…… 씨바, 내가 죽고 나면 내 삶에도 기록될 게 있을까? 강렬하고 짜릿했던 순간이 조금이라도 있었을까?”

“그럼, 있고말고……요. 우리 사촌 형이 소설 쓰는 작가인데, 오늘 나한테 했던 얘기를 직접 들려주는 게 어떨까? 죽이는, 아니 참, 졸라 재밌는 소설이 나올 것 같은데……”

“아니, 소설 같은 건 어차피 뻥이고…… 일간신문에 단신이라도 실리면…… 에이 그래, 소설이 나을 수도 있겠다. 신문지라면 몰라도 신문 따윈 써먹을 데도 없는걸.”

“……”

“아무튼 난 새로 태어나고야 말 거야.”

주변에 사람들이 여남은이나 모였을 때, 특별히 모 방송국에서 나온 기자의 카메라에 빨간 불이 들어왔을 때, 년은 별 미련도 없이 다리 밑으로 몸을 던졌다. 년이 몸을 던질 때 그 뒤로 저금통 모양의 국회의사당이 지척인 듯 뒷배경으로 잡혔다. 그러고는 삼사 초쯤 갈색으로 물들인 년의 머리가 해초처럼 물 위에 떠 있었을 뿐, 그나마 한강 물속으로 이내 사라지고 말았다. 그리고 년의 모습은 다시 보이지 않았다. 다리 밑을 지키고 있던 수난구조대원들이 열심히 자맥질을 했지만 년은 어디로 사라졌는지 흔적도 없었다.

년의 입수하는 자세는 무척 안정적이었다. 물방울이 하나도 안 튀었으니 어쩌면 ‘첨벙’ 소리 같은 것도 전혀 들리지 않았을 것이다. 그건 마치 깊은 안개 속이나 혹은 블랙홀 속으로 빨려드는 것처럼 비밀스럽고도 급작스런 것이었다.

이제 어둑어둑해져서 모든 수색 팀이 철수한 시간, 그러나 우리는 그제야 저 아래 한강 수면에서 미미한 파동 같은 걸 어렴풋 감지할 수 있었다. 물개가 컹컹컹 우는 소리 같기도 하고, 커다란 바다거북이 수면을 널찍이 가로지르며 유유히 지나가는 소리 같기도 한, 바로 그런 소리들. 우리는 주변에 달려 있는 모든 눈을 부릅뜨고 검은 비단 천으로 뒤덮인 듯 괴괴히 흔들리는 수면을 뚫어질 듯 내려다보고 있었다. 그리고 얼마나 지났을까, 우리는 똑똑히 보았다. 한강을 대각선으로 가로지르며 지나가는 갈색 털을 가진 생물체를. 글쎄, 우리가 보내준 영상을 공익근무요원들이 제대로 보았을지 모르지만, 분명히 괴생명체는 한강을 가로질러 국회의사당 쪽 둔치로 올라간 뒤 고독을 흩뿌리듯 푸스스 물을 털어내고 있었다. 그러고 나서, 그쪽 풀숲으로 유유히 사라져 들어갔다. 그다음엔, 우리 중 누구도 년을 보지 못했다.

아! 한 가지 얘기가 더 남았다. 년이 투신한 장소에서 멀찍이 떨어진 곳에서 이스트팩 가방이 발견되었는데, 그 속에 150원짜리 1962년판 완판본 『춘향전』과 너덜너덜해진 수첩 한 권이 들어 있는 걸 공익이 습득했다는 얘기는 꼭 덧붙여야 될 것 같다. 공익은 곧바로 당산역장에게 신고했는데, 그 후의 일처리가 어떻게 되었는지는 공익도 우리도 알지 못한다. 다만 수첩에 깨알 같은 글씨로 뭔가가 빼곡하게 적혀 있었다는 걸 어렴풋 기억할 뿐이다. 빗물인지 눈물인지에 젖어 군데군데 잉크가 번져 있는 어느 페이지에는 아마도 이런 것들이 적혀 있었지 싶다.

보■ 학원 원장님 017-■654-■■79 1/27, 2/■ , 2/30,

■■ 당 ■■ 원님 0■0-7784-■2■■ 1/5, 2/■6, 2/8, 2/■9,

3/1, 4/9

동■　■■교 박 ■생님 016-■■7-2290 2/4,

■■대학교 최 교■님 018-234-■■■7 4/4, 5/7, 5/1■,

■■전자 강 과■■ 011-3■■-6610 1■/ 24, 1/■6, 2/2■,

이름이 사라졌다

1

적막했다. 한없이. 그런 가운데서도 퀵퀵퀵퀵 하는 이명 소리가 정수리 위쪽 어딘가에서 요란스레 들려왔다. 그 소리를 포함하자면 조용한 때는 한순간도 없었다. 지금껏 살아온 시절하고 하나도 다를 것 없이. 지속적으로. 그녀는 생각했다. 모든 게 평온했던 날과 지지리 궁상이었던 날 들을. 그녀는 아들과 며느리가 출근한 뒤로 줄곧 모로 누워 눈을 끔뻑이고 있었다. 방바닥에 비친 나뭇가지 그림자가 멈춰선 듯, 그러나 아주 천천히 움직였다. 어제 아침에는 날이 흐려서 나뭇가지 그림자가 바닥에 비치지 않았었다.

"하나, 둘, 셋, 넷……"

방바닥에 비친 나뭇가지 그림자를 바라보다가 그녀는 간신히 일어나 창가로 가서 쪼그리고 앉았다. 죽은 줄 알았던 제일 가까운 나무에서 새잎이 돋아나고 있었다. 그녀의 얼굴이 환해졌다. 퀵퀵퀵퀵. 죽지 않았으면 사는 거지, 암.

그녀의 방은 이 층에 있었다. 창가에서 바로 내다보이는 아파트 화단에는 느티나무 세 그루가 심겨 있고, 그 옆으로 감나무, 단풍나무, 쥐똥나무 따위들이 일정한 간격으로 서 있었다. 그리고 철쭉꽃이 이제 막 발갛게 피어오르기 시작했다. 그녀는 나무들의 이름도 꽃의 이름도 몰랐다. 노인정에 가는 길이면 나무에 매달린 손바닥만 한 명찰을 한참씩 들여다보며 한 자 한 자 읽어보곤 했지만, 감나무를 빼곤 읽을 수 없었다. 감나무도 읽을 때뿐이고 돌아서서 몇 걸음만 걸으면 금세 잊히곤 했다. 때때로 감나무조차 읽어내지 못하는 날도 있었다. 말문이 막힐라치면 가문 논처럼 머릿속이 까맣게 말라버린 것 같았다.

느티나무 세 그루 중에 두 그루는 잎이 제법 무성했다. 창에서 제일 가까운 왼쪽 끄트머리는 작년에도 잎을 틔우는 데 애를 먹더니 올해는 그예 죽어버렸나 보다 생각했었다. 그런데 그 녀석의 가지 끄트머리에서 조그마한 이파리들이 삐쭉삐쭉 튀어나온 것이었다.

“하나, 둘, 셋……”

이파리는 세 개였다. 물길이 아주 막힌 게 아니라면 이제 이파리는 더 많이 튀어나올 게 분명했다. 아직은 봄이고 여름은 길고도 길 테니까.

“살았네, 살았어.”

그녀는 창문을 손가락으로 톡 톡톡 두드리며 중얼거렸다.

그녀가 누군가의 이름들을 잃어버린 건 두 해 전이었다. 산비알 감자밭에 거름을 나르다가 밭고랑에 발이 걸려 넘어졌다. 어쩌면 머리가 어지러워서 밭고랑에 발이 걸리게 된 건지도 몰랐다. 일어나려고 발버둥을 쳤지만 몸이 말을 듣지 않았다.

"깜빡 까물쳤었나 봐."

나중에 병원에 입원해 있을 때, 병문안 오는 사람들에게 그녀는 그렇게 일일이 설명했다.

"죽은 거같이 쓰러져 있다가, 기를 쓰고 집까지 벌벌벌 내려와서 한참을 누워 있었지. 그런데 정신이 휑한 기, 넋이 나간 거처럼 아무 생각도 안 나고…… 얼른 죽지도 않고 왜 이러는지 몰러."

어떤 사람에게는 그 이야기를 두 번 세 번 들려주었다. 그러고 나면 그녀는 병원 침대를 두드리며 한참 동안 부아를 냈다.

그날, 그녀는 이장 집까지 허위허위 달려가서 자신의 가슴팍만 두들겨댔었다. 둘러선 동네 사람들이 뭔가를 끊임없이 물어대며 팔다리를 주물러대는 동안에도, 머릿속이 통째로 비어버린 게 아닌가 싶었다. 천장이며 벽이 아득하게 휘휘 맴돌았다. 마침내 이장이 구급대원을 불렀지만 그녀는 한사코 구급차를 타지 않고 버텼다. 오렌지색 대원복을 입은 사람들이 들것을 들고 들이닥치자 선뜻 무서운 생각부터 들었던 것이다. 그들은 왜

지 곧 죽을 사람들만 찾아다니는 것 같아서 꺼림칙했다. 그 사람들을 따라갔다가는 기어이 살아서 돌아올 수 없을 것 같았다.

이장이 전화를 걸어서 아들과 딸이 달려 내려온 건 서너 시간이나 지나서였다. 서울로 올라오는 차 안에서 아들과 딸은 그녀의 건강에 대해서는 걱정도 하지 않고 자꾸 이름만 물어댔다.

"어머니 이름이 뭐예요? ……나는, 내 이름이 뭐지요? …… 내가 누구예요? 내가 아들이에요, 딸이에요…… 조카예요, 동생이에요?"

어쩌면 곧 죽어버릴지도 모르는데 그깟 이름이 무슨 대수라고. 그러나 아무것도, 말이 되어 나오지 않았다. 그녀는 자꾸 허벅지만 두드려댔다.

2

그녀는 밥솥에서 밥을 두 주걱 퍼내 공기에 담았다. 냉장고에서 김치를 꺼내 오고 식탁 위에 있는 김 통을 열어놓았다. 잠깐 고민을 하다가 된장찌개 냄비를 가스레인지 세번째 자리로 옮겨놓고 밸브를 돌려 불을 붙였다. 가스불은 세 번 만에 붙었다. 가스레인지에는 불꽃이 올라오는 화구가 네 개 있는데, 세번째 자리가 아니면 불을 붙이고 끄는 게 서툴러 애를 먹어야 했다. 언제부턴가 그녀는 세번째 자리만 이용하기 시작했고, 그마저도 귀찮아서 식은 채로 떠먹을 때가 많았다.

그녀는 뚫어질 듯 냄비를 바라보고 있다가 찌개가 보글보글 끓기 시작하자 이내 밸브를 돌려 불을 껐다. 불 켜둔 걸 잊으면 큰일이 날지도 몰랐다. 간혹 불을 켜뒀을 때 전화벨이 울릴라치면 불부터 끄고 나서 전화를 받으러 달려갔다. 순서가 바뀌면 큰일이 날지도 몰랐다. 그녀는 중간밸브까지 잠가놓고도 두 번 더 불이 꺼진 걸 확인한 뒤에야 식탁에 앉았다.

퀵퀵퀵퀵. 밥을 먹는 동안 이명 소리가 요동쳤다. 그녀는 소리가 들리는 대로 따라서 발음을 해보았다.

"퀵퀵퀵퀵."

머릿속에서 들리는 소리와는 조금 달랐지만, 비슷하기도 했다.

"콱콱콱콱…… 획획획획……"

이것들 역시 조금은 비슷했지만 그래도 처음 것이 제일 비슷한 것 같았다.

"퀵퀵퀵퀵."

물론 이것도 똑같은 소리는 아니었다.

김치와 김은 하나도 줄어들지 않았다. 밥을 된장찌개에 말아 후루룩 마시고 나서, 그녀는 개수대에 그릇들을 가져다 놓고 설거지를 했다. 아들과 며느리가 그릇들을 살펴보고 나서 설거지를 다시 할 때도 많았다. 그녀는 꼼꼼하게 돌려보며 수세미질을 한 뒤에 개수대 한쪽에 그릇들을 쌓아놓았다. 물이 빠지면 건조대 위에 옮겨놓을 심산이었다.

3

그녀는 소파에 앉아 가쁜 숨을 돌린 뒤에 리모컨을 눌러 텔레비전을 켰다. 이젠 밥을 먹고 그릇 두어 개와 수저를 씻는 것도 힘에 부쳤다. 화면은 켜졌는데 소리는 잘 들리지 않았다. 그녀는 종종종 방으로 들어가 귀에 보청기를 꽂고 나왔다. 조금 나아지긴 했지만 말소리가 명확하게 들리지 않는 건 매한가지였다. 어제 밤늦게 들어왔던 아들이 소리를 줄여놓은 모양이었다. 그녀는 전원 버튼 외에 다른 건 건드리지 않았다. 잘못 건드려놓으면 하루 종일 외국 사람이나 인형 들만 나와서 정신을 사납게 만들었다.

그녀는 아들이 거실 탁자에 꺼내 놓은 약을 집어 물과 함께 먹었다. 아침엔 다섯 알, 저녁엔 세 알이었다. 아침에 먹는 약봉지에는 빨간색 알약이 포함되어 있어서 구분하기에 좋았다. 그녀는 약봉지를 들여다보며 거기 적힌 글자를 읽어보았다.

"야 임신쿠 삼 풀…… 아임신쿠 삼푸……"

오늘은 말문이 잘 열리지 않았다. 아임신쿠가 대체 무슨 말일까? 그녀는 약봉지를 한참 동안 더 들여다보았다.

아들은 약 먹는 걸 빼먹으면 큰일 난다며 자주 겁을 줬다.

"어머니가 왜 아프신 거냐 하면, 여기 머릿속으로 가는 핏줄 중에 한 군데가 막혀서 그래요. 이 약 안 먹으면, 다른 데가 또 막힐지도 몰라요. 아셨죠? ……지난번엔 그래도 운이 좋았던 거예요. 재수가 없으면 한쪽에 마비가 올 수도 있대요. 중풍 아시죠, 중풍…… 그 왜 감나무집 할아버지도 풍 맞아서 고생깨나 하셨잖아요."

그녀는 흉악한 소리 말라며 손을 내저었다. 중풍이라니…… 그건 꼼짝 못하고 드러누워서 똥오줌을 받아내야 하는 병 아닌가? 나는 화장실도 잘 가고, 밥도 혼자서 먹을 수 있는데…… 그런데 풍이라니……

"아 침 시…… 아침…… 식 후 삼…… 십 분."

말문이 트였다. 안 되려면 목줄이 타도록 안 나오고, 쉽게 되려면 시원스레 빠져나오는 게 말이었다.

"아침 식후 삼십 분."

그녀는 손을 들어 텔레비전을 가리키며 '서울역'도 읽었다. 그녀의 얼굴이 환하게 밝아졌다. 텔레비전에서는 교복을 입은 여학생들이 가방을 털썩거리며 서울역 광장으로 뛰어가는 장면이 이어졌다.

병원에서 퇴원한 뒤 그녀가 다시 읽은 첫 낱말은 '오바마'였다. 소파에 앉아 저녁 뉴스를 보다 말고 자막에 큼지막하게 씌어진 '오바마'를 무심코 읽어냈던 것이다. 옆에 앉아 있던 아들이 박수를 치며 환호했다. 그날, 버락 오바마가 미합중국의 대통령에 당선된 걸 제일 반겼던 사람은 미국의 흑인들도 케냐의 국민들도 아니고 그녀의 아들이었다.

"어머니, 한 번만 더 읽어보세요. 저 사람 이름이 뭐라구요?"

4

방바닥에 있던 나뭇가지 그림자들은 어느새 사라지고 없었다. 그녀는 창가로 가서 한참 동안 하늘을 쳐다보고 서 있었다. 퀵퀵퀵퀵. 이제 진짜 봄이 된 모양이었다. 지난겨울엔 날씨가 극성맞아서 추운 날이 참 많았다. 눈도 많이 오고 비도 많이 오고 봄이 왔다 싶었는데 우박이 쏟아진 일도 있었다.

"내 평생 이렇게 추운 건 첨이네, 첨이여."

겨울을 지나는 동안 그녀는 그 말을 서른 번도 넘게 했다.

"이제 쫌 있으면 더워 더워 할 텐디, 뭘. 봄허고 갈은 오다 말고 가잖여. 봄 여름 가을 겨울이 아니고, 보 여름 가 겨울이여."

노인정에서 제일 수다스런 노인네가 며칠 전에 그렇게 말해서 사람들을 웃겼다. 그녀는 같은 동에 사는 안노인이 웃는 걸 보고 나서야 따라 웃었다.

172

노인정에 가기엔 아직 시간이 일러서 그녀는 담요를 펴놓고 화투를 한 장 한 장 펼쳤다. 단풍 모양을 내려놓고 검은색과 빨간색이 들어간 풀을 내려놓고, 큼직한 꽃이 그려진 것 다음엔 뾰족뾰족한 꽃이 나왔다. 새카만 풀 옆에 큰 달이 떴고 웬 사람이 우산을 쓰고 있는 그림 다음엔 큼직한 새를 내려놓았다. 재수 떼기를 하는 것이 아니라 네 장씩 짝을 맞추기 위해 배열해두는 것이었다.

화투는 병원에 있을 때 큰딸이 사 들고 왔었다.

"엄마, 이거 열심히 맞춰봐. 이게 기억력 돌아오는 데는 최고래."

큰딸은 지금도 그녀를 만나면 화투짝부터 맞춰보라며 성화를 댔다. 기억이 아니더라도, 노인정엘 가면 이놈 말고는 시간을 보낼 게 없어서 연습이 필요하기도 했다. 웬만한 것들은 드문드문 맞추겠는데, 그래도 다 맞춰놓고 보면 두세 달끼리 짝이 섞여 있곤 했다. 점수 계산은 다른 노인네들이 옆에 앉았다가 존조리 해주곤 했지만, 그녀는 노인정 안에서도 화투 패를 내는 데 시간이 제일 오래 걸리기 때문에 서너 판이 돌고 나면 은근히 빠져줬으면 하는 눈치들을 보내기 일쑤였다.

네번째 무더기를 맞추고 있을 때, 무슨 소리인가가 들렸다. 퀵퀵퀵퀵 소리 사이로 뭔가 뚜르르르 하는 긴 소리가 났다. 전화벨 소리였다. 그녀는 종종종 거실로 달려가 전화기 앞에 앉아 숨부터 고르고 난 다음에 송수화기를 집어 들었다.

"여보세요."

저쪽에서 뭐라고 지껄이는 소리는 들리는데, 잘 알아들을 수가 없었다.

"누구시래요?"

그제야 어머니 어쩌고 하는 소리가 들려왔다. 아들놈이었다. 상대방이 누군지 확인이 되고 나면 그래도 통화하기가 한결 수월했다. 며칠 전엔 누군지 알 수가 없어서 여론조사 전화를 삼분 넘게 들고 있기도 했었다.

"왜 그렇게 말귀를 못 알아들어요?"

"어…… 참, 그거 뭐여…… 감자, ……감잔가? 발에 하는 거."

"보청기 말이에요? 그거 왜 안 했어요?"

"어…… 보청기. 세수할라구 빼놨는데, 그게…… 그래, 어디여?"

"사무실인데요, 곧 누가 집으로 갈 거예요. 욕실 천장에 물이 새서 인부들을 보냈으니까, 오거든 문 좀 열어주세요."

"밥은 먹었어? …… 오늘도 늦어?"

"그게 아니고요, 누가 집에 올 거니까 문, 현관문 좀 열어주시라구요. 아셨죠?"

아들은 똑같은 말을 세 번 반복했다. 그제야 그녀는 말귀를 조금 알아들었다. 화장실에 물이 안 내려간다나 뭐라나…… 아무튼, 누가 오면 문을 열어주마고 대답하자 아들은 그제야 전화를 끊었다.

5

그녀는 시계를 바라보며 초조하게 사람들을 기다렸다. 소파에 앉았다가 일어서서 거실을 몇 바퀴 돌고, 화장실로 가서 불을 켜고 안을 들여다본 뒤에 창가로 가서 밖을 내다보며 누가 이쪽으로 오고 있지 않은지 한참을 살폈다. 현관문을 열어둔 채로 복도에 나가 서성거려보기도 했다. 그러는 사이 시계는 열두시를 넘어섰다. 그날 이후 그녀는 시간을 묻거나 답할 수 없게 되었지만, 작은 바늘이 맨 꼭대기를 지나기 전에 노인정엘 가야 다른 사람들과 함께 점심을 먹을 수 있다는 것과, 다시 맨 아래쪽을 지날 때쯤이면 며느리가 퇴근을 해서 돌아온다는 것, 그러고도 한참을 더 있어야 아들이 퇴근해 저녁을 먹게 된다는 것쯤은 알고 있었다. 오늘은 점심도 집에서 혼자 먹어야 될 모양이었다.

쿽쿽쿽쿽. 그녀는 소파에 누워 멀뚱멀뚱 거실 천장을 쳐다보았다. 그리고 깜빡 잠이 들었다가 소스라쳐 일어나 거실을 둘러보기도 했다. 올 거라던 사람들은 아직 오지 않았다. 기척도 없었다. 그녀는 소파 등받이에 기대앉으며, "잠결이여, 꿈결이여?" 하고 중얼거렸다. 시골집 마당이 가득 찰 정도로 일가친지들이 모여 있었다. 누구의 환갑날인지 제삿날인지, 혹은 누가 혼사를 치른 날인지도 몰랐다. 그녀는 부엌과 마당을 수십 차례 돌아치며 음식을 날랐고, 그 와중에도 거기 모여 있는 사람들의 안부를 일일이 묻고 그들의 자식들과 처가와 외가의 안부까지 잊지 않고 챙겨 물었다. 젊었을 때는 똑똑하다는 소리깨나 들던 그녀였다. 일가붙이들의 족보를 꿰며 그들의 생일날이며 제삿날까지 머릿속에 빼곡하게 저장되어 있었다.

퀵퀵퀵퀵. 정수리 위쪽 어딘가에서 들리는 소리. 그 외에는, 온통 적막했다. 한없이.

이제 막 그릇에 밥을 퍼 담고 아침에도 먹었던 찌개 한 국자를 뜨고 있을 때, 낯선 소리들로 밖이 어수선했다. 쿵쿵쿵쿵. 문 두드리는 소리가 요란했다. 그녀는 밥그릇을 탁자 위에 올려놓고 종종종 달려가 현관문을 열어보았다.

문이 열리자마자 검은 점퍼 차림의 사내 셋이 바람같이 현관으로 불쑥 들어섰다. 어디서 힘든 일을 하고 왔는지 땀내가 훅 풍겼다. 한 사람은 두툼한 서류철을 들었고, 한 사람은 접이식 사다리를 들었으며, 또 한 사람은 큼직한 공구 상자를 들고 있었다.

"아따, 할머니…… 초인종을 그렇게 눌렀는데, 왜 그렇게 못

들으신대요? ……여기 김도언 씨 댁 맞죠? 삼백구 동 이백삼
호.”

서류철을 든 사람이 물었다.

“누구요? ……김, 도연이?”

어디서 많이 듣던 이름 같기는 했다. 도연이, 도연이가 누구더
라? 아들 이름 같기도 하고…… 멀뚱멀뚱 사내를 쳐다보며 기
억을 헤집는 사이, 공구상자를 들고 온 사내가 욕실 문을 열어
보더니 “여기 맞네요” 하고 외쳤다. 아닌 게 아니라 욕실 천장에
서 물이 한두 방울씩 떨어지고 있는 게 그녀의 눈에도 보였다.

“아까 저기 서서 내가 세수도 했는데, 그땐 어째 몰랐으까?”

그녀가 천장에 맺혀 있는 물방울과 바닥에 떨어져 얼룩이 진
자리를 번갈아 쳐다보는 사이 사다리를 들고 온 사내가 접이식
사다리를 욕실에 펴놓았고, 공구 상자를 들고 온 사내는 그 옆
에 공구 상자를 가지런히 펼쳐놓았다. 이어 서류철을 든 사내가
사다리 위로 올라가더니 천장에 붙은 점검구를 열고 머리를 쑥
집어넣었다. 마치 요술을 부리는 것 같았다. 그렇게 하면 위층
의 욕실 바닥이 눈앞으로 훤히 보일 것만 같았다. 머리가 보이
지 않는 사내가 서류철을 흔들자 사다리를 들고 왔던 사내가 그
걸 받아서 공구 상자 위에 올려놓았고, 다시 빈손을 흔들자 공
구 상자를 들고 온 사내가 플래시를 냉큼 쥐여주었다. 그들은
하루 종일 똑같은 일을 하고 사는지 손발이 척척 맞았다.

“백이십 미리짜리에 금이 갔구만. 너무 낡았어. 이거 교체하

고 나면 그다음은 백 미리 차례겠는걸. 그리고 그다음은……”

머리가 보이지 않는 사내의 목소리가 욕실 천장 위에서 왕왕 울렸다. 그녀는 뭘 어떻게 도와줘야 되는지 몰라 욕실 문에 붙어 서서 안쪽을 들여다보기만 했다.

“둘 다 가져올까요?”

공구 상자를 들고 왔던 사내가 천장을 쳐다보며 조심스레 묻자 사다리를 들고 왔던 사내가 그의 머리를 툭 쳤다. 점검구에서 서류철을 들고 왔던 사내의 머리가 쏙 빠져 나오고 나서 플래시를 든 손이 따라 내려왔다. 그는 공구 상자를 들고 왔던 사내를 쳐다보며 싱긋 웃었다.

“백이십 미리짜리만 가져오고, 삼백삼 호 올라가서 한 시간 동안은 욕실에서 물 내리지 말라고 말해. …… 백 미리짜리는 삼 년도 넘게 버티겠다.”

공구 상자를 들고 왔던 사내가 현관 밖으로 나가고 나자 서류철을 들고 왔던 사내가 사다리를 들고 왔던 사내에게 플래시를 넘겨주었다. 이번에는 사다리를 들고 왔던 사내가 사다리 위로 올라서서 점검구 위로 머리를 쏙 집어넣었다.

“아따, 할머니…… 수리 다 끝나면 말씀드릴 테니까 앉아서 편히 쉬고 계셔요. 여기 서 계시지 말고.”

서류철을 들고 왔던 사내가 그녀를 거실 쪽으로 슬쩍 밀었다.

6

　그녀는 다 식은 밥을 억지로 떠먹고 나서 소파에 가서 앉았다. 노인대학에서 배운 대로 손뼉을 세 번 짝짝짝 치고 나서 어깨를 중심으로 팔을 세 바퀴 돌렸다. 그렇게 하면 혈액 순환에 좋다고 했다. 오른쪽 팔은 어깨 높이 위쪽으로는 올라가지 않았지만. 그리고 반대 방향으로 한 번 더. 퀵퀵퀵퀵.

　그녀는 텔레비전을 틀어놓고 나서 창가에 가 섰다. 노란색 유치원 버스가 앞 동에 서자 애 엄마와 할머니 들이 모여들어 아이들을 데려갔다. 그중에는 얼마 전에 집 앞 현관까지 우산을 씌워줬던 노인네도 있었다. 그 노인네가 아니었으면 갑자기 쏟아진 비를 옴팡 뒤집어쓸 뻔했다.

　"아하, 손녀딸이 있었구면. …… 유치원 다니는 손녀딸이 있었어."

　그녀는 손가락으로 창문을 톡 톡톡 두드리며 중얼거렸다.

　그날, 이름들을 잃어버리고 난 뒤부터 그녀는 최근에 있었던 일을 중심으로 사람을 기억하는 버릇이 생겼다. 화투 점수를 계산해준 노인네, 노인정 앞 의자에 앉아 고향 얘기를 나눴던 노인네, 점심을 먹고 나면 항상 커피를 두 잔씩 마시는 바깥노인네, 노인정에서 제일 수다스런 노인네, 노래를 가수만큼 잘 부르는 노인네, 몸이 아파서 노인정에만 오면 늘 누워 있는 바깥

노인네, 잃어버렸던 집 열쇠를 찾아준 노인네…… 또는 미용실에서 머리를 제일 예쁘게 깎아주는 아줌마, 노인정에 귤 한 박스를 들고 왔던 청년, 빵 한 개를 더 얹어줬던 빵집 아가씨…… 그런 식이었다. 이름은 머릿속에 안 남아도 그런 기억들은 차곡차곡 쌓여서 각기 다른 색깔들로 남았다. 색깔 위에 다른 색깔들이 계속 덧칠되면서 다른 사람들과 비교되는 고유의 색깔들이 만들어지곤 했다. 퀵퀵퀵퀵.

그녀는 잊었었다는 듯 손뼉을 짝짝짝 치며 싱크대 쪽으로 걸어갔다. 집주인이 딴전을 부리지 않고 있다는 걸 사내들에게 보여주기 위해서였다. 그러는 사이 잠깐씩 서서 쳐다보니 서류철을 들고 온 사내는 욕조에 엉덩이를 걸치고 앉아 잔소리만 해대고 있었고, 공구 상자를 들고 온 사내는 중요한 걸 놓칠세라 열심히 듣고 있었다. 사다리를 들고 온 사내는 점검구 위로 머리를 집어넣은 채 열심히 뭔가를 조이거나 풀어냈다. 그리고 가끔씩 사다리를 내려와 공구 상자를 들고 온 사내에게 천장 위의 상황을 보여주기도 했다. 서류철을 들고 온 사내보다는 사다리를 들고 온 사내가 훨씬 온화한 인상이어서 그녀는 안심이 되었다. 어쨌든 욕실 천장을 손보고 있는 사람은 사다리를 들고 온 사내니까.

그녀는 점심 먹은 설거지를 끝내고 식탁에 잠깐 앉아 있다가 잊었다는 듯 짝짝짝 손뼉을 쳤다.

소파에 앉았다가 설핏 잠이 들었던 모양이다. 그녀는 서류철을 들고 온 사내가 "할머니" 하고 부르는 소리에 깜짝 놀라서 깼다. 퀵퀵퀵퀵.

"다 끝났습니다. 확인해보세요."

서류철을 들고 온 사내가 그녀를 욕실 쪽으로 안내했다. 사다리를 들고 온 사내와 공구 상자를 들고 온 사내는 현관 앞에서 차곡차곡 공구들을 챙겨 넣고 있었다.

"보세요, 할머니. 이젠 물이 안 떨어지지요?"

서류철을 들고 온 사내가 우쭐해서 말했다. 그의 말대로 욕실 천장은 말끔해 보였다. 작업을 마치고 나서 걸레질까지 한 모양이었다.

"그러네요. 기술자 양반들이 어련히 알아서 잘 고치셨겠지. 수고들 했어요."

세 사람을 일일이 쳐다보며 그녀가 환하게 웃었다. 그러자 서류철을 들고 온 사내는 휴대전화를 꺼내 어딘가로 전화를 걸었다.

"예, 사장님. 수리 다 끝났습니다. ……그럼요, 잘 고쳐졌지요. 할머니 바꿔드릴 테니까 확인해보십시오. ……예, 수리비는 저희 계좌로 보내주시면 됩니다. ……할머니, 여기요."

서류철을 들고 온 사내가 그녀에게 휴대전화를 넘겨줬다. 거기서 아들의 목소리가 흘러나왔다. 그녀의 아들은 사장님이 아니었지만, 그렇게 불러주니 기분이 나쁘지는 않았다.

아들과 통화를 마칠 때까지만 해도 그녀는 모든 것이 만족스러웠다. 오랜만에 사람 구실을 했다는 뿌듯함 같은 게 생겼으니까. 아들 며느리가 없을 때 집주인 노릇도 톡톡히 했고, 아들과 통화를 할 때도 말귀를 제법 잘 알아들었다. 급한 볼일이 생겨서 잠깐 지방에 내려와 있다는 말에 운전 조심하라는 말도 잊지 않고 해주었다.

그런데 서류철을 들고 온 사내가 서류철을 펴며 이름을 물어왔을 때, 그녀는 갑자기 머릿속에 뿌연 안개라도 서린 기분이 되었다. 이름…… 내 이름이 뭐지? 퀵퀵퀵퀵, 퀵퀵퀵퀵.

서류철을 들고 온 사내는 오 초쯤 어색하게 그녀를 바라보고 섰다가 큰 선심이라도 쓴다는 표정으로 말을 얼버무렸다.

"뭐, 꼭 필요한 건, 아니구요. 그냥…… 이백삼 호 할머니라고 적어둘게요. 이게 원래 사인도 받아야 되는 거긴 한데, 아까 아드님하고 통화도 했으니까……"

퀵퀵퀵퀵. 내 이름이 뭐지?

그녀는 문단속을 하고 들어와 이부자리에 누웠다. 이름. 어쩌다가 제 이름도 기억을 못하는 늙은이가 됐을까? 옆으로 돌아눕자 눈물 한 줄기가 볼을 타고 내려가 베갯잇을 적셨다. 이름. 그녀는 손바닥으로 이부자리를 툭툭툭 치며 머릿속을 이리 저리 헤집어보았다. 내 이름이 뭐였더라.

8

그녀는 갑갑증이 생겨 거실로 나와 소파에 앉았다. 이제 조금만 더 있으면 며느리가 회사에서 돌아올 시간이었다. 퀵퀵퀵퀵. 그녀는 손뼉을 세 번 짝짝짝 치고 나서 어깨를 중심으로 팔을 세 바퀴 돌렸다. 기분이 조금 좋아졌다. 반대 방향으로 한 번 더.

그러다 문득 오늘은 집 밖으로 한 번도 나가지 않았다는 생각이 들었다. 욕실 천장을 수리하러 온 사람들 때문이었다. 어떤 날은 노인정에 다녀오는 게 외출의 전부이기도 했지만, 또 어떤 날은 주변의 산책 코스를 두 바퀴씩 도는 날도 있었다. 집 밖으로 한 번도 나가지 않는 날은 종일 비가 오는 날 같은 경우뿐이었다. 그러니 오늘처럼 날씨가 좋은 날 집에만 틀어박혀 있는 건 억울하단 생각이 들었다.

보라색 얇은 외투를 챙겨 입고, 아파트 열쇠가 달린 휴대전화도 꼼꼼히 챙겨 바지주머니에 잘 집어넣었다. 휴대전화 화면에는 아들의 휴대전화 번호가 띄워져 있었다. 그녀는 운동화를 신은 뒤 등산용 지팡이를 꺼내 들고 현관문이 잘 닫혔는지 두

번 확인한 뒤에 계단을 천천히 밟아 내려갔다.

　예쁜…… 예분…… 이 예분?

　아파트 앞 화단 모퉁이를 돌다가 그녀는 불현듯 자신의 이름이 생각났다. 이예분이 그녀의 이름이었다. 그건 마치 예고도 없이 밤하늘을 그어대는 별똥별처럼 뇌리에 떠오른 것이었다. 이예분. 그녀는 자신의 이름을 잊지 않기 위해 몇 번이나 혀끝으로 이름을 굴려보았다. 딸을 낳았다며 할아버지가 작명을 자꾸 미루자 외할아버지가 놀러오셨다가 단번에 지어주신 이름이라고 했다. 이 예 분, 이 예 분, 이 예 분…… 지팡이를 땅에 짚을 때마다 그녀는 자신의 이름을 한 번씩 불러보았다. 참 예쁜 이름이었다.

　아파트 단지를 천천히 돌면서——한참을 앉았다가, 간신히 일어나서, 다시 또 걸으면서——그녀는 얼마 전에 집 앞 현관까지 우산을 씌워줬던 노인네와 점심을 먹고 나면 항상 커피를 두 잔씩 마시는 바깥노인네, 그리고 노인정에서 제일 수다스런 노인네를 만났다. 그때마다 그녀는 오늘 집에 손님이 찾아오는 바람에 노인정엘 못 갔노라고 누누이 설명해주었다. 화장실에 물난리가 나서 대공사를 하느라 꼼짝을 할 수 없었다고.

9

허리가 아프지 않았다면 집에까지 내처 걸었을 것이다. 그렇지만, 허리가 뽀개질 듯 아파서 더 걷는다는 건 어림도 없는 일이었다. 숨이 턱에 차도록 가쁘고 무릎 관절이 들쑤셨다. 그녀는 집으로 향하는 길에 "어이구, 오늘 웬일이래?" 소리를 열 번도 넘게 했다. 퀵퀵퀵퀵. 운동을 많이 하는 날이면 어김없이 이명 소리도 더 크게 들려왔다. 정수리 저 위쪽 어딘가에서. 퀵퀵퀵퀵. 겨울에 운동을 줄였었기 때문인지, 아니면 그예 한 살을 더 먹어서인지, 몸이 예전 같지 않았다.

그녀는 간신히 옆 동과의 사이에 있는 놀이터로 들어가 급한 대로 화단 턱에 몸을 부려놓았다.

놀이터는 아직 어린아이들로 북적거리고 있었다. 남자아이들은 팽이 싸움에 푹 빠져서 정신이 없었고, 여자아이들은 팔다리가 길쭉길쭉한 인형들을 하나씩 손에 쥐고 옹기종기 모여 앉아 소꿉놀이에 여념이 없었다. 이따금씩 깔깔대는 웃음소리가 양쪽 아파트 동을 웅웅 울렸다. 손주라도 하나 있으면 훨씬 사는 게 사는 거 같으련만, 하고 그녀는 아이들을 바라보며 생각했다.

그녀 역시 아이를 늦게 본 편이었다. 아이를 기다리며 얼마나 맘고생이 심했는지 몰랐다. 손이 귀한 집이라서 더 그랬다.

어렵사리 큰딸을 낳고 아들을 낳고 작은딸을 낳았다. 모두 두 살 터울이었다. 아들 녀석이 학교에 입학했던 해의 운동회에는 시아버지까지 아홉 명이나 되는 식구들이 총출동했었다. 삼 학년인 큰딸은 달리기를 해서 공책을 받아왔고, 일 학년인 아들 녀석은 공굴리기에 이겨서 연필을 받아왔다. 작은딸아이가 턱수염을 향해 자꾸 물총을 쏘아대도 시아버지는 하루 종일 껄껄껄 웃으셨다. 다시 돌아가 살고 싶은 날을 하루만 고르라면 그녀는 주저 없이 그날을 고를 터였다. 뭔가 제대로 제구실을 하고 사는 사람 같았던 그때 그날로.

아이들이 노는 모습을 보며 얼마나 앉아 있었을까. 어느 순간 애 엄마들이 베란다 밖으로 목을 빼고 경쟁이라도 하듯 아이들의 이름을 불러대자 놀이터는 금세 조용해져버렸다. 한두 녀석씩 제 어미가 부르는 데로 뛰어가기 시작하더니 나중엔 우르르 빠져나가버렸다. 퀵퀵퀵퀵. 아무도 그녀의 이름을 부르지 않았지만, 이젠 그녀도 집으로 돌아가야 했다. 그래야 할 시간이 하마 지나갔을 터였다.

허리를 펴고 막 일어나려는 순간, 예닐곱 살쯤 되어 보이는 여자아이 하나가 옆으로 다가오더니 그녀에게 대뜸 이렇게 말했다.

"할머니도 집에서 왕따구나? 맨날맨날 여기 나와서 앉아 있는 거 내가 다 봤어요. 저기 베란다에서."

"왕따?"

그녀는 왕따가 무엇을 의미하는 말인지 알지 못했다.

"오빠는 맨날 게임만 하고, 아빠는 집에 들어오면 야구만 보고…… 엄마는 친구네 놀러 가서 아직도 안 들어왔어요."

"심심한 게로구나? 놀고 싶은데, 같이 놀아줄 사람이 없어서……"

그녀는 아이의 머리를 쓰다듬어주었다.

"아뇨, 나는 그냥 적막함을 즐기는 거라구요. 적막한 게 뭔지도 모르는 바보들하고는 같이 안 놀 거예요."

어린 녀석이 여간 잔망스러운 게 아니었다. 적막, 적막함이라…… 그런 말을 어디선가 들어본 적이 있는 것 같기도 했다. 그런데, 이 녀석은 그런 게 어떤 건지 알기나 할까?

아이가 옆에 앉아 무슨 말인가를 좀더 종알거리는 사이, 누군가 "보람아" 하고 부르는 소리가 들려왔다.

아이는 "어, 엄마다!" 외치더니 금세 조르르 뛰어가버렸다. 저 녀석 이름이 보람이로구나! 그런데……

내 이름은 뭐더라. 아깐 분명히 기억이 났었는데……

10

그녀와 그녀의 며느리는 묵묵히 저녁밥을 떠 넣었다. 이따금 거실에 켜둔 텔레비전에서 호기심을 끄는 이야기가 나올 때만,

며느리는 고개를 들었다가 이내 숙였다. 그때마다 그녀도 고개를 돌리고 거실을 한 번씩 둘러보았다. 셋이 살기엔 아무래도 좀 넓은 집이었다. 텔레비전 소리는 여전히 잘 들리지 않았다. 그녀와 며느리가 오늘 만나서 나눈 대화라고는 "밖에 날이 아주 좋아. 이제 완전히 봄이야, 봄. ……이젠 살았어" 했던 말과 "또 늦는대? ……하긴, 아까 어디 멀리 가 있다고 하더구먼. ……오늘 또 늦는구먼"이라고 했던 말이 전부였다. 며느리는 그때마다 그녀의 보청기가 꽂혀 있는 왼쪽 귀를 향해 "네, 그러네요"라고 대답했었다. 아들이 빠진 저녁 식사 자리에서는 그녀도 며느리도 잔뜩 토라진 사람처럼 행동했다.

그녀는 며느리가 식탁에 꺼내 놓은 약을 먹고 나서 소파에 한참 동안 앉아 있었다. 식구들이 모여 앉아 밥을 먹고, 노인네가 화를 내고, 젊은 아낙이 눈물을 흘리며 우는 모습이 텔레비전에 비쳤다. 그녀는 그저 멀거니 바라보고 있다가 리모컨의 전원 버튼을 눌렀다. 퀵퀵퀵퀵. 오늘도 아들은 많이 늦을 모양이었다. 그녀는 아까 먹은 약봉지를 들고 유심히 들여다보았다. 저 련심 쿠 삼푸…… 말문이 다시 막혀 있었다. 저련심쿠라니, 이게 대체 무슨 말일까?

며느리는 서재 방으로 들어가더니, 조용히 문을 닫았다. 조금 있자니 외국말을 듣고 나서 따라하고 있는지 같은 소리를 반복해서 말하는 소리가 조그맣게 들려왔다.

아들은 열두 시가 가깝도록 집에 돌아오지 않고 있었다. 작은 바늘이 제일 꼭대기를 향해 움직여가고 있는 걸 그녀는 한참 동안 바라보았다. 그리고 또 얼마나 지났을까,

깜빡 잠들었다 깨서 나와보니 아들의 신발이 현관 앞에 놓여 있는 게 보였다.

"왔네! 왔어!"

그녀는 나직하게 읊조린 뒤에 안방 쪽을 힐끗거려보았다. 적막했다. 가로등 불빛 때문에 생긴 화초들의 긴 그림자만 거실에 가득했다. 식구들이 모두 들어왔으므로, 이젠 진짜로 잠을 잘 수 있었다. 그녀는 벽을 더듬거리며 자신의 방으로 들어간 뒤 이부자리 위에 조심스레 몸을 뉘었다.

11

적막했다. 한없이. 그런 가운데서도 퀵퀵퀵퀵 하는 이명 소리가 정수리 위쪽 어딘가에서 요란스레 들려왔다. 그녀는 아들과 며느리가 출근한 뒤로 줄곧 모로 누워 눈을 끔뻑이고 있었다. 방바닥에 비친 나뭇가지 그림자가 멈춰선 듯, 그러나 아주 쓸쓸히 움직였다. 어제 아침에도 오늘처럼 날이 맑아서 나뭇가지 그림자가 바닥에 잘 비쳤었다.

"하나, 둘, 셋, 넷, 다섯……"

방바닥에 비친 나뭇가지 그림자를 바라보다가 그녀는 간신히 일어나 창가로 가서 쪼그리고 앉았다. 죽은 줄 알았던 나무에서는 새잎이 더 많이 돋아나 있었다. 그녀의 얼굴이 환해졌다.

기억과 흔적

1

한 수 무를 수 있다면 바로 여기가 좋겠다 싶은 순간들이 있
다. 결정적인 순간은 언제나 결정적이었기에, 그렇게 결정되고
말았기에 아쉽고 아쉽다. 나는 여기에 있고, 당신은 십 년 너머
의 그 세월 속에 갇혀 있지. 수몰된 마을의 오래된 우물 속처
럼, 지금은 아무렇지도 않게, 그렁그렁. 나는 창틀에 엉덩이를
걸치고 앉으며 중얼거렸다. 지금은 아무렇지도 않지. 발바닥이

닳은 댓돌은 아직 따뜻했다. 그늘이 진 지 한참 지났지만 한여름의 폭염은 아직 기세가 꺾이지 않은 모양이었다. 바람이 불지 않는 건 아니었다. 점심참엔 소나기도 한 줄금 퍼부었다. 이따금 습하고 미적지근한 바람이 불 때마다 등에서 송골송골 땀이 배어 나와 온몸을 척척하게 적시곤 했다.

속칭 난닝구 자락을 잡고 펄럭펄럭 바람을 일으키다 말고 나는 창문에 기대놓은 낚싯대를 집어 들었다. 내가 앉아 있는 창틀엔 아직 창문 한쪽이 매달려 있었다. 열 개의 유리창 중에 여덟 개가 깨져 제구실을 못했지만, 낮에는 바람이 잘 통해 좋았고 밤에는 달빛을 가리지 않아서 좋았다. 환장을 하고 달려드는 모기 떼만 없다면 더할 나위가 없겠지만. 또 다른 한쪽은 십여 미터 전방의 담벼락에 처박혀 있었다. 비슷하게 생긴 창문들이 주변에 여럿 널려 있었지만, 나는 처음 보는 순간부터 그게 이 방을 가리고 있던 또 다른 한쪽이란 걸 알아보았다. 창문 아래, 그녀 몰래 써놓았던 낙서가 희미하게 남아 있었던 것이다. 나와 그녀의 이니셜 사이에 하트가 그려진, 유치하기 짝이 없는. 창문 위로 뭔가 육중한 것이 짓밟고 지나갔던지 반으로 접힌 채 분질러져 있었다.

나는 낚싯대를 조립해 댓돌 앞에 걸쳐놓고 오늘은 어느 쪽에서 입질이 좋을지 가늠해보았다. 한쪽은 구름이 낮고 두터웠으며, 다른 쪽은 하늘이 높고 맑았다. 띄엄띄엄 버킷을 말아 쥐고 서 있는 포클레인이 암초처럼 놓여 있었다. 새끼손가락만 한 나무 물고기가 낚싯줄 끝에 달린 낚싯대를 아랫집 마루 밑에서 주워 온 건 그제 저녁이었다. 집주인이 루어낚시 광이었던지 낚싯대가 제법 여러 종류 갖춰져 있었지만, 성한 것은 하나도 없었다. 어딘가 적어도 한 군데는 깨지거나 갈라지거나 잔뜩 휘어져 있었다. 나는 나무 물고기 꼬리에 카드를 끼워 넣은 뒤에 고향의 개울에서 대낚시했던 기억을 되새기며 낚싯대를 경쾌하게 드리웠다. 앙증맞게 생긴 나무 물고기는 공중에서 한 번 툭 튕긴 다음 시야에서 사라졌다. 초릿대 너머 멀찍이, 검은 조끼를 입은 사내들이 포클레인 근처로 모여들어 담배를 피우기 시작했다. 마치 올챙이 떼처럼 오글오글 모여서.

2

그가 이곳에 살았던 건 십 년도 더 저쪽의 일이지만, 재개발 소식을 접한 건 보름쯤 전에 발행된 신문의 전면광고를 통해서였다. 신문에는 '서울시 오성지구 택지개발 분양 공고'라는 헤드라인 아래 사오십 층쯤 되어 보이는 주상복합빌딩 다섯 동이 중앙에 박혀 있고 주변에 대단위 아파트 단지가 타원형으로 도열해 있는 조감도가 그려져 있었다. 널찍한 대로가 단지를 우물 정(井) 자로 가로지르고, 노선이 다른 세 개의 지하철역이 포진돼 있으며, 단지의 남쪽으로는 한강 물을 끌어들인 듯 보이는 인공호수까지 계획되어 있었다. 돋보기를 들이댄 것처럼 주변보다 과장되어 보이는 건물들 사이사이로는 널찍한 공원에 온갖 수종의 꽃나무와 상록수 들이 숲을 이뤘고, 인공호수엔 오리배까지 동동 떠 있었다. 그리고 그 아래,

자장면 그릇 두 개와 짬뽕 그릇 한 개가 얌전히 포개어져 있었다. 파랑연필과 훼미리마트 사이 콘크리트 기둥 앞에.

그날 아침 전화를 걸었을 때, 파랑연필 사장은 오후 세 시 이후에 방문해달라고 말했다. 이번엔 미납분 판매대금 전액을 반드시 완납해주겠노라 큰소리까지 치면서.

그렇지만 파랑연필 문구점은 텅 빈 채로 파리만 날리고 있었다. 손님만 없는 것이 아니라 문구점 주인과 아르바이트생도 없었고, 심지어 진열되었던 상품들과 판매대마저 보이지 않았다. 바닥에 떨어진 연필 한 자루 색종이 한 장도 없이, 그야말로 말끔하게 비어 있었다. 그제야 통화할 때 들리던 소음들이 이해되었다. 그는 유리창에 손차양을 만들어 매장 안쪽을 들여다보며 여기가 원래 이렇게 넓은 곳이었나, 새삼 의아해했다.

짐작했던 대로 파랑연필 사장은 휴대전화를 받지 않았다. 그는 이 분 간격으로 세 번을 걸어보고 나서 장부를 펼쳐 파랑연필 위에 빨간 볼펜으로 엑스 표를 큼직하게 그었다. 미수금은 578,500원이었고, 진열된 상품가액은 175,000원이었다. 그의 미수금 장부는 어느새 볼링 선수의 점수표처럼 엑스 표시가 늘어나 있었다. 이 정도 성적이면 애버리지가 250도 넘겠군! 그

는 장부를 접어 뒷주머니에 넣으며 중얼거렸다. 대부분의 영세한 매장에서는 며칠만 더 기다려달라며 죽는 소리를 했고, 간혹 금고를 열어 만원권 지폐를 탈탈 털어 일부를 상환해주는 경우도 있었다. 몇 푼이라도 수금을 하게 되면 운이 좋은 경우였지만, 그는 매장마다 고액권 화폐만 따로 챙겨놓는 보관함이 있다는 걸 알고 있었다. 어떻든 매장 전체가 통째로 증발한 경우는 파랑연필이 처음이었다. 그는 뒤통수를 벅벅 긁으며 파랑연필 옆 매장인 훼미리마트로 들어가 담배 한 갑을 샀다. 아르바이트생의 말로는 어제 오후엔 분명히 파랑연필이 영업을 했는데, 오늘 오후에 자신이 출근했을 땐 이미 매장이 텅 비어 있더라고 말했다. 엊저녁에 파랑연필 알바가 삼각김밥하고 요플레도 사 갔는걸요. 그때만 해도 저렇게 내뺄 줄은 몰랐죠. 걔, 월세도 밀렸다던데, 알바비나 받았는지 모르겠어요.

그는 길 건너편 놀이터에 있는 미끄럼틀을 타고 올라가 꼭대기에 걸터앉아 담배를 빼 물었다. 파랑연필 사장은 빼돌린 물품들을 헐값에 매각하고 잠수를 탄 게 분명했다. 어쩌면 입버릇처럼 하던 말대로 고향의 모교 근처에 새로 문구점을 오픈할 계획인지도 몰랐다. 그 양반 고향이 어디랬더라…… 그는 생각을 더듬어보았다. 파랑연필 사장은 기분에 따라 팔도 사투리를 구사했던, 말 그대로 전국구였다. 경찰에 신고를 하거나 다른 납품업체 영업자들과 공동으로 소송을 내거나 또는 흥신소에 의뢰해 사장을 붙잡아오는 방법 같은 게 있었다. 시간이 얼마나 걸릴지, 다리품을 얼마나 팔아야 될지는 알 수 없었다. 어쩌면 배보다 배꼽이 커질 수도 있었다. 젠장, 똥이 무서워서 피하냐, 더러워서 피하지! 그는 파랑연필 간판을 향해 크악, 퉤— 침을 뱉었다. 그 서슬에 놀이터를 배회하던 비둘기 몇 마리가 푸드덕 뛰어올랐다가 몇 걸음 옆에 내려앉았다.

지난주까지 그는 고등학교 동창과 동업으로 카드 영업을 했다. 신용카드 판촉이 아니고 연하장이나 크리스마스카드, 혹은 생일 축하 카드 같은 걸 제조업체에서 떼다가 팬시점이나 문구점에 납품하고 일정한 주기로 수금을 하는 게 주요 업무였다. 요즘 같은 시대에 그런 게 장사가 되냐? 이메일도 있고, 휴대폰 문자 메시지도 있는데…… 오랜만에 만나는 친구들은 한결같은 질문이나 우려를 던지곤 했다. 그러게 말이다, 팔고 있는 나도 연하장 보내본 지가 십 년은 된 거 같다, 킬킬킬. 그럴 때마다 그는 맞장구를 치며 너스레를 쳤다. 그러다가 좀더 진지하게 걱정을 해주는 친구가 있을라치면 이렇게 눙치기도 했다. 그래서 그런지 경쟁업체들이 하나둘 떨어져나가고 있는 중이야. 이제 쫌만 더 버티면 카드 영업은 우리 회사 독과점 체제로 가게 될 거 같다, 큭큭큭. 하지만 그와 친구는 다른 경쟁업체들이 그랬던 것처럼 이제 그만 버티기로 합의를 보았다. 철 지난 연하장과 크리스마스카드는 무게를 달아 폐지로 팔았고, 시즌을 타지 않는 축하 카드들은 헐값으로 다른 업체에 넘겼다. 사무실 보증금을 빼서 은행 대출을 갚고 나자 그들에겐 미수금 장부만

남았다. 그는 친구와 미수금 장부를 정확히 반으로 갈라 나눠
가졌다. 자, 이젠 복불복이다. 그래, 이게 퇴직금이다 생각하면
되겠네. 그는 친구와 긴 악수를 한 뒤 십구만 킬로미터를 뛴 다
마스에 시동을 걸었다.

　미수금을 전부 회수한다고 해도 출자금의 삼 할이 채 못 되는
돈이었다. 폐차 직전의 다마스는 자산 축에도 못 끼었다. 담배
세 개비를 연거푸 피우고 나서 그는 미끄럼틀을 타고 주르륵 미
끄러져 내려왔고, 파랑연필 앞으로 걸어가 자장면 그릇을 덮고
있는 신문지를 벗겨냈다. 그러고는 신문지를 차곡차곡 접어 미
수금 장부 사이에 끼워 넣었다. 그림 속의 동네는 그와 그녀가
이 년 넘게 동거를 했던 곳이었다. 오성지구라는 생소한 이름이
아니더라도 조감도의 지형만으로도 그쯤은 알아볼 수 있었다.

3

담벼락도 슬래브도 허술하긴 매한가지였다. 포클레인이 주먹으로 툭 툭 두어 번만 건드리면 퍽석퍽석 주저앉아버렸다. 기와로 지붕을 이은 오래된 한옥을 건드릴라치면 와그르르 몽돌 구르는 소리가 나기도 했다. 그때마다 흙먼지가 자욱하게 일어 땅바닥으로 뭉클뭉클 퍼졌다. 검은 조끼를 입은 사내 몇몇이 고무호스를 끌어다가 물을 뿌려댔지만 무너지는 건물에서 쏟아지는 흙먼지를 당해내기엔 역부족이었다. 검은 조끼를 입은 몇몇은 포클레인을 따라다니며 시답잖은 잔소리만 해댔다. 포클레인은 주먹을 휘두르며 좌에서 우로 우에서 좌로 왔다 갔다 하다가 어느 순간 주먹으로 땅을 짚고 일어나 구십 도로 몸통을 돌리기도 했다. 녀석은 애초부터 앞뒤도 좌우도 모르는 막무가내처럼 보였다. 검은 조끼를 입은 사내들은 올챙이처럼 오글오글 모여 포클레인을 쫓아다녔다. 흙먼지가 퍽석퍽석 일 때마다 재채기 소리와 욕지거리도 함께 퍼져나갔다. 멀찍이 떨어져서 바라보니 덩치 큰 거인이 조무래기들을 데리고 놀고 있는 것처럼 보이기도 했다.

어느새 땅거미가 내려앉아 어둑어둑해졌다. 포클레인들은 하나둘 팔을 오그리며 멈춰 섰고, 검은 조끼를 입은 사내들은 기다렸다는 듯 큰길 건너편의 식당이나 술집 들로 우르르 몰려갔다. 그제야 사내들은 이제 막 뒷다리와 앞다리가 튀어나온 개구리처럼 보이기도 했다. 어쩌면 포클레인이 팔을 오그리고 멈춰 섰기 때문인지도 몰랐다. 남아 있던 몇몇도 사방으로 펄쩍펄쩍 뛰어다니더니 이내 건물과 차량 들 사이로 흔적도 없이 사라져버렸다. 그리고 그 뒤쪽의 단독 주택단지에 붙은 작은 쪽창들에 서서히 불빛이 밝아오는 걸 나는 오래도록 내려다보았다.

어디선가 구수한 된장찌개 냄새가 낮게 깔리더니 철거 지역 위쪽으로 스멀스멀 기어 올라왔다. 나는 입안 가득 고인 군침을 꿀걱 삼키고야 말았다. 문득, 그제 아침 이후로 먹은 게 아무것도 없다는 생각이 들었다. 멸치와 다시마로 국물을 내고 두부와 양파, 무와 애호박, 그리고 팽이버섯과 바지락을 듬뿍 넣고 끓이다가 이제 막 뚝배기 가장자리로 보글보글 끓어오르는 된장국물…… 바로 그 냄새였다. 그녀는 된장찌개를 참 맛깔스럽게 끓였었다. 이 인분씩 비닐 팩에 담아둔 야채들을 도마 위에 올려놓고 또각또각 썬 뒤 뚝배기에 넣고 끓여주기만 하면 오 분도 안 되어 마술 같은 맛을 혀끝으로 느낄 수 있었다. 텔레비전 받침대이기도 했던 조그마한 냉장고와 부탄가스를 넣어 쓰는 야외용 버너, 그리고 마우스패드만 한 도마며 과도를 겸하는 식칼…… 소꿉장난을 하는 것 같았던 그런 시절이,

팔뚝을 내리치자 손바닥에 벌건 피가 묻어났다. 그리고 대여섯 마리나 되는 모기들이 일제히 날아올랐다. 철거 지역은 거대한 낚시터처럼 괴괴했고, 그 너머는 은하수처럼 불빛이 깔려 있었다. 나는 낚싯대를 거두어 미끼를 갈아주고 나서 다시 드리웠다. 된장. 그렇지만 그때를 생각할라치면 요리를 하던 그녀의 모습보다는 설거지를 하고 있는, 이따금씩 앞머리를 귀 뒤로 넘

겨주며 쪼그리고 앉아 있던 그녀의 뒷모습이 먼저 떠올랐다. 한 평이 될까 말까 한, 막다른 골목 같은 부엌에 앉아서. 그녀는 설거지를 한다기보다 먼 강을 지루하게 노 저어 가는 소리를 냈다. 내 귀엔 그 소리가 그렇게 들렸었다. 시커먼 강물 위에 하얀 달빛이 일렁이는 깊고 넓은 적막.

4

그가 오성지구에 도착했을 때는 희끄무레한 새벽이었고, 비가 주룩주룩 내리고 있었다. 서울 톨게이트를 통과하기 전부터 주유 경고등에 불이 들어와 있었지만 그는 묵묵히 앞만 보고 운전했다. 지방의 매장을 모두 돌았지만 수금 실적은 예상보다 훨씬 저조했다. 성탄절과 연말 시즌엔 설과 졸업 입학 시즌으로 미루고, 그때가 되면 또 어버이날과 스승의 날이 있는 오월 시즌으로, 그리고 그다음엔 다시 연말을 기약하는 게 업계의 오래된 관행이었다. 카드가 팔렸다고 대금을 바로 지불하는 경우는 거의 없었다. 불량을 반품 처리하고 신상품으로 판매대를 채워주고 나면 그제야 지난 시즌의 미수금을 어음으로 끊어주는 경우도 있었고, 때로는 판매대를 확보하기 위해 카드와는 관련도 없는 타 업체의 메모지, 수첩, 다이어리, 탁상달력 따위를 정리해줘야 하는 경우도 있었다.

　어쩌면 그와 친구가 사업을 정리하고 있다는 소문이 업계에 파다하게 돌았을 수도 있었다. 신상은 깔아주지도 않고 미수금만 받아 가려는 경우라면 알조 중에 알조일 터였다. 마지막 매장에 빨간 펜으로 엑스 표를 긋고 나서 그가 전화를 걸었을 때, 친구의 휴대전화는 이미 없는 번호에 속해 있었다. 사 년 남짓 동업자였던 관계도 그렇게 정리되었다. 이후의 계획에 대해 조언을 해주거나 이따금 만나 고민을 상담해줄 술친구 정도는 기대했었는데…… 지난 사 년의 상실감은 그가 예상했던 것보다 크고 깊었던 모양이었다. 몇 년째 결혼을 미루면서 결혼 자금을 끌어다 쓰고, 급기야 대출금의 규모가 점점 불어나던 지난겨울, 친구의 약혼녀는 일방적으로 파혼을 통보해왔다. 그러다 돌아오겠지 했던 막연한 기대도, 의욕적으로 신상품에 투자하며 기대했던 대박의 꿈도 현실이 되지는 못했다. 얼마 지나지 않아 반품이 쏟아지듯 들어왔고, 좁아터진 사무실은 'Merry Christmas'와 'Happy New Year', 그리고 '謹賀新年'에 대한 뒤늦은 염원들로 미어터졌다.

　공사 가림막으로 빙 둘러쳐져 있는 오성지구는 거대한 성채처럼 보였다. 그러고 보니 인공호수 예정지는 길쭉하고 깊숙한 해자처럼 보이기도 했다. 뒤쪽으로는 야트막한 야산이 있고 앞쪽에는 호수가 있으니 전형적인 배산임수 형의 명당이었다. 그는 공사 가림막을 끼고 두 바퀴를 돌고 나서 현장사무소 앞 너른 공터 귀퉁이에 차를 주차했다. 비는 계속 추적추적 내리고 있었다. 그러다가 비구름 너머로 해가 뜨고 있는지 하늘 한쪽이 희붐해질 즈음, 연착하는 기차처럼 잠이 밀려들었다. 지방을 돌며 반품으로 받은 카드들이 짐칸 가득 실려 있었다. 그는 폭설이 내린 강원도 산골마을에서 길을 내듯 대각선 방향으로 카드 뭉치들을 추려 차 천장까지 올려 쌓은 뒤 그 사이로 들어가 길게 드러누웠다. 지방 출장 중엔 여관비를 아끼기 위해 자주 그렇게 잠을 때우곤 했었다. 다마스의 짐칸에 대각선으로 누우면 그의 키와 대강 맞았다. 그리고 바닥에 깔린 카드들은 나름 푹신했다. 산타할아버지의 콧수염이나 루돌프 사슴의 빨간 코, 온갖 장식을 두른 크리스마스트리, 그리고 산 위를 나는 학이나 이제 막 떠오르는 근하신년의 첫번째 태양 등의 뒤에는 스펀지 소재의 양면테이프들이 붙어 있었다. 그것들이 여러 겹 쌓인 짐칸 바닥은 제법 쿠션이 생겨서,

그는 숨죽여 울음소리를 들이마셨다. 굵은 빗방울들이 후드득 다마스 천장을 때렸다. 그는 서럽게 턱을 떨어대다가 이내 큰 소리로 엉엉 울기 시작했다. 빗소리가 좀더 커졌으므로 울기에, 소리 내어 바보처럼 엉엉 울어대기에 안성맞춤이었다. 오래전, 그녀와 동거했던 방도 지금 그가 누워 있는 공간과 별다를게 없었다. 원래 재래식 부엌이던 공간을 방으로 개조해 세를 들였던 그 방은 조그마한 옷장과 화장대를 겸한 삼단짜리 수납장을 제하고 나면 그와 그녀가 나란히 누울 공간밖에 남지 않았다. 그리고 행인들이 지나다니는 골목과 면한 담벼락 옆 처마

아래쪽은 간이 부엌으로 개조되어 사용되었다. 말하자면 애초의 부엌은 방이 되었고, 처마 밑은 부엌이 된 셈이었다. 이윽고 울음을 참을 만해졌을 때,

양쪽으로 쌓아 올렸던 카드 뭉치들이 그에게로 무너져 내렸다. 잠시 후 빗소리가 점차 잦아들기 시작했고, 그제야 그는 무덤 속에 든 시체처럼 깊은 잠에 빠져들 수 있었다.

그리고 그가 다시 깨어난 건 오전 열 시가 넘어서였다. 두런거리며 다마스 옆을 지나다니는 사람들 소리에 설핏 정신이 들었다. 그는 짐칸 밑바닥을 더듬거려 휴대폰을 꺼내 시간을 확인한 뒤 카드들을 헤치며 일어나 차 밖으로 나섰다. 카드 여남은 장이 짐칸 밖으로 밀려나 투두둑 떨어졌다. 비가 그친 지는 한참 지난 듯했다. 검은 조끼를 입은 사람들 여럿이 건축 자재들을 들고 여기저기 빗물이 괸 공터를 분주히 오가는 걸 바라보다 말고 그는 담배를 빼 물었다.

배가 출출했다. 그는 사방을 둘러보다가 가림막 바깥으로 툭 튀어나온, 아직 온전해 보이는 건물 한 채를 발견했다. 외벽이 온갖 현수막들로 도배된 귀퉁이에 '순댓국' 간판이 비죽 나와 있는. 강제 철거에 반대하는 세입자들이 모여 농성을 하고 있는 사 층짜리 낡은 건물이 어색하게 돌아앉아 있었다. 붉은 페인트로 뭔가 적힌 일 층 식당의 현관문을 어설피 열었을 때 안쪽 테이블에 모여 앉아 뭔가 심각한 얘기를 나누던 사내들이 잠깐 고개를 들어 그를 내다보기는 했다. 아직 영업을 하는 것 같았다.

하지만 그가 쭈뼛쭈뼛 들어가 자리를 잡고 앉은 뒤에도 그의 존재를 신경 쓰는 사람은 없었다. 손수 정수기에서 물을 따라 한 모금을 들이켜고 난 뒤, 주인아주머니로 보이는 사람에게 순댓국밥 하나만 말아달라고 주문했을 때에야 간신히 그를 멀뚱멀뚱 쳐다보았다. 마치 거기 사람이 와 앉아 있었다는 게 믿기지 않는다는 표정으로.

순댓국밥은 제법 맛있었다. 그는 뚝배기 바닥을 핥기라도 한 것처럼 그릇을 비우고 나서 계산을 하려고 주인아주머니의 눈길을 좇았다. 그녀의 눈길은 왠지 그를 지나 창밖을 멀거니 내다보고 있는 듯했다. 주머니를 뒤져 벽에 붙여놓은 메뉴판의 액수만큼 돈을 꺼내 탁자 위에 올려놓았을 때에야 주인아주머니는 그의 손을 바라보며 잘 먹었느냐는 인사를 건넸다.

그는 밖으로 나와 예의 담배를 빼 물고 천천히 주변을 둘러보았다. 예전의 흔적을 찾을 만한 건 거의 없었다. 가림막 너머 저쪽 언덕배기 위쪽은 그런대로 눈에 익었지만, 건물을 허물어 군데군데 폐기물 콘크리트 더미를 쌓아 올려놓은 아래쪽은 도무지 딴 동네 같은 인상이었다. 그래도 뭔가 단서가 될 만한 이정표를 찾기 위해 주변을 둘러보던 그의 눈에 작은 구멍 하나가 눈에 들어왔다. 방금 순댓국밥을 먹었던 식당 건물 옆쪽에 가림막을 뜯어 만든 작은 출입구가 있었던 것이다. 공사 가림막 너머, 철거 구역 저 안쪽으로 통해 있는.

5

밤이 되자 제법 서늘한 강바람이 불어왔다. 바람은 인공호수 예정지를 지나고 공사 가림막을 타넘은 뒤 절반 넘게 때려 부숴 을씨년스런 철거 구역을 거쳐 내가 앉아 있는 곳까지 찾아왔다. 나는 오소소하게 소름이 돋은 양팔을 겯고 앉아 묵묵히 초릿대 너머로 보이는 저 먼 도시의 야경을 바라보고 있었다. 이따금 낚싯대를 거두어 미끼를 갈아주고, 다시 낚싯대를 드리우고, 그리고 또 낚싯대를 거두어 미끼를 갈아주고, 그리고 또…… 내가 앉은 창틀 옆으론 어느새 카드가 수북하게 쌓였다. 구부정하게 휜 낚싯대는 말하자면 다른 세상과 연결된 최첨단 안테나거나 또는 예민한 짐승의 더듬이 같은 게 아닐까. 나는 되는대로 생각했다. 그리고 또, 사실을 말하자면, 내가 그녀와 헤어지게 된 결정적인 이유는 아주 작은 오해 때문이었던 걸 떠올렸다.

조그만 입시학원의 강사였던 그녀가 학원의 남자 강사와 몇 분 간격으로 고시원을 들락거리는 게 몇 차례 눈에 띄었다. 여관이나 모텔도 아니고, 고시원이라니…… 밥을 먹으며 몇 번인가 서울에서 먼 위성도시에 사는 선생님들이 학원에서 가까운 고시원에 투숙하기도 하고, 학원에서 아예 방 몇 개를 임대해놓았다는 얘기를 들은 적은 있었다. 그렇지만 코앞에 닥친 입시지도를 핑계로 그녀의 귀가시간이 점점 늦어지더니 새벽에 들어오는 일도 간간이 생기고부터는 도무지 공부가 손에 잡히지 않았다. 그들은 고시원에서 대체 뭘 하고 있는 걸까? 그걸 상상하고 있는 내 자신이 저주스러웠다. 어떤 날은 칼바람을 맞으며 학원에서부터 그녀의 뒤를 밟고 있는 내 모습이 길거리 쇼윈도에 비친 걸 멀뚱히 바라보다가 돌아선 적도 있었다. 훗날, 곰곰 생각해보면, 그건 단지 내 열패감의 또 다른 모습이었을지도 모르는데 말이다. 어쩌면 일방적으로 버림을 받을지도 모른다는 위기의식 같은 것. 먼 훗날, 다마스 짐칸 같은 데 누워 뒤척이고 있다 보면 그런 온갖 억측들에 흔들리게 마련이었다.

눈물이 고였던 걸까, 강 건너 은하수처럼 깔린 불빛들이 뿌옇게 번졌다. 이따금씩 낚싯대가 톡 톡톡 움직이기도 했다. 나는 낚싯줄 끝에 매달린 미끼가 가 닿았을 물속을 떠올려보았다. 수초들이 물결을 따라 일렁이는, 그리고 이따금 어떤 흔적들이 나타나 거뭇한 형체로 스윽 지나가기도 하고, 나무 물고기 꼬리에서 카드를 뽑아 한 장 한 장 읽고 있을 수몰된 도시의 낯선 사람들을 상상하기도 했다. 그리고 예의, 먼 강을 지루하게 노

저어 가는 소리가 들려왔다. 그녀는 내 오해를 이해하고 있을까. 지금쯤은. 그런 오해가 십 년 넘는 세월을 어떻게 갉아먹었는지 이해하고 있을까. 노 젓는 소리가, 강물이 느릿느릿 꿈틀대는 소리가 그쳤을 때,

"그래서…… 그래서 미안하고, 고맙다는 거야, 지금?"

어느새 설거지를 마친 그녀가 내 옆 창틀에 앉아 어깨에 머리를 기대왔다. 물기가 남은 손은 좀 서늘했다. 나는 그녀의 어깨에 팔을 올리며 후— 하고 한숨을 내쉬었다. 잔잔한 강물 속에서 달빛이 일렁거렸다.

"됐어. 오해였다는 걸 알면 된 거지, 뭐. …… 그렇지만, ……그렇지만," 그녀가 말을 고르는 동안 옅은 구름이 달을 스쳤다. "그때…… 나한테 욕을 하고…… 밥상까지 뒤엎으면서 포악을 떤 건 좀 심했어. 그거, 기억하지?"

나는 그녀의 손을 찾아 그러쥐었다. 찼다. 댓돌 바로 아래까지 물결이 일어 찰랑거리고 있었다. "미안해. 미안해. 미안해……"

6

뭔가 달그락대는 소리가 들려온 건 한참 전부터였다. 그는 잠결에 그 소리를 들었고, 이어 지난밤에도 그 소리의 주인이

발치께를 지나다녔었다는 사실을 어렴풋 떠올렸다. 머릿속의 기억보다 발가락을 간질이던 가늘고 길쭉한 수염의 감촉이 더 빨리 되살아났다. 그가 다리를 오므리며 슬몃 눈을 떴을 때, 통통하게 살이 오른 쥐 한 마리가 그를 넌지시 바라보고 있었다. 이삼 미터쯤 떨어진 거리였다. 그는 다시 눈을 감았지만 이번엔 눈이 시릴 정도로 강한 햇빛을 의식할 수밖에 없었다.

그가 한 손으로 눈을 가리고 일어났을 때, 쥐는 어디론가 사라지고 난 뒤였다. 그와 그녀가 동거를 했던 십여 년 전에도 가끔씩 쥐가 출몰하곤 했었다. 처마 밑을 합판으로 대충 가려 만든 부엌은 애초부터 한데나 마찬가지였다. 녀석들은 멀쩡한 세숫비누를 갉아놓기도 했고 음식물 쓰레기를 여기저기 흩어놓기도 했다. 언젠가 그녀가 멸치를 신문지 위에 수북하게 놓아봤을 땐 오 분도 지나지 않아 그 많은 멸치를 들고 튀기도 했었다. 공포에 질린, 그렇게 새파랗게 질려 있는 그녀의 모습을 보기는 처음이었다. 그는 몇 가지 방법을 생각하다가 철망으로 만들어진 쥐덫을 사왔고, 몇 시간 지나지 않아 큼직한 쥐 한 마리를 잡았다. 근데, 이젠 어떡할 거야? 그녀는 멀찍이 떨어진 채로 물었다. 양동이에 물을 붓고 통째로 넣어버릴까? 그가 쥐덫을 들어 양동이에 집어넣는 시늉을 하자 그녀는 고개를 저으며 인상을 찌푸렸다. 그럼 신문지에 올려놓고 불을 확 싸질러버릴까…… 아니면, 자루에 넣고 콱 밟아버릴까…… 것도 아니면…… 그는 어쩔 수 없이 쥐덫을 검은 비닐봉지에 넣어서 들고 다니다가 멀

리 떨어진 야산의 풀숲에 놓아두고 들어왔다. 그런 뒤에도 잊을 만하면 한두 마리씩 쥐가 나타나곤 했는데,

나중에 그가 이곳을 아주 떠났을 때, 그는 문득문득 그녀의 안부보다 잡힌 쥐들을 그녀가 어떻게 처리하고 있을지가 더 걱정되곤 했다. 창틀에 앉아 마른세수를 하며 그는 미안해, 하고 나직이 읊조렸다. 미안해. 그는 다시 낚싯대를 드리워놓고 시린 눈으로 철거 구역을 내려다보았다. 포클레인과 검은 조끼를 입은 사내들. 그리고 흙먼지. 퍽석퍽석 허물어지는 담벼락과 슬래브 구조물들. 인정하고 싶지 않았지만, 사실 그가 그녀와 헤어진 원초적인 이유는 사주 때문이었다. 그녀와 헤어질 사주를 가지고 있었기 때문이 아니라, 그녀와 함께 살면 잘 풀리지 않을 거라는 사주 풀이 때문이었는데, 그런 동기 때문에 끝내 헤어지고 말았다는 결과는 오래도록 그의 가슴에 생채기로 남았다. 이제 와 생각해보면 사주는 그저 미래에 일어날 수 있는 여러 가지 경우의 수 중 하나일 뿐이었는데도 말이다.

지방에서 대학을 졸업하자마자 그녀는 서울로 올라와 입시학원에 자리를 잡았고, 그는 일 년 뒤에 무작정 따라 올라와서 고시원을 전전하고 있었다. 본격적으로 공무원 시험을 준비한다는 명목이었지만 사정은 여의치 않았다. 어쩔 수 없어 간혹 일자리를 잡아야 했고, 서너 달도 넘기지 못하고 그만두어야 했다. 착취한다 싶을 만큼 부려먹는 회사가 있는가 하면 친척이나 친구들에게 면목 없는 일을 만드는 회사도 있었다. 몇 푼 안 되

는 월급을 떼먹는 사장도 있었고 자신의 실수를 옴팡 뒤집어씌우는 부장도 있었다. 따지고 보면 그때도 이미 잘 풀리는 일은 하나도 없었다. 공무원 시험을 보면 항상 몇 점 차이로 낙방을 했는데, 그 몇 점 사이에 합격자 숫자보다 몇 배나 많은 수험생들이 끼어 있다는 걸 잘 알면서도 미련을 버리지는 못하고 있었다. 그즈음 그녀가 제안을 했다. 차라리 고시원비 낼 돈으로 제대로 된 학원을 다니고, 내 방에 들어와 사는 게 어때? 하숙비 안 받을 테니까 말야. 그는 그날로 짐을 꾸려 이 방으로 들어왔다. 어떤 친구들은 그가 드디어 셔터맨이 됐다며 부러워했고, 어떤 친구들은 우렁이 각시와 사는 재미가 어떠냐며 놀려대곤 했지만, 막상 그는 자신이 여자친구 등골이나 빼먹는 한심한 인간으로 전락하고 말았다는 참담한 심정이었다.

한두 달 간격으로 시험만 치러대는 일이 암담했던 어느 날, 재미 삼아 용하다는 사주카페에 들어가본 일이 있었다. 용케도 여러 가지 정황들을 그럴싸하게 짚어내자 그는 어쭈 요놈 봐라 싶기도 했다. 그렇지만 연애운을 보면서는 고개를 갸웃거리게 만드는 점괘들이 많았다. 설사 지금 만나는 사람이 있더라도 인연은 아닌 게 분명하고, 그 사람과 계속 만나면 여러 가지로 안 풀릴 수도 있다는 거였다. 좋은 인연은 몇 년 더 지나야 나타날 텐데 그 여자여야 뒤를 잘 밀어줄 거라면서. 그땐 별 볼일 없는 사주쟁이의 헛소리로 생각하고 말았지만, 시간이 지날수록 뭔가 알 수 없는 끈 하나가 그의 고삐를 옥죄고 있다는 찜찜함이 오래도록 그를 따라다녔다. 그러는 사이 그녀는 진학 지도를 핑계로 밤늦게 들어오는 일이 잦아졌고, 때마침 그는 잔뜩 벼르며 준비했던 시험의 최종 면접에서 낙방하고 말았다.

낚싯대를 거두어 나무 물고기 꼬리에 끼워놓은 카드를 빼고 있을 때, 저 멀리 검은 조끼를 입은 사내 몇 명이 오글오글 모여 그가 있는 곳을 바라보는 모습이 눈에 띄었다. 그들 중엔 회색 점퍼 차림의 사내도 두 명 끼어 있었다. 손차양을 만들어 철거 구역 여기저기를 둘러보기도 했고, 때때로 그가 앉아 있는 부근을 손가락으로 가리키며 떠들어대기도 했다. 회색 점퍼를 입은 사내들의 손에는 두툼한 서류철이나 큼직한 도면 같은 게 들려 있었다. 그런데, 그가 새 카드를 무릎에 올려놓고 적을 말을 궁리하고 있는 동안, 그들이 우르르 몰려오는 게 눈에 들어왔다. 이곳에 도착한 사흘 동안 이쪽 근방까지 올라온 사람은 아직 한 명도 없었던지라, 그는 좀 당황스러웠다. 뭔가 심상치 않은 분위기가 읽혀서 어딘가에 잠시 몸을 숨겨야 되지 않을까 싶기도 했고, 무슨 큰 죄를 지은 것도 아닌데 뭐가 무서워서 숨어야 되나 싶기도 했다. 그런 데다 대부분의 담과 현관, 창문들이 횅하니 뚫리거나 허물어진 상태라서 막상 몸을 숨길 만한 곳도 없었다. 그렇게 조바심을 치는 동안 어느새 사내들의 모습이 지척에서 불쑥 튀어나왔고, 그는 엉거주춤 일어나 그들을 맞이하는 모양새가 되고 말았다.

7

......

그들은 좀체 내 말을 믿지 않았다. 도리어 자신들의 추측이 진실이라며 내게 강요했다. 수시로 다른 사람이 찾아왔지만 매번 똑같은 질문을 했다. 어떤 사람은 다독였고, 어떤 사람은 윽박질렀으며, 또 어떤 사람은 집요하게 증거와 증인을 요구했다. 누구도 내 말을 신뢰할 의사가 없는 것만은 분명해 보였다. 나는 심장이라도 꺼내 보여줄 수 없는 게 안타깝다는 심정으로 성실히 대답을 하다가 자포자기하는 마음으로 짜증을 내다가 나중엔 묵묵히 묵비권을 행사했고 종내는 똑같은 대답을 마치 염불 외듯 지껄였다. 저는 카드 영업을 하던 사람인데, 사업이 잘 안 되어서 얼마 전에 폐업을 하게 됐습니다. 이게 그 미수금 장부고요, 동업했던 친구는 얼마 전부터 연락이 안 됩니다. 거긴 제가 십여 년 전에 여자친구와 동거를 했던 방인데, 좀 있으면 아주 헐린다는 신문 광고를 보고 찾아왔던 겁니다. 그녀를 오해

했던 게 미안하고, 또 당시에 나한테 너무 잘해줬던 게 고마워
서지요. 이젠 소용도 없는 카드를 어쩔까 생각하다가, 여태 그
녀에게 카드 한 장 써본 적이 없었구나 싶어서, 처음엔 장난삼
아 몇 자 적었던 겁니다. 그랬는데 어젯밤엔 꿈에서 만나기도
했으니까, 텔레파시가 통했나 봅니다. 오래 있을 생각은 없었구
요, 조만간 마음이 정리되면 고향으로 내려갈 생각이었습니다.
예, 그러니까 저는 카드 영업을 하던 사람인데, 사업이 잘 안
되어서 얼마 전에 폐업을 하게 됐습니다. 이게 그 미수금 장부
고요……

　짐작했던 대로 나를 찾아 몰려왔던 사내들은 처음 맞닥뜨렸
을 때부터 적의로 가득 차 있었다. 다소 멍한 눈빛으로 그들을
내다보는 동안, 검은 조끼를 입은 사내들은 저희들끼리, 맞네
맞아, 이놈이 분명해, 허연 난닝구 차림에 낚싯대꺼지 들고 있
잖여, 하며 쑥덕거렸었다. 내가 혹시 도망이라도 갈까 봐 그러
는지 대문 쪽에 선 두 사내는 들고 있던 삽자루를 꽉 그러쥐기
까지 했다. 컴퓨터로 출력한 종이를 들여다보던 회색 점퍼 차림
의 사내 하나가 얼굴을 붉히며 말했다. 아저씨, 여기서 지금 뭐
하는 겁니까? 이런 데 막 들어와서 이러시면 곤란한데…… 여
기 무단 출입하는 거 불법인 거 모릅니까? 그러는 사이 또 다른
회색 점퍼가 뒤에 선 검은 조끼를 바라보며 눈짓을 보냈다. 그
러자 검은 조끼 셋이 일제히 달려들어 낚싯대를 뺏고, 카드들을
주워 모으고, 또 내 몸을 수색해 지갑과 수금 장부와 자동차 키

와 몇몇 잡동사니들, 그러니까 카드 영수증과 명함 몇 장, 그리고 호주머니에 들었던 십 원짜리 동전들까지 깡그리 빼앗아갔다. 순식간에 일어난 일인 데다 다섯 명이나 되는 사내들이 한꺼번에 달려드는 통에 나는 속수무책 당하고 말았다. 그제야 그중 점잖아 보이는, 맨 처음 내게 말을 붙였던 사내가 말했다. 조사할 게 있으니 같이 좀 가주셔야겠습니다.

그냥 조용히, 여기서 나가주십시오, 했어도 충분히 알아들었을 텐데…… 사내들은 내 양팔을 꽉 붙잡고 거의 끌다시피 하면서 현장 사무소가 있는 아래쪽으로 데려갔다. 좀 천천히 가자는 말도, 팔을 너무 꽉 붙잡지 말아달라는 말도 묵살당했다. 그리고 낯익은 삼거리에서 담배 한 대만 태우고 가자는 말 역시, 묵살당했다. 나는 고개를 뒤로 젖히며 전에 쌀집과 미용실과 전파사가 있던 삼거리를 자꾸 돌아보았다. 그녀와 헤어지던 날, 나는 배낭을 메고 전철역이 나오는 왼쪽 길로 내려갔고 그녀는 학원 방향인 오른쪽 길로 향했었다. 그날 전철역 쪽으로 제법 걸어가다 말고 잠깐 뒤를 돌아봤을 때, 그녀는 여전히 그 삼거리에 멈춰 선 채로 고개를 수그리고 있었다. 훗날, 문득 그녀가 생각나 이런저런 장면들을 떠올릴라치면 제일 오랫동안 뇌리에 남는 장면이었다. 그때로 되돌아갈 수만 있다면, 아마도 나는……

공사 가림막 바깥으로 쫓겨나는 정도를 예상했던 나는 곧 경찰서로 이송되어 끝없는 조사를 받아야 했다. 어처구니없게도. 살다 보면 그런 엄청난 오해를 받는 일도 생기는 모양이었다.

발단은 한 인터넷 신문기사에 실린 사진 한 장 때문이었다. 오성지구 철거민대책회의 소식을 전하는 기사 중간에 내가 창틀에 앉아 낚싯대를 드리우고 있는 사진이 포착되었던 거다. 어렴풋한 형체였다. 허옇거나 거무레한, 골밀도가 성긴 뼈 조직을 찍어놓은 사진 속에 밥풀 하나가 붙어 있는 것 같은 모습이었다. 내게 그 사진을 보여준 조사관은 어이가 없다는 표정을 지었다. 어이가 없기는 나 역시 마찬가지였다. 쓸데없이 눈썰미만 좋은 경찰 간부 하나가 하필 그 시간에 진보 인터넷 신문의 헤드라인에 낚여서 클릭까지 할 건 뭔가. 정작 사진을 찍은 기자조차 신경 쓰지 않았던 내 존재를 그런 식으로 짚어낼 건 또 뭐란 말인가. 그 경찰 간부의 눈엔 어쩌면 막무가내식 재개발 사업을 조롱하는 어느 예술가의 퍼포먼스쯤으로 보였던 모양이다.

사진은 아마도 철거민대책회의 사무실이 있는 건물 옥상에서 찍은 듯했다. 그래선지, 맨 처음 나를 심문했던 조사관은 내가 철거민대책회의 사무실이 있는 건물의 식당에서 순댓국밥 먹은 걸 가지고 걸고 넘어졌다. 그러게 왜 하필 거기서 그 지랄이었냐고. 멀찍이 떨어져서 그냥 바라보기만 하면 로맨스가 어디로 날아가냐? 까불 자리가 따로 있고, 떠들 자리가 따로 있지. 혹시 그 개구멍은, 그것도 네가 뚫어놓은 거냐?

……

또 어떤 조사관은 미수금 장부를 들춰가며 꼬치꼬치 따지기도 했다. 이거 철거민대책회의 활동 자금 같은 거 아냐? 계좌

추적하면 다 나온다. 미리미리 솔직하게 불면 정상참작을 해줄
수도 있겠지만.

　……

　또 어떤 조사관은 내가 적었던 카드들을 들춰보며 이렇게 말
해서 나를 뜨악하게 만들었다. 아주 유치가 찬란하구나! 왜「TV
는 사랑을 싣고」같은 데라도 나가보지 그랬냐? 병신 같은 새끼
가 모기한테 졸라 뜯겨가면서…… 풋, 뭐, 낚시이? 없는 것들
은 사랑을 해도 꼭 구질구질하게 해요. 좀 쿨하게 못하고 말야.

　……

8

　그는 오 일 만에 풀려났다. 혐의 없음. 증거 불충분. 그런 게
아니었을까. 그동안 꼬치꼬치 따져 물었던 사내들도 이렇다 할
설명 없이 그를 풀어주었다. 아니, 사 일째 되던 날부터는 그들
의 얼굴은 코빼기도 찾아볼 수 없었다. 그런데도 경찰서를 나올
때는 준법 서약서에 사인까지 해야 했다. 본인은 추후로……
읽고 있을 때, 경찰이 된 지 얼마 안 돼 보이는 앳된 얼굴의 청
년이 그의 손을 잡아끌어 지장을 꾹 눌러 찍었다. 아주 잠깐,
오래전에 했던 공부가 잘 풀려서 마침내 시험에 합격했다면 지
금쯤 이런 놈들보다는 한참 높은 자리에 있겠지, 하는 생각이

218

들기도 했다. 그랬다면, 어쩌면……

그는 경찰서 앞 버스정류장 벤치에 오랫동안 앉아 있었다. 햇볕이 제법 따가웠지만, 일인시위라도 하듯. 그는 묵묵히 앉아 오가는 버스들의 행선지를 하나하나 일별하고 있었다. 강을 넘어가는 차와 위성도시로 가는 차들이 꾸역꾸역 달려와 푹 하는 에어 빠지는 소리와 함께 멈춰 섰다. 그리고 이내 시커먼 배기가스를 뿜어놓고 달려갔다.

이제 어디든 가야 했다.

어디로 가야 할까? 그는 고개를 쳐들고 생각했다. 햇빛이 눈꺼풀 속에서 발갛게 이글거렸다.

*

포클레인은 여전히 좌우로 주먹을 휘두르며 흙먼지를 날리고 있었다. 담벼락도 슬래브도 허술하긴 매한가지였다. 흙먼지가 자욱하게 일며 땅바닥으로 뭉클뭉클 퍼졌다. 검은 조끼를 입은 사내들은 욕지거리를 해대면서도 올챙이처럼 오글오글 모여 포클레인을 쫓아다니느라 바빴다. 철거를 마친 지역은 배코를 친 듯 훤하게 밀려나 있었고, 철거민대책회의 사무실이 있는 건물은 공사 가림막에 어색하게 등을 돌린 채로 현수막을 나부끼고 있었다.

벌초

(伐草)

해마다 겪는 일이지만, 고향 집 마당은 어느새 풀밭으로 변해 있었다. 마당뿐 아니라 텃밭이며 우물가, 심지어 봉당과 기와지붕 틈새에도 갖가지 풀들이 치솟아 삐죽삐죽했다. 모르는 사람이 지나치다 보았을 양이면 필경 귀신 나올 폐가로나 여겼을 터. 사람 발자취라야 해가 바뀌도록 서너 차례에 불과하니 그저 풀들이 주인 행세를 하는 셈이었다. 아니, 본래 그들 세상이던 곳을 우리 집안에서 몇십 년 빌려 썼다고 해야 할까. 영재(45세, 자영업)와 영민(37세, 前 시간강사)은 대문간에 서서 한참 동안 고향집 마당을 들여다보았다. 마치 지나가던 객들처럼, 우멍한 눈빛으로.

육 년 전 뇌경색으로 쓰러져 거동이 불편해진 어머니를 영재가 모시고 올라간 뒤부터 고향집은 내동 빈집이 되고 말았다.

어딘가 갈라지거나 기울거나 비가 새지 않는 것만도 천만다행이랄까. 돌담 옆으로는 수크령이며 돼지풀, 솔새, 고들빼기, 강아지풀 따위가 빼곡하게 둘렀고, 안마당엔 방동사니와 웃자란 고사리, 개싸리, 여뀌, 담배풀 천지였고, 바늘골이 경성드뭇했다. 뒤란으로 돌아가자 처마 밑 응달을 중심으로 검퍼런 이끼들이 퍼진 새로 쇠뜨기가 드문드문 솟았고, 그 밖으로도 온갖 잡풀들이 졸막졸막했다. 영민은 집채를 싸고돌며 손에 잡히는 대로 개싸리나 여뀌, 담배풀부터 잡아채 뽑았다. 진분홍 꽃잎이 흐드러진 구절초나 쑥부쟁이, 엉겅퀴는 나름 보기가 좋아 그냥 내버려두었다. 멋대가리 없이 웃자란 가막사리 몇 포기를 더 솎아내고 보니 고시원 근처 근린공원에 조성된 국화 꽃밭보다 외려 자연스런 풍치가 나아 보이기도 했다.

그러나 마루 안쪽으론 올라가볼 엄이 들지 않았다. 여름내 날아든 검불과 먼지 더께 위로 까무잡잡한 쥐똥들이 잔뜩 눌어붙어 있었다. 형제는 등산화를 신은 채로 마루 가장자리에 올라서 몇 걸음 서성이다 그냥 내려섰다. 사 년 전 봄, 삼 형제가 다 모였을 때 웬만한 가재도구들은 태우거나 버리거나 땅에 묻었다. 여섯 자짜리 장롱 안에 어머니의 옷가지 몇 장과 오래된 가족 사진첩, 형제들이 초등학교 다닐 때 받았던 상장과 성적표 따위들이 아직 들어 있을 테지만, 아무도 다시 열어본 일은 없었다. 집은 뭐랄까, 고단하고 쓸쓸해 보였다.

형제는 나란히 댓돌에 앉아 먼산바라기를 했다. 영재는 줄담배를 피우는 틈틈이 손목시계를 들여다보았고, 영민은 스마트폰으로 이메일을 확인하는 틈틈이 액정 귀퉁이에 표시된 시각을 확인했다. 아홉 시 이십 분, 이십삼 분, 이십칠 분…… 약속 시간은 열 시였다. 일찌감치 출발했고 차도 별로 밀리지 않은 탓이었다. 영재는 몇 차례 마른세수를 하다가 벌떡 일어나 집 주변을 서성였고, 영민은 똑같은 자세로 앉아 뉴스 검색을 하고, 만화를 보고, 유튜브에 올라온 동영상들을 손가락 끝으로 툭 툭 건드렸다.

시간이 얼마나 지났을까. 잠시 넋 놓고 토끼풀을 뒤지다 보니 바지에 도깨비바늘이 잔뜩 붙은 게 보였다. 도깨비바늘은 못 본 것 같은데…… 이놈들이 다 어디서 붙은 거지? 도깨비바늘을 일일이 떼어내고 나서 영민은 토끼풀이 몰려 있는 풀밭에 다시 쪼그리고 앉았다. 앞마당 오른편 돌담 아래, 토끼풀이 군락을 이룬 서너 평 남짓한 곳. 조금 전 거기서 네잎 클로버 두 장이 맞붙어 있는 걸 발견했다. 네잎 클로버 한 장을 찾기도 쉽지 않은데, 두 장이 겹쳐 있는 걸 한꺼번에 발견하다니. 왠지 상서로운 예감이 들었다. 다음 학기엔 임용이 될지도 모르겠다는 생각. 까다로운 서류 심사도 통과했고 전공 교수들로 구성된 인사위원회 면접과 공개 강의도 통과했으니, 어쩌면 요식행위랄 수도 있는 총장 면접까지도…… 어쩌면 말이지. 한데, 그러자면 네잎 클로버를 한 장 더 찾아줘야 되는 게 아닐까? 한 장만 더. 듣자니까 총장 면접에 온 인물만 해도 서넛이나 된다던데……

그사이, 돌담 너머로 알밤 서너 알이, 아니 어쩌면 도토리 여
남은 알이, 투두둑 툭툭 떨어지는 소리가 아련히 들려왔다. 풀
밭에 코를 박고 있는 동안, 시간이 얼마나 흘렀는지 알 수 없었
다. 어느덧 가을 햇살이 제법 따사롭게 느껴졌고, 바람이 소슬
했다. 그새 형님은 어딜 가신 걸까? 영민은 구부정하게 선 채
로 고향집을 한 바퀴 휘둘러보고 나서 다시 고개를 숙였다. 한
장을 마저 찾아야 되는데. 어서 빨리.

*

영재는 개울가의 돌무더기를 뒤지고 있었다. 마을 앞으로 휘
어져 흐르는 개울은 유속이 빠르고 물이 많아 여름 장마에 굴러
와 덧쌓인 돌무더기가 제법 수북했다. 대부분은 동글반반했지
만, 그중 넓적한 돌판을 찾아야 했다. 어쩌면 너덧 명이나 모일
테니까…… 간만에 동기들이 모이는데, 이런 재미라도 있어야
지. 영재는 저녁에 삼겹살을 구워 벌초하러 오는 육촌과 팔촌
들을 먹일 요량이었다. 마당에 고인돌처럼 돌을 받쳐놓고 삭정
이를 꺾어다가 불을 지펴서 돌판 위에다 구우면 기름이 쪽 빠진
담백한 삼겹살이 될 터였다. 그러자면 얇으면서도 넓적한 놈이
어야 되는데…… 바둑판처럼 매끈하게 잘빠진 놈으로.

몇 장의 돌판을 집어들었다 내려놓고, 따로 봐두었다가 내던
지기를 반복하고 있을 때, 어디선가 외침 소리가 들렸다. 영재

자신을 부르는 소리 같기도 해서 허리를 펴고 뚝방 쪽으로 고개를 돌리니 아닌 게 아니라 누군가 경운기 안장에 앉은 채로 소리를 내지르고 있었다. 딸딸거리는 경운기 소리에 묻혀 제대로 알아들을 순 없었지만. 초등학교 중학교 동창인 성만(45세, 농축산업)이 녀석 같았다. 몇 집 남지도 않은 고향 마을에서 저렇게 소리를 질러대며 알은척을 할 사람이라곤 그 녀석밖에 없기도 했다. 영재는 한동안 손차양을 만들어 뚝방 위쪽을 쳐다보다가 마지못해 그쪽으로 몇 걸음 옮겨 디뎠다. 그제야 녀석도 경운기 시동을 끄고 뚝방 아래로 는적는적 내려섰다.

성만은 고향에 남아 꽤 큰 농사를 짓고 있었다. 전부 제 땅인 건 아니지만 부치는 논을 다 합치면 만 평가량이나 되고, 소도 삼십여 마리 키운다고 했었다. 그가 부치는 땅 중에는 영재의 선친이 삼 형제에게 물려준 천오백 평 남짓한 논도 포함되어 있었다. 해마다 거기서 도조(賭租)로 쌀 열 가마니가 나왔다. 삼 형제와 그 식구들이 나눠 먹기엔 빠듯한 양이었지만, 어떻든 쌀 걱정이라도 안 하고 살 수 있는 건 농사꾼이었던 아버지의 덕이었다. 언제까지 그러리라고 장담할 순 없는 일이지만.

둘은 악수를 하고 나서 서로를 바라보고 서서 씩 웃었다. 가을걷이가 한창이어선지 성만의 얼굴은 짙은 청동 빛을 띠었다. 일 년에 두어 번 보기도 바쁜 친구인지라 때론 반갑고 때론 서먹했다. 영재는 틈을 보아 이쪽의 땅 시세가 어떤지, 거래가 있기는 한지, 에둘러 물어볼 작정이었다. 당장 숨을 쉬고 살자면

그러는 수밖에…… 그 전에, 올 농사의 작황이 어떠냐는 영재
의 인사에 녀석은 손사래부터 치고 나서 우거지상을 해 보였다.

야야, 말도 마라. 이게 죽자고 용을 쓰는 짓인지 살자고 바르
작거리는 짓인지 모르겠다. 땅 버릴까 무서워서 그냥 부치는 거
지, 땅 파봐야 무슨 수가 나냔 말이지. 새끼들은 하루가 다르게
쑥쑥 크지, 새벽부터 들에 나가 일해봐야 얄궂은 빚만 찔끔찔끔
늘어나지…… 에이, 씨팔! 하여간 농민들만 죽어라 죽어라 하
는 세상이니까 뭐……

듣다 보니 작년에 들었던 멘트와 비슷했다. 둘은 자식들의
학년을 확인하고, 노모의 건강을 짐작하는 사이사이 경제 사정
을 넌지시 짚어보았다. 그러자니 '거 여간 벌어서 안 되겠는걸'
소리가 연방 터졌고, 그러고 나면 마주보고 서서 또 씩 웃었다.
그런 소리들도 하다 보니 작년에 나눴던 멘트들과 엇비슷했다.
녀석은 작년에도 오해를 하더니 영재가 아직도 시흥에서 서점
을 운영하는 줄 알고 있었다. 서점이라면 벌써 사 년 전에 작파
했고, 그 사이 조그만 논술학원을 거쳐 올 초엔 부평 변두리에
손바닥만 한 편의점을 냈다고 말하자 녀석은 한숨부터 폭 내쉬
었다. 그 사정 내가 다 알겠다는 듯. 하지만 오해라면 영재 역
시 못지않았다. 스무 마리까지 불렸던 소를 구제역 파동 때 대
부분 살처분하고 지금은 다섯 마리밖에 안 남았다는 소릴 듣는
순간 아차 싶었다. 그건 작년 가을에도 들었던 얘기였다. 둘은
또 씁쓸하게 웃었다. 그러고 나서 막막하게 서 있자니 화제를

바꾸는 성만의 말이 반가웠다.

근데 물가에서 뭐 하느라고 서성거리냐? 벌초를 하러 왔으면 산으로 올라가야지.

영재는 사정을 설명하며 머리를 긁적였다. 저녁에 소주나 한잔하러 건너오라는 소리와 함께.

버르장머리 없는 놈들, 제사도 지내기 전에 젯밥부터 쑤석거려놓는구나!

둘은 키들대며 웃다가 함께 개울가를 뒤지기 시작했다. 건듯 부는 바람을 타고 잠자리 몇 마리가 주변을 맴돌았다. 저게 얼마 만에 보는 잠자리인가! 구름은 높고, 볕은 제법 따사로웠다. 열 시 칠 분. 지금쯤이면 텐트를 다 쳐놓고도 남았겠지? 얼른 준비해서 앞산 중턱에 있는 두 장부터 해치울 작정이었다. 증조부와 증조모의 산소. 산속 그늘 녘이더라도 지금쯤이면 이슬이 마르고도 남았을 시간이었다.

*

이제 막 볕이 들기 시작한 터라 이슬이 촉촉했다. 아직 꽃잎들도 벌지 않았고, 방아깨비며 여치, 거미, 개미 들도 풀잎 밑이나 땅속에 웅크린 채였다. 상석 밑에 둥지를 튼 말벌들도 이즈음 들어 부쩍 분주하더니, 아직은 조용했다. 어느 절에 익어 터졌는지 밤새 툭 툭 투둑 풀섶으로 떨어지던 알밤도 아침 녘엔 잠잠했다. 우묵한 자리 안으로 방동사니와 웃자란 고사리, 개싸리, 여뀌, 들깨풀 천지고, 바늘골이 겅성드뭇했다. 그늘이 깊고 습한 자리 아래쪽으론 검퍼런 이끼들이 퍼진 새로 단풍취와 쇠뜨기가 드문드문 솟았고, 그 밖으로도 온갖 잡풀들이 졸막졸막했다. 미친년 머리마냥 지저분하게 삐치긴 했어도 바람이 불 때마다 옅은 향기를 내뿜던 산국과 참취도 아직은 이슬에 폭 젖어 있었다. 이따금씩 바지런한 청설모가 도토리를 물어 나르며 상수리나무나 전나무 새를 건너뛸 적에나 후드득 후드득 이슬방울 듣는 소리가 흩뿌려지곤 했다. 그런 것들을 빼곤, 그저 고즈넉했다.

*

네잎 클로버 한 장은 도무지 눈에 띄지 않았다. 그렇게 쪼그리고 앉아 있자니 영민은 괜스레 초조한 마음만 들었다. 올핸 어떡하든 자릴 잡아야 될 텐데…… 마흔 전엔 결혼도 해야 하고…… 그러자면 자신 몫의 땅을 처분해서 현금화했으면 좋겠단 소리도 이참에 분명히 해둬야 할 터였다. 지금 당장 결혼해도 노산(老産)인 거 알지? 하는 희연(35세, 도서관 사서)의 말은 더 이상 농담으로 들리지 않았다. 아무러하든, 그러던 차에 고샅 쪽에서 경운기 소리가 다가왔고, 이윽고 바깥마당 한쪽에서 쿵 하는 소리가 들렸다. 큼직한 뭔가가 내던져지는 소리. 성만이 형님 목소리도 들리는가 싶더니 이내 경운기 소리와 함께 사라졌다.

테트 좀 쳐놓으란 소리 못 들었냐? 너두 참 어지간하다. 정신을 어따 두고 여태……

어딜 갔다 오는지, 영재의 혀 차는 소리가 이어졌다. 그제야 마당 한구석에 캠핑 장비들이 부려져 있는 게 눈에 들어왔다. 차 타고 내려오면서 형님이 했던 얘기가 저거구나! 영민은 캠핑 장비가 든 가방들과 영재의 얼굴을 차례차례 쳐다보며 눈을 슴벅거렸다. 지난봄에 보니까 안방이고 사랑방이고 간에 방 안에선 도저히 잘 수가 없겠더라. 어차피 난방도 안 되는데다, 들쥐지 박쥐지가 얼마나 난장질을 쳐놨는지…… 말도 마라, 그거 쓸고 닦고 정리하다 보면 해 떨어지기 십상이겠더라. 문짝들도 변변찮아서 밤새도록 모기 떼에 시달리게 될 게 뻔하구. 내가 장비들을 제대로 챙겨 왔으니까 올핸 마당에서 자자. 「1박2일」 찍는 셈 치고 말이지.

올봄이라면 사실 영민도 고향집에 홀로 다녀간 적이 있었다. 그게 어버이날 전이던가 후던가? 어쩌면 비슷한 시기였을 텐데…… 그러고 보니 댓돌에 앉아 담배를 피우며 형님이 웅얼대던 소리가 텐트 쳐놓으란 소리였지 싶었다. 바지런한 양반이니 그새 한 바퀴 돌며 동네 어른들께 일일이 인사를 하고 왔으려니 짐작했다. 동네 초입에서 성만이 형님을 만나 경운기를 얻어 탔을 테고. 두어 번 영재를 따라 낚시터에 다녀왔던 기억을 되짚으며 영민은 가방에서 텐트 본체와 폴대, 강철이나 알루미늄 팩들을 꺼내 마당에 늘어놓았다.

텐트를 치는 일은 그다지 어려울 게 없었다. 풀들이 웃자라서 그렇지 마당은 평평하고 적당히 야물었다. 폴대를 잇대어 슬리브에 꿰어 맞추고 있을 때 예초기 조립이 끝났는지 왜앵, 왜애애앵 하는 칼날 돌아가는 소리가 요란스레 들려왔다. 연습 삼아 텐트 칠 자리만 풀을 베어내려나 싶었는데, 일이 분도 채 안 되는 새 안마당의 풀들이 말끔히 잘려나가고 말았다. 말리고 자시고 할 새가 없었다. 그러니 텐트 칠 자리를 빼곤 구절초나 쑥부쟁이는 그냥 두었으면 좋겠단 소린 목구멍에 걸려 넘어오지도 않았다. 쌉싸래한 풀 내가 물씬 풍겨 괜스레 쓴침만 고였다. 하긴, 서리만 내렸다 하면 거지반 말라 죽을 풀들이긴 하지만.

뭘 그렇게 우두커니 보고 섰냐? 각지로 모아서 우선 저쪽 밭에다 버려라. ……일 년에 고작 이틀 쓰는데도 고장 한 번 안 나고 잘 돌아가는구나. 우리보다도, 이놈이 진짜 효자다 효자야. 일산 애들 오는 대로 요 앞산부터 시작할 테니까 빨리 치자. 벌써 열한 시가 다 돼 간다.

일산 애들이란 영재, 영민과는 육촌 간인 영준(40세, 경찰공무원)과 영훈(34세, 세무공무원)을 일렀다. 제일 멀리 살아서이긴 하겠지만, 그들은 해마다 뒤늦게 도착해 벌초라곤 시늉만 하다가 제일 먼저 올라가곤 했다. 영민은 대꾸 없이 풀들을 그러모아 돌담 너머 텃밭으로 내던졌다. 지금은 별수 없어 묵밭이 되고 만 땅이지만. 이걸 소한테 뜯겼으면 이삼 일은 잘 먹였을 텐데, 생각하며 잘린 엉겅퀴 한 아름을 들어올리자 향긋한 꽃 내가 코끝을 간질였다.

*

스트링 팩을 박고 나서 텐트를 고정시키기 위해 줄을 팽팽히 조이는 일은 영재가 직접 했다. 텐트를 치고 걷는 건 귀찮은 일인 게 분명했지만 그때마다 뭐라 설명할 수 없는 뿌듯함이 생기는 것도 틀림없는 사실이었다. 고향집 안마당에 텐트를 치고 그 안에 침낭을 던져 넣고 들어앉으니 안온한 느낌마저 들었다. 어머니 자궁 속에 이제 막 착상을 하고 아기집을 튼 것 같은, 편안하고 따뜻한 느낌. 언제가 될는지 알 수는 없지만, 아이들을 결혼시키고 먹고살 걱정을 덜고 나면 여기다 손수 흙집을 짓고 노년을 보낼 생각도 드문드문 했었다. 아니, 근래 들어서는 하루에도 서너 번씩 그런 생각이 들곤 했다. 동생들에겐 그냥 이사했다고만 말했지만, 33평 아파트를 내주고 27평짜리 빌라에 전세로 살다 보니 내 집에 대한 욕망은 점점 커졌다. 집값 거품이 본격적으로 빠지기 직전에 손을 털게 된 건 불행 중 다행이겠지만, 겨우 그런 걸 다행이라 여기며 살자니 속이 쓰렸다.

텐트 바닥에 침낭을 깔고 누워 이 궁리 저 궁리 하고 있을 때 문자 메시지 알림음이 울렸다. 주머니에 든 스마트폰을 꺼내 든 영재는 이게 무슨 소린가 싶어 재차 메시지를 읽었다. **말씀드린 대로 결국 출발을 못하게 됐습니다. 사건도 터졌구요ㅠㅠ 저희 몫까지 수고 좀 해주시고요, 조만간 서울에서 한잔하시지요. ^^;; 영준.** 말씀드린 대로? 사건이 터졌다는 건 또 뭐지? 영준이가 못 온다면 필경 영훈이까지 그렇다는 건데…… 이렇게 되면 올핸 영민이하고 단둘이 벌초를 해야 된다는 소린가? 영재는 토끼풀 밭 앞에 쪼그리고 앉아 있는 영민이를 내다보며 입맛을 다셨다.

팔촌인 영해(41세, 공기업 차장)와 영식(35세, 자동차 영업팀장)이도 올핸 참석이 어려운 모양이었다. 처음 전화를 걸었을 땐 내려가는 쪽으로 생각해보겠노라 대답했었는데 두번째, 세번째 전화를 걸었을 땐 둘 다 전화를 받지 않았다. 그래도 혹시나 하는 기대를 아주 접지는 않았었는데…… 반갑게 전화를 받아 영훈이까지 꼭 데리고 가겠다던 영준이가 못 온다면…… 에이, 자식들 참, 삼겹살을 다섯 근이나 사왔는데. 이 큰 텐트에 침낭까지 더 빌려설랑……

알았다. 바쁘면 할 수 없지. 서울서 보자. ^^ 문자는 그렇게 보냈지만, 서운한 감정이 생기지 않을 순 없었다. 영재는 스마트폰을 손에 든 김에 별일 없는지 뉴스 검색창을 열었다. 추석을 앞둔 대선 후보들이 제각기 바쁜 행보들을 펼치고 있었다. 한 사람은 현충원에, 한 사람은 재래시장에, 또 한 사람은 보육시설을 방문했다. 다들 의욕은 넘치는데 돌아서 보면 자신의 입장만 강변하는 듯했다. 영재는 자신이 지지하는 후보의 뉴스만 꼼꼼히 읽어보고 나서 경제 섹션으로 넘겼다. 다우 지수가 0.5퍼센트, 나스닥은 1퍼센트 가까이 떨어졌다. 다음 주 월요일이면 이게 코스피에도 반영될 건데, 생각하며 영재는 씁쓸한 표정을 지었다. 어제라도 팔아치울걸 그랬나? 몇 푼 안 남긴 했지만…… 뭉그적대다 이번에도 손절매 시기를 놓치는 게 아닐까, 불안했다. 잘못하다간 이것마저도…… 한계령 근처에서 관광버스 한 대가 굴렀고, 안산의 노래방에선 큰불이 났다. 대구에선 택배 기사로 위장한 강도 사건으로 골머리를 앓았고, 울산에선 성폭행범이 출몰해 주민들을 불안에 떨게 했다. 그리고……

일산 애들이 못 온단다. ……거참, 올 벌초는 우리 둘이서 해야 될 모양이다. 에이, 자식들 참…… 가자, 서둘러야겠다.

*

산소까지 찾아가기가 힘들어 그렇지 벌초를 하는 건 그다지 어렵지 않았다. 영재는 예초기를 둘러멘 채로 앞장서 걸었고, 영민은 낫이며 톱, 각지 같은 연장과 점심거리가 든 배낭을 멘 채로 뒤따라 올랐다. 앞산 중턱에 있는 증조부와 증조모의 산소 는 서로 지척에 있고, 자리도 넓지 않아서 한 시간 반 만에 두 장이 끝났다. 영재가 이십여 분 예초기를 돌리는 동안 뒤에 따라다니며 베인 풀들을 각지로 긁어모아 버리는 일은 영민의 몫이었다. 형제는 묵묵히 풀을 베어 버리고, 봉분을 매만지거나 다지고, 혹여 봉분에 그늘을 드리우는 나무가 있으면 가지를 쳤다. 지저분하던 자리가 정돈되고 나면 한결 산뜻한 느낌이 들기는 했다. 벌초를 마치면 누가 먼저랄 것 없이 나란히 봉분 앞에 서서 두 번 절하고 간곡한 자세로 읍(揖)했다. 그럴 때마다 영민은 제발 올해는 자리를 잡게 해달라고 얼굴도 뵌 적 없는 증조부와 증조모께 빌었다. 곧 있을 총장 면접을 무사히 치러 전임교원이 될 수 있도록 저세상에서나마 힘 좀 써주십사 하고. 그다음으로 비는 가족의 건강과 형님들의 사업 번창은 해마다 비슷비슷한 멘트였다.

한 시 사십오 분. 형제는 증조부의 산소 윗자리에 앉아 삼각김밥과 군계란, 두유와 에너지 음료 따위로 점심을 때웠다. 그곳에선 물 건너 고향 마을이 한눈에 들어왔다. 영민이 아직 학생이던 시절, 아버지를 비롯해 윗대 항렬 아저씨들을 따라 벌초를 왔을 땐 봉분이 있는 자리에서도 잘 보였지만 어느 해부터인가 앞쪽의 상수리나무들이 시야를 가려버렸다. 삼십여 년 전만 하더라도 육촌이며 팔촌 들까지 다섯 집이 모여 살며 집성촌 비슷한 세를 이뤘는데, 하나둘 대처로 빠져나가기 시작하더니 결국은 한 집도 남지 않았다. 언제던가, 영민의 어렴풋한 기억 속에는 사십 명도 넘는 일가붙이들이 한자리에 모여서 차례를 지냈던 장면도 남아 있다. 방이 좁아 마루에서도 절을 했고, 그도 비좁아 마당에 섰다가 교대를 해야 했다. 그땐 그래도 명절이 명절 같았는데……

둘은 한동안 말없이 앉아 물 건너를 바라보았다. 학교는 다닐 만하냐? 영재가 물었을 때, 영민은 고개를 끄덕이며, 그저 그렇지요 뭐, 했을 뿐이다. 학원에 수강생들은 많아요? 요즘은 논술 시험 비중이 전 같지 않다던데, 하고 맞받아줬어야 했을까. 영민은 속으로만 잠깐 생각했다. 형님이나 저나 어째 길을 잘못 들어선 것 같아요, 하고. 희연에게도 알리지 않은 일이지만, 사실 영민은 이번 학기에 강의를 맡지 못했다. 그간 출강했던 세 학교 모두 여름방학이 다 가도록 아무런 연락을 주지 않았다. 한 강좌쯤 빠진다고 해도 먹고사는 일 자체에 엄청난 변화가 생기는 건 아닌지라 처음엔 잠시 쉬어가란 뜻으로 생각했는데, 결국 한 학교에서도 연락이 없자 버림받았다는 생각마저 들었다.

고시원 옥상에 올라가 주변을 둘러볼 때면 그 많고 많은 집에 살고 있는 사람들에게 각자의 일거리란 게 있고, 그걸로 처자식을 벌어먹인다는 게 허풍인 것처럼 느껴질 때가 많았다. 언젠가는 그냥 아무 집에나 불쑥 쳐들어가서 그 집 사람들이 어떻게 벌어먹고 사는지 시시콜콜 물어보고 싶을 때도 있었다. 이렇게 삶이 고단하고 쓸쓸한데, 그런 개인들의 집합체인 사회가 멀쩡하게 굴러간다는 게 도무지 믿기지 않아서…… 그리고, 정말로 그래볼라치면 거기엔 한 사람도 살고 있지 않거나, 어쩌면 일거리 하나 없는 백수들만 득시글거리며 아귀다툼을 하고 있을 거란 환상이 생기곤 했다.

술에 취해 들어오던 지난겨울의 어느 날 밤에 영민은 고시원 입구에 붙은 낡은 현판에다 유성매직으로 한자를 병기해놓은 적이 있었다. 孤始院. 그렇지, 여긴 '고시 공부하는 집〔考試院〕'이 아니라 '홀로 시작하는 집'이라고 해야 맞지, 큭큭큭. 낙서는 용케 일주일 남짓이나 살아남았었다. 누군가 옆에다 새로운 낙서 몇 자를 덧붙였는가 싶더니, 매직으로 덧칠해 지워졌고, 마침내는 새로 도색되어 말끔히 사라지고 말았지만. 아무려나.

형님, 우리도 가족 납골묘를 만드는 게 어떨까요? 이렇게 이 산 저 산 쏘다니지 말고. 어차피 형님이나 나나…… 우리가 죽을 땐 매장을 할 것도 아니고. 이건 너무…… 전근대적인 풍습인 것 같지 않아요? 영민은 영재의 옆얼굴을 바라보며 속으로 읊조려보았다. 그 모습이 너무 횅해 보여서, 마치 수강생들이 인근의 경쟁 학원으로 모두 옮겨가버린 것 같은 표정이어서, 결국 말이 되어 나오지는 않았지만.

*

산 사람의 주변도 벌초라는 걸 해줄 수 있다면 영민이를 제일 먼저 해줘야 되지 않을까 싶었다. 왠지 그늘이 잔뜩 드리워진 느낌이랄까. 그래서 떼는 못 자라고 잡초만 무성해진 게 아닐까 하고. 학교 다니는 내내 수재 소릴 듣던 동생이었다. 대학을 졸업할 즈음 IMF 사태가 터지자 공부를 더 하는 쪽으로 진로를

정한 게 패착이었다. 석박사 학위를 따는 것까진 승승장구하는 듯 보였는데, 어찌된 일인지 행정고시니 회계사 시험을 본다며 고시원에 틀어박힌 이후론 맥을 못 추고 있었다. 오히려 학교 쪽에 제대로 자리 잡았으면 하는 게 영재의 바람이었지만, 별반 도와준 게 없다 보니 감 놔라 배 놔라 할 입장이 못 되었다. 영조(42세, 제조업체 사장)에겐 혹간 손도 벌리고 더러 왕래도 하는 눈치였지만…… 맏이로서 도무지 면이 서지 않는 일이었다. 영재 자신도 영조에게 빚을 진 입장이다 보니 더 말할 것도 없었다. 서점을 접고 논술학원을 열 때 이천, 논술학원 정리하고 편의점을 차릴 때 이천 해서, 합이 사천만 원이나 되었다. 그까짓 사천, 장사만 잘 되면 일이 년 안에라도 갚지 싶다가도, 텅 빈 매장을 우두커니 지키고 있을라치면 울화가 치밀곤 했다. 그래서,

영재는 올 벌초에 영조가 내려오지 않은 게 차라리 속 편했다. 이번 주말엔 중국에서 온 바이어 접대를 해야 된다며 미안해했을 때, 도리어 나서서 말린 게 영재였다. 그럼, 당연히 외국서 온 손님을 맞아야지. 벌초는 나하고 영민이가 하면 되니까. 영준이 영훈이도 있고, 영해 영식이도 올 테니까…… 영재는 서둘러 전화를 끊고 나서 가슴을 쓸어내렸다. 따지고 보면 영조는 내리 삼 년째 벌초에 참여하지 않았는데도. 영조와 통화할 일이 있을 땐 괜스레 신경이 곤두서곤 했다. 지난봄 아버지 제사 땐 영조가 이런 말도 했었다. 형은 어머니를 모시고 있잖

아요. 그건 천천히…… 아니, 여의치 않으면 갚지 않으셔도 상관없어요. 앞으론 또 어찌될지 모르지만, 지금은 우리 회사가 그럭저럭 굴러가는 편이니까. 영재는 부랴부랴, 당장은 아니지만 내가 이자까지 쳐서 꼭 갚아줄게, 하고 말했다. 한두 푼도 아니고…… 내가 그래도 네 형인데 어떻게…… 나중에, 며칠이나 지나서 영조와의 그런 애길 전했을 때, 아내는 돌아앉아 울었다. 시동생의 마음 씀씀이가 고마워선지, 동서에게까지 위신이 서지 않는 일을 했다는 안타까움인지 알 수 없었다. 아니, 어쩌면 시어머니를 모시는 일과 관련해서, 이젠 다른 도리가 없게 되었다는 심정인 건지도……

알 수 없었다. 이런저런 생각을 하며 묵묵히 산을 올랐을 뿐인데, 도무지 어디서부터 방향을 잘못 잡은 건지, 감이 잡히지 않았다. 세 시 삼십 분. 형제는 앞산 너머의 골짜기 골짜기를 훑아가며 한 시간 넘게 고조부와 고조모가 합장된 산소를 찾았지만, 산소는 고사하고 자신들이 서 있는 위치조차 제대로 분간할 수 없었다. 그래도 처음엔 확고한 믿음 같은 게 있었는데, 몇 번 허탕을 치고 보니 기억이며 짐작 같은 건 요령부득이었다. 저기쯤일 거야 하고 가보면 아니고, 이 등성이를 넘으면 보일 거야 하고 넘어봐도 없었다. 그저 비슷비슷한 등성이와 골짜기가 연이어 나설 뿐. 본래 고조모의 산소는 차로 오십여 분이나 걸리는 강원도 땅에 있었는데, 이십여 년 전 영재의 선친이 이쪽 고조부 산소로 합장했다. 증조부의 산소가 있는 등성이 위쪽으로 산길을 따라 쭉 올라가다가 산 정상 부근에서 능선을 타고 앞으로 십여 분 걸으면 약간 오른쪽으로 굽은 등성이가 나오는데 그쪽으로 휘어져 오 분쯤 내려가면 고조부모의 산소가 열시 방향으로 보였다. 꿈에서도 찾아갈 수 있을 만큼 훤한 길이고, 또 실제로 해마다 찾던 곳이었다. 헌데, 칠부 능선쯤에서 길도 없는 산비탈로 들어선 게 실수였던 모양이다. 늘 다니던 길엔 지난여름의 폭우 때문인지 제법 굵직한 낙엽송들이 잔뜩 쓰러진 채로 앞을 가로막고 있었던 것이다.

다른 집안은 선산에다 가지런히 산소를 쓰거나 가족 납골묘도 잘만 만들어놨던데…… 이 산에 한 장 저 산에 한 장 따로따로 산소를 써서는, 해마다 이틀씩이나…… 가뜩이나 가게엔 손님도 없는데, 알바비만 꼬박꼬박 더 나가구…… 벌써 며칠 전부터 불퉁거린 아내의 잔소리도 틀린 말은 아니었다. 산소를 이리 쓴 건, 물론 자리가 좋은 선산이 없어서기도 했지만, 후손들의 복을 기원하는 의미라 했다. 그렇게 찾은 명당으로 해서 후손들이 무슨 영화를 얼마나 보았는지는 알 수 없지만.

걷기 시작한 무렵부터라면 과장이겠지만, 뛰어다니기 시작했던 즈음엔 벌초를 따라다니기 시작했다. 그건 어쩌면 최면이나 세뇌 같은 것 아니었을까. 너는 종손이니까, 하는 그런 소리들 때문에. 하지만 중년에 들어선 지금, 영재 자신은 진작부터 수목장으로 장례를 치러달라고 아내나 아이들에게 여러 차례 일러놓은 상태였다. 특정한 어떤 나무에 이름표를 붙이는 것도 싫으니, 그저 아무런 흔적이 남지 않도록만 해달라고. 허나 제법 진지하게 그런 이야기를 꺼내도 아내와 아이들의 반응은 시큰 둥했다. 알았다거나, 그건 너무 허무하지 않겠냐거나, 그런 얘 길 뭐 하러 벌써부터 하느냐거나 간에. 그들은 쳐다보지도 않았 다. 얘길 꺼낸 사람이 머쓱할 정도로.

무슨 생각이 그리 많은지…… 영민이는 아까부터 아무 소리 없이 뒤를 따랐다. 묵묵히. 길을 잃었다며 짜증을 내지도 쉬어 가자며 투덜대지도 않았다. 밤나무 곁을 지나칠 때면 그저 자잘 한 산밤을 주워 한 움큼이나 실하게 배낭에 집어넣곤 했는데, 그때마다 영재는 멀찍이 쪼그리고 앉아 담배를 한 개비씩 피웠 다. 한창 나이에 너무 의기소침해진 게 아닌지…… 동생을 보 고 있자면 안쓰러웠다. 앞산을 넘기 전엔 사방에서 예초기 소리 가 메아리치듯 들리더니 그마저도 조용했다. 나무들이 우거져 그늘은 짙어지고, 새소리 물소리도 잠잠한데, 두 사람의 발자국 소리만 서걱거리니 초조한 마음이 점점 더했다. 이렇게까지 많 이 내려간 지점은 아닐 건데…… 저기까지만 가보고, 그래도 아니면 천상 낙엽송이 잔뜩 쓰러져 있던 곳으로 되돌아가 새로 시작해야겠다 생각하고 있을 때,

거짓말처럼 고조부모의 산소가 저만치 눈에 들어왔다. 영재 는 뛰다시피 쫓아 올라가 비석을 확인하고, 뒷면 맨 아랫줄에 선친 항렬의 함자들이 나란히 새겨진 것까지 보고 나서야 가쁜 숨을 돌렸다. 그렇지만, 고조할아버지 산소는 제법 등성이 위쪽

242

에 붙어 있었는데…… 다른 방향에서 왔다고 지형이 이렇게까지 달라 보일 수가 있나? 영재는 주변을 둘러보며 연신 고개를 갸웃거렸다. 그러나 봉분 앞에 서서 보니 영락없는 그 자리였다. 먼 앞쪽으로 겹겹한 산들의 능선이나 양 옆의 골짜기, 오랫동안 보아온 지근거리의 고목들까지도.

고조부모의 산소는 그늘이 많이 져서인지 잔디보단 잡풀들이 극성이었다. 유난히 돼지풀이 많고, 도깨비바늘과 여뀌 들이 우거진데다, 산짐승들이 다녀갔는지 여기저기 파헤쳐진 흔적마저 있었다. 형제는 우선 여러 차례 흙을 퍼 담아다 파헤쳐진 데를 메우고 단단히 밟았다. 이어 영재는 예초기 시동을 걸어 본격적으로 풀을 베기 시작했고, 영민이는 각지를 들고 그 뒤를 따랐다. 늘 하던 대로. 그런데, 삼사 분이나 지났을까, 야트막해진 봉분을 거지반 깎았을 즈음,

뭔가 외침 소리가 들리는 듯해 뒤를 돌아보니 영민이가 산소 자리 앞에 나뒹굴며 팔을 휘젓는 게 보였다. 대여섯 개의, 도토리만 한, 날갯짓이 부유하고 있었다. 말벌이었다. 어, 어, 하는 사이, 어느새 열댓 마리쯤으로 불어난 말벌들이 영민이의 주변에 모여들어 앵앵거리고 있었다. 영재는 메고 있던 예초기를 집어던지고, 부랴부랴 비석에 걸쳐놓았던 배낭에서 에프킬러를 꺼내 들었다. 이게 제대로 나와줘야 되는데…… 제발…… 에프킬러를 흔들어가며 분무 버튼을 힘껏 누르자, 다행히도 부연 살충액이 영민이를 향해 뿜어져 나왔다.

*

아프다기보다는 얼얼했다. 마치 볼과 목에 마취 주사라도 맞은 것처럼. 얼이 빠진 느낌이었다. 에프킬러로 벌 떼를 제압한 것까진 좋았는데, 상비약으로 가져왔던 물파스는 신통치가 않았다. 약물이 거의 남아 있지 않은데다 오래 묵혀두고 사용하지 않은 탓인지 약물이 묻어나는 스펀지조차 바싹 메말라 있었다. 아쉬운 대로 이거라도 발라줘야 응급조치가 될 텐데…… 영재가 몇 번이나 흔들고 누르고 해봤지만, 그런다고 없는 약물이 솟을 리는 만무했다. 영민은 분풀이라도 하듯 봉분 앞 상석 아래, 벌집이 들어 있으리라 예상되는 틈바구니로 살충액을 한참 더 뿜어댔다. 제법 굵은 놈들이었지만, 그런 정도로도 말벌의 기세는 한층 수그러든 듯했다. 더 이상 바깥으론 기어 나오지 못했고, 나지막이 날아올랐던 몇몇 녀석들도 맥을 못 추며 사방으로 흩어졌다.

짐작하기로 서너 방은 족히 쏘였고, 대여섯 군데는 더 물렸을 터였다. 각지로 베인 풀들을 긁어모으고 있을 때, 처음엔 그저 산모기 몇 마리가 얼굴 주변에 자꾸 꼬여든다 싶었다. 주변에 벌집이 있으리라 예상했다면 조심했을 텐데, 가로거친다며 손으로 휘저으며 쫓기까지 했으니…… 손바닥으로 지그시 누르자 어느새 볼과 목 언저리가 뭉근히 부어오른 게 느껴졌다. 그리고 이젠 화끈거리기까지 했다. 그런데, 가만……

영민은 불현듯, 총장 면접 날짜가 다음 주 수요일인 게 떠올랐다. 수요일이면 불과 나흘 뒤인데…… 설마, 그때까지도 이런 몰골이라면? 이런 얼굴로 면접장에 나타났다가는 웃음거리가 될 게 뻔했다. 그리고, 그런 거라면 자못 심각한 문제였다. 스마트폰에 얼굴을 비쳐보니 뾰로통한 표정으로 알사탕을 물고 있는 것 같은 자신의 모습이 고스란히 보였다. 영재는 신통찮은 물파스를 챙겨왔다며 미안해했다가, 스마트폰 검색을 해보고 난 뒤엔 신용카드로 밀어 벌침을 뽑아야 한다며 수선을 부렸다. 그러나 물파스로 여러 차례 문질러댄 탓인지, 벌침은 나오지 않았다. 어쩌면 이미 빠졌을 수도 있겠지만. 한쪽 볼만 화끈거리니 아무래도 어색하고 이상했다. 이래 가지고 어디 학생들 앞에서 수업이나 할 수 있겠냐! 속도 모르고 영재가 걱정을 하는 사이, 아닌 게 아니라 영민도 별별 생각이 다 들었다. 심지어, 벌에 쏘여 사망한 사람도 있다던데, 하는 생각까지.

네 시 사십 분. 남은 벌초는 영재에게 맡기고, 영민이 먼저 하산하기로 했다. 부기는 그만했지만 자꾸 화끈거리는 게 신경 쓰여서였다. 그보다는 물론, 수요일 이전에 정상적인 컨디션을 회복해야 한다는 생각이 컸지만, 영재에게 면접 얘길 꺼내진 않았다. 고향집에 도착하는 대로 영재의 차를 타고 읍내로 나가 약국을 찾고, 그게 여의치 않으면 제천 시내로 나가 병원을 찾을 생각이었다.

산을 넘은 다음에 무조건 아래로만 내려가면 개울이 나올 거야. 무슨 말인지 알지? 좀 전에 헤매던 그 길로 가지 말고.
……그 길은 아무래도 도깨비 길이었던 모양이다.

영재의 말에 영민이 고개를 끄덕였다. 그쯤이야 따로 일러주
지 않아도 충분히 상식에 속하는 일이었다. 오늘은 네잎 클로버
를 두 개나 찾은 날인데. 아무렴, 큰일이야 더 생기랴 싶었다.
영민은 미지근해진 생수통을 볼과 목 언저리에 지그시 누른 채
로 산을 되짚어 올랐다. 어쩌면, 이렇게 고생스레 산소를 찾아
다니느니 고조의 산소는 이제 묵혀도 되지 않을까요, 그런 불순
한 생각을 했기 때문에 벌을 받은 게 아닐까 싶기도 했다. 혹
은, 나도 내년부턴 이런저런 핑계를 대고 벌초에서 빠져야겠다,
생각했기 때문에. 영민은 문득 한 번도 뵌 적 없는 고조할아버
지와 고조할머니께 송구한 마음이 들었다. 게다가 인사도 못 드
리고 그냥 왔네, 싶어서 몇 차례나 뒤를 돌아보았다. 영재의 예
초기 소리는 들리다 안 들리다 했고, 한참 멀어졌을 즈음엔 다
른 쪽 산등성이에서 들리는 예초기 소리에 묻혀버렸다.

전화벨이 울린 건 앞산을 다 올라와 고향 마을이 아스라하게
보일 즈음이었다. 다섯 시 십 분. 퇴근길의 희연이려니 짐작했
는데, 뜻밖에도 영조였다. 영민은 습관처럼 스마트폰을 볼에 가
져다 댔다가 반대쪽으로 옮겼다. 잊었던 기억처럼 볼이 화끈거
렸다. 오늘은 증조와 고조의 산소를 벌초했고, 내일 오전엔 할
아버지 할머니와 아버지 산소에 갈 예정이라고 설명하는 동안,
영조는 몇 번이나 고생이 많다며 치하했다. 이어 영조가 영준이

와 영훈이, 영해와 영식이가 왔느냐고 물을 때마다 여긴 큰형하고 나, 둘밖에 없다고 대답했다. 영조는 안타깝다는 듯 몇 번이나 혀를 찼다. 통화하는 내내 잔잔한 음악 소리가 들렸고, 틈틈이 내비게이션 안내 음성이 끼어들었다. 말을 하는 게 불편해서, 벌에 쏘인 애길 할까 말까 망설이던 즈음, 영민은 문득 작은형이 아무래도 다른 할 얘기가 있나 보다, 짐작했다. 어쩌면, 지나가는 말처럼 자연스럽게 흘렸던, 이런 말을 포함해서. 그럴 일이야 없겠지만, 혹시라도 나중에 형수가 물으면 나도 같이 있었던 걸로 해줘라. ……도대체가 여자들 때문에 사업을 할 수가 없다, 사업을. ……무슨 말인지 알지?

영민은 물을 건너면서 몇 번이나 망설이다가, 통화 대신 문자 메시지를 넣었다. **네잎 클로버를 두 개나 발견했어.*^^* 이번엔 왠지 잘될 것 같지 않니? 예쁘게 코팅해서 우리 하나씩 나눠 갖자^^!** 희연의 답문자는 영민이 읍내를 세 바퀴나 돌아 마침내 불 켜진 약국을 발견했을 즈음 도착했다. **그런 걸로 잘될 것 같았으면 뭐..... 아니야, 그렇게 해. 영민 씨, 파이팅!! ^^v**

*

구름의 모습은 매양 변했다. 쟁기 끄는 소의 모습을 하고 있더니, 어느 순간 지게 진 농사꾼의 모습으로 변해 서산으로 넘어갔다. 바람이 건듯 불었다. 아침 녘엔 동에서 서로 불더니 어느 순간엔 뒷산, 그러니까 북에서 남으로 소슬했다. 저 아래 산비탈의 묵은 밭쯤에서 바싹 마른 콩잎 여남은 장이 날아올라 멀리멀리 날아갔다. 하루 종일 예초기 돌아가는 소리가 골골로 진동하더니, 어느 순간 뚝 멎었다. 조용했다. 때가 되면 모든 건 제자리로 돌아가는 법이니까. 소리조차도. 오후 내내 풀 내와 흙먼지 내가 섞여 사방으로 흩어졌다. 저녁놀이 붉는가 싶더니 부연 이내가 깔렸고, 금세 어두워졌다. 산에선 어둠이 길고, 아침은 늦다. 기다리지 않는다. 그렇게 우멍한 데서 아득히 별빛을 세고 있자면 벼룻돌 속에 고인 먹물처럼, 막연했다. 오늘은 어떤 밤새가 찾아와 울어댈는지…… 아무려나, 그런 것들을 빼곤, 그저 고즈넉했다.

*

다시 산을 넘어오면서 보니, 고조의 산소를 가운데 두고 달팽이집 그리듯 나선형으로 돌아친 걸 알 수 있었다. 멍청하게, 해마다 벌초를 하면서도 산소 하날 제대로 못 찾다니! 거추장스레 길쭉한 예초기에다 영민이가 두고 간 배낭까지 들쳐 메고 산을 넘었더니 제법 고단했다. 영재는 물을 건넌 뒤에 예초기와 배낭을 내려놓고 나서, 물로 다시 걸어 들어가 세수를 하고 발을 씻었다. 제법 서늘하니 정신이 번쩍 들었다.

고향 마을 뒤쪽으로 붉거나 노오란 단풍이 드문드문 내려앉은 뒷산이 민틋했다. 앞산보다 험한 건 덜했지만 다리품은 훨씬 더 팔아야 하는 산이었다. 영재는 조부모의 산소 자리와 선친의 산소 자리를 어림해보았다. 내일은 한참 더 서둘러야 될 성싶었다. 점심 전엔 벌초를 마치고 내려와야 귀경길이 덜 밀릴 터였다. 점심이야 뭐, 적당한 휴게소에서 간단히 때우면 될 테고…… 내일은 야간 근무를 서야 하고, 월요일 새벽엔 입고될 물품이 많았다. 중간 정산도 해줘야 하고…… 제길, 해마다 단풍 구경은 벌초 와서나 하는구나! 영재는 예초기와 배낭을 둘러메고 뚝방으로 올라섰다.

여섯 시 십삼 분. 전화를 걸어 부르려고 했더니, 성만이 먼저 와서 기다리고 있었다. 돌덩어리 두 개 사이에 오전에 주워 온 돌판을 올려놓고 불까지 지펴놓은 상태였다. 어슷 버슷 수북한 삭정이 새로 꼬물꼬물 올라오는 여린 불길을 보고서야 어둑한 고향 집이 눈에 들었다. 쫓겨난 아이마냥 마당에 돌아앉은 텐트하며. 너도 참 어지간히 외로웠구나 싶어서 성긋이 웃으며 다가갔더니, 성만이 다짜고짜 맥주 글라스에 소주를 부어 눈앞에다 디밀었다.

수고했다. 근데, 마당에도 이렇게 텐트를 쳐놓으니 제법 운치가 산다! 허허, 대학생들 엠티 온 거마냥.

내가 못나서 이 모양이지, 엠티는 무슨…… 이 근처에 청풍호며 비봉산이며 문화재단지가 즐비한데, 리조트는 고사하고 펜션 하나를 못 구해서 텐트를 쳤으니, 내 죄가 크다 커. ……

그러니 애들도 자꾸 빠지는 눈치고…… 에이, 참.

영재는 동생들이 대거 빠진 거며, 산이 험해져 벌초 다니기가 점점 더 힘들어진다는 얘기며, 영민이가 벌에 쏘여 약을 사 먹으러 간 얘기까지 입맛을 다셔가며 설명했다. 그나마 고조의 산소를 못 찾아 산을 헤맸던 얘긴 슬쩍 뺐다. 그런데도 성만은 돌판에 삼겹살을 올려놓다 말고 딱하다는 눈빛으로 영재를 바라봤다.

성만의 설명을 듣고 보니 여러 가지로 이해가 가는 구석이 많았다. 절터골에 있던 영해와 영식이의 증조부모와 조부모의 산소, 그러니까 영재에겐 종증조와 재종조가 되는 분들의 산소가 골프장 공사 부지로 편입되는 바람에 지난 윤달에 이장을 했다는 것이다.

화장을 해서, 거기 어디라더라, 아무튼 무슨 공원묘지 안에 있는 가족 납골묘에 뫼신다는 거 같던데…… 거, 보상이 제법 나와서 이장비 빼고도 좀 나눠 가진 모양이더라만…… 그 얘길 못 들었구나!

그렇다면 영해 영식이로서는 따로 벌초를 내려올 필요가 없었을 터. 고조는 같은 조상이지만, 이렇게 되면 종손인 영재의 몫으로만 오롯이 남는 셈이었다. 뿐인가, 성만은 얼마 전 초등학교 동문회 행사에 내려왔던 영훈이가 감골 쪽 벌초를 하고 오는 것 같더라고 했다. 거기엔 영준이와 영훈이의 할아버지, 그러니까 영재의 종조부 산소가 있었다. 그때 이미 벌초를 끝냈다면, 그들 역시 다시 내려와 벌초를 할 까닭이 없었다.

요즘 세상에 고조, 증조가 안중에나 있겠냐? 대처에 나가 사는 놈이 어떻게 나보다도…… 너두 참 어지간히 고리타분하다. 말이야 바른 말이지, 갸들 입장에선 인제 아쉬운 게 없으니까 그런 거여. 아쉬운 거 있어봐라, 고향 문턱이 닳도록 드나들지. 굽은 나무가 선산 지킨다는 말이 괜히 생긴 줄 아냐?

그렇구나! 영재는 소주를 들이켜며, 저 속담이 이런 때도 쓰이는 말이구나, 생각했다. 아닌 게 아니라 삼겹살은 고소하고 소주는 달았다. 남의 살이 이렇게 맛있는 건 재앙인데, 생각하며…… 다시 소주를 부어 마시고, 삼겹살을 씹었다. 한때, 영자 돌림 형제들이 다 모이면 축구팀도 꾸릴 만했었다. 그땐 세상 부러울 게 하나도 없었는데…… 어떻든, 성만의 잔을 채워 주려고 소주병을 들었을 때,

이야, 정 박사! 오랜만일세! …… 허허허, 벌에 쏘였다면서?

어느새 돌아온 영민이가 성만과 악수를 하고 옆자리에 앉았다. 그사이에도 부기는 제법 빠진 듯했다. 다행스럽게도. 영민의 표정은 한결 부드러워진 듯 보였다. 성만은 약사의 말을 언급하며 한사코 사양하는 영민에게도 기어코 술잔을 맡기더니, 촌놈 타령을 이어 붙였다. 어릴 때부터 벌에도 쏘이고 뱀한테도 물려보고, 그렇게 살았으니 이만한 거여. 면역이 되어서. 성만은 술이 들어갈수록 말이 많아졌고, 형제는 묵묵히 삼겹살을 뒤집었다. 그는 영민의 사는 곳을 묻고, 세부 전공과 진로를 묻

고, 색싯감이 있는지를 물어가며 비슷한 연줄이 닿는 동문들의 안부를 존조리 주워섬겼다. 그도 듣고 보니 작년에 들었던 멘트들과 엇비슷했다. 녀석은 아마도 이런 얘길 우리에게만 하는 게 아니리라, 영재는 생각했다. 굽은 나무 세 그루. 다만 한 가지,

얼마 전에 있었던 초등학교 동문회에서 영조가 회장을 맡았다는 얘기와, 그래서 삼천만 원이나 되는 돈을 동문회 사무실에 선뜻 내놓았다는 얘긴 좀 뜻밖이었다. 이제 겨우 사십대 초반인데, 동문회장이라니…… 성만은 제법 그럴싸하게, 영조가 했다는 출마의 변을 흉내 냈다. 그 소린 집안 행사 때마다 영재도 몇 번이나 들어본 적 있는 바로 그 멘트였다.

제가 하는 일이 얼마나 중요한 건지 다들 아시죠? 제가 지퍼를 만들잖아요, 이 지퍼. 우리 회사가 없으면 남자나 여자나 다 거길 내놓고 다녀야 한다구요. 이게 간단해 보이지만, 이쪽저쪽 잘 만나고, 야물고, 붙고, 여미는 게 쉬운 게 아닙니다. 잘못하면 사이가 벌어져요. 암요! 요즘엔 우리 회사가 이삼백만 원씩 하는 명품백에도 납품을 합니다. 그러니까 말하자면, 이런 전문적인 노하우를 접목시켜서……

성만은 영조가 아무래도 정치 쪽에 야심이 있는 것 같더라며 이런저런 혐의점을 이어 붙였다. 그렇구나, 그런 일도 있었구나! 영재는 가만가만 고개를 주억거리며 쓴침을 삼켰다. 그렇지만, 사실을 말하자면,

영재는 아까부터 논을 내놓고 싶다는 소리가 벼 베기 며칠 전

의 논물마냥 목구멍에서 찰박거리는 걸 꾹 참아내고 있는 참이었다. 하지만, 그게 무슨 죄스러운 일이라고, 입술이 좀체 떨어지질 않았다. 어쩌면, 한두 해 더 버텨보면 사정이 좀 나아질까. 그러면 가장으로서의 체면도 살리고, 종손으로서의 본분도 지킬 수 있을까. 영민이는 내내 무표정하게 앉아서는 이따금씩 술잔을 들어 입술만 적셨고, 또 불 위에 삭정이를 얹어놓고 묵묵히 들여다보았다. 안쓰럽게도. 때때로 불이 화르륵 타올랐다가 이내 사그러들었다. 그때마다 했던 얘길 반복하는 성만과 한쪽 볼을 매만지고 앉은 영민의 모습이 불현듯 밝았다가 시나브로 어두워졌다. 시간이 얼마나 지났을까,

몸을 부스스 떨던 성만이 텐트로 들어가더니, 어! 생각보다 따숩네, 이거 남는 거지? 하며 침낭 속으로 몸을 밀어 넣더니 이내 코를 골며 잠에 빠져들었을 때까지…… 이름 모를 산새가 찾아와 뒤꼍에서 한참이나 울다가 어딘가로 날아갔을 때까지……

형제는 그저 말없이 앉아 모닥불을 바라보았다. 옆에 쌓아뒀던 삭정이가 다 타 없어질 때까지. 벌에 쏘인 덴 괜찮냐? 하고 영재가 물었을 때, 영민이 고개를 끄덕이며, 그저 그래요, 자고 일어나면 괜찮겠지요 뭐, 대답한 게 전부였다. 열한 시쯤, 영재 역시 텐트로 들어가 침낭 속으로 기어들었다. 성만의 말마따나 침낭 속은 제법 따뜻했다. 얼근하니 취기가 올라 고향 집 마당이 빙글빙글 맴도는 듯했다. 그사이 영민이 모닥불에 물을 끼얹어 불 끄는 소리가 아련히 들려왔다. 그리고 또 얼마나 지났을

까, 영민이가 들어와 옆자리의 침낭 속으로 파고드는 게 아득하
게 느껴졌다. 그제야 진짜로 잠이 찾아왔다.

달리와 달리

우찬제

밀레, 달리, 원종국

파리 센 강 좌안에 위치한 오르세 미술관은 건축물 자체만으로도 볼거리가 넉넉하다. 1900년 세계만국박람회를 기념해서 지은 이 건물은 기차역으로 사용되다가, 1970년대에 미술관으로 개조되었다. 거대하면서도 품격 있는 아치형 중앙 홀부터 그 흡인력이 압도적이다. 빨려들듯 오르세 미술관으로 들어서면, 관람객들은 내로라할 인상파 화가들의 컬렉션 속으로 환각처럼 입사한다. 인상적인 흡인력 앞에서 우리는 시나브로 전율한다. 모네의 「점심 식사」, 마네의 「풀밭 위의 점심 식사」, 빈센트 반 고흐의 「자화상」「아를의 별이 빛나는 밤」, 르누아르의 「피아노 치는 소녀들」, 쿠르베의 「오르낭의 매장」「화가의 아틀리에」, 그리고 밀레의「만종」「이삭 줍는 여인들」「봄」등 미술사를 수놓은 걸작들과 일목요연하게 소통하는 기쁨을 누린다. 그중에서도 밀레의「만종」(1859년 작) 앞에서 우리네 발길이 오래 머무는 것은 차라리 자연스럽다. 돌이켜보면 난 어릴 적 고향의 이발소 그림으로「만종」을 처음 보았다. 푸시킨의 "생활이 그대를 속일지라도 슬퍼하거나 노하지 말라"는 시구와 더불어 밀레의 그림도 유행했던 때였던가 보다. 석양 무렵 멀리 성당의 종소리가 울리자 밭에서 일하던 부부가 잠시 일손을 멈춘 채 삼종기도를 올리는 모습. 참으로 고즈넉한 분위기 속에서 감사의 기운이 느껴지고 평화로운 느낌이 전해지던 그림이었다. 빛바랜 사진으로 본 것이어서 아슴아슴 더 아련한 느낌이었던 것 같다. 밀레가 누구인지 제대로 알지 못했던 아주 어렸을 적의 희미한 풍경이다. 헐벗은 나목(裸木) 아래 아이 업은 여인의 풍경을 즐겨 그렸던 박수근이 어릴 적 이 그림을 보고, 밀레 같은 화가가 되게 해달라고 간절히 기도했다는 사실을 알지 못할 무렵이었다. 또 빈센트 반 고흐가 "이것은 시(詩)"라며 밀레를 가장 위대한 화가로 칭송했다는 일화도 들어본 적이 없는 때였다. 그러다가 학교에서 미술 시간에 다시「만종」을 접했고, 또 많은 시간이 지난 후 비로소 오르세에서 진품 앞에 섰을 때 벅찬 전율이 복합적으로 다가왔다. 2008년 7월이었다. 어렸을 적 복제본 사진에서는 감지할 수 없었던 겹겹의 환영들이 일렁거렸다. 평화를 간구하는 아우라가 스미다가 원인 모를 결핍과 연루된 불안기가 느껴지기도 했다. 그 어떤 불안을 덜기 위해 저토록 간절히 기도하는가. 부부의 등 뒤에서 저물어가는 노을은 정녕 아름답기만 한 것일까. 그렇다면 어릴 적 이발소 그림에서는 느낄 수 없었던 불안은 과연 어디서 연원한 것이었을까. 이런저런 불안 담론에 관심을 쏟던 무렵이었기 때문에 나 자신의 실존적 관심의 발원일 수도 있었으리라. 혹은 「만종」과 관련한 이야기에 영향을 받은 불안기였을지도 모른다.

그랬다. 나보다 훨씬 이전에 이 그림 앞에서 엄청난 불안을 느끼며 「만종」의 심연에서 그 불안의 근원을 찾으려던 불세출의 화가가 있었다. 다름 아닌 스페인 출신의 천재적인 화가 살바도르 달리. 「만종」에서 평화를 호흡했던 어렸을 적의 나와는 달리 어찌하여 달리는 불안을 느꼈을까. 천재 화가다운 직관이었을까. 『밀레의 만종과 비극적 신화』에서 달리는 1932년 6월 밀레의 「만종」이 강렬한 인상으로 다가왔다고 밝히고 있거니와, 그가 거기서 비극적 불안기를 느꼈던 것은 여인의 뒤쪽 수레 안이나 두 사람 앞에 놓인 감자 바구니 속 어딘가에 아이의 시신이 있을 것만 같은 환각을 무의식적으로 느꼈기 때문이라고 한다. 원제를 「삼종기도」라 했던 밀레는, 생전에 만종이 울리면 하던 일을 잠시 멈추고 가엾게 죽어간 이들을 위한 삼종기도를 경건하게 올리게 하셨던 자신의 할머니를 떠올리며 그린 그림이었다고 말했다. 어쨌든 적어도 이 그림의 표층에서 아이를 잃은 부모의 간절한 애도를 읽어낼 표지는 그다지 넉넉한 편이 아니다. 그러나 달리의 환각처럼 훗날 X선 투시를 통해 감자 바구니 심연에 관처럼 보이는 상자가 있었다는 사실이 밝혀졌다. 그럼에도 그 상자를 꼭 아이의 관으로 볼 근거가 희박하다는 논란이 이어지기도 했다. 이런 논란이 거듭된 데는 또 그럴 만한 사연이 있었다. 시골 농부 부부에게 아이가 있었는데, 가난으로 인해 굶어 죽게 된다. 그러자 부부는 죽어서라도 감자가 나오는 밭에서 잘 먹으라는 의미에서 감자밭에 묻어주기로 하고 매장하기 전에 아이를 위해 마지막으로 기도를 올린다. 이런 얘기를 들은 밀레가 그림으로 재현했는데, 그것을 본 친구는 너무 침울하다는 반응이었다. 이에 밀레는 관 위에 덧칠하여 감자 바구니로 바꾸었다는 얘기다. 물론 적층이 두터울 수 있는 유화의 특성상 그 텍스트의 심연을 다 헤아리기 어려우므로, 주변의 이런저런 설로 확정적인 진실을 말하기는 쉽지 않다. 그럼에도 감자 바구니의 심연에 죽은 아이의 관이 그려져 있었다는 이야기는 내게 오래 남았던 모양이다. 오르세에서 처음으로 진품「만종」을 볼 때, 그 이야기의 영향으로 불안기를 느꼈거나, 혹은 그 이야기에 영향을 받을 것만 같은 불안 때문에 또 다른 불안에 시달렸을지도 모르겠다.

　반 고흐나 박수근도 그랬지만,「만종」의 화가 밀레에 대한 달리의 오마주는 대단한 것이었다.「달리의 만종」「건축적인 밀레의 만종」「갈라와 밀레의 만종」을 비롯한 여러 변주를 창작하는 한편『밀레의 만종과 비극적 신화』란 책을 출판하기도 했다. 살바도르 달리의 변주 중「갈라와 밀레의 만종」(1933년 작)은 여러 가지 생각거리를 제공하는 문제작이다. 건축적 원근법으로 인상적인 이 그림의 가장 안쪽에는 달리의 연인 갈라가 의자에 앉아 있다. 갈라의 맞은편에 뒷모습만 보이는 대머리 사내가 팔을 기댄 채 비스듬히 앉아 있다. 흔히 레닌으로 해석된다. 그리고 열린 문의 뒤에 숨어 문의 모서리를 잡고 머리 위에 바닷가재를 얹은 우스꽝스러운 사내는 흔히 러시아의 작가 막심 고리키로 얘기된다. 이 세 인물들이 한 그림에서 어울리듯 어울리지 않고, 어울리지 않는 것 같으면서도 어울린다. 이 구도에 대해 종종 프로이트적인 해석이 덧붙여지곤 한다. 달리는 열 살 연상의 연인 갈라에게 모성애를 느꼈다. 어머니 같은 연인이다. 그 맞은편 레닌은 「윌리엄 텔의 수수께끼」에서도 그랬던 것처럼, 법과 금기를 주재하는 아버지의 변형이다. 실제로 달리의 아버지는 같은 초현실주의 그룹의 시인 폴 엘뤼아르의 부인이었던 갈라를 자기 여인으로 만들기 위해 금기를 넘어 온갖 기행을 벌였고, 이를 포함한 여러 이유로 그의 부친은 아들과 의절하기도 했다. 사정이 이러하기에 문밖에 어정쩡하게 서 있는, 바닷가재를 머리에 얹은 사내를 달리 본인으로 해석하는 것은 비교적 자연스럽다. 방 안쪽의 갈라와 동일시를 욕망하지만, 당시로서는 '가까이 하기엔 너무나 먼 당신'의 자리에 있는 것처럼 느껴질 뿐만 아니라, 아버지가 둘 사이를 가로막은 채 아들의 욕망을 억압하는 형상이다. 저 오래된 오이디푸스 콤플렉스와 그로 인한 불안을 극적으로 환기한 구도가 아닐 수 없다. 이런 구도 위에 밀레의 「만종」 액자가 걸려 있다. 일부에서는 이를 밀레에 대한 달리의 한없는 오마주로 해석하기도 하지만, 그보다는 복잡한 구도를 생각해볼 수 있다. 달리가 「만종」에서 죽음의 타나토스에 이끌려 불안을 느꼈다는 사실을 상기하면, 욕망과 불안의 길항이라는 측면에서 액자 속 「만종」과 그 아래 세 인물의 구도는 상동적인 것으로 볼 수도 있다. 욕망은 결코 그 대상에 다다르지 못한 채 결여의 가장자리를 형성하면서 불안을 배태하는 어떤 것이다. 「만종」에서 기도하는 부부와 그 대상과의 관계, 달리의 그림에서 바닷가재를 얹은 달리와 갈라의 관계는 그런 지점에서 한 다발로 묶일 수 있다. 또 다른 측면에서 생각해보면 달리는 밀레를 극도로 존경했지만, 바로 그 점 때문에 예술적 친부 살해의 대상으로 삼을 수도 있다. 농민들의 실제 생활을 진지하게 그렸던 바르비종파의 대표적인 화가였던 밀레와는 달리, 살바도르 달리는 독창적인 상상력으로 인간과 세계를 보는 새로운 눈을 강조했던 초현실주의 화가였으니, 존경과 거부라는 양가감정은 차라리 당연한 것일 수 있다.

살바도르 달리의 화실에 밀레의 「만종」 실물 액자가 걸려 있었다면, 이제 우리 시대의 한국 작가 원종국의 서재에는 디지털 액자가 있고, 거기엔 언제나 달리의 그림들이 흐른다. (이 문장을 쓰기 위해 우리는 얼마나 먼 길을 돌아왔던가.) 특히 대단히 인상적인 원종국의 '믹스언매치Mix-and-Match' 연작 안에 삽입된 살바도르 달리의 디지털 액자 그림들은 소설의 기본적 모티

프나 이미지 혹은 구조적 핵자로 기능한다. "비합리주의적 니체 되기"(살바도르 달리, 『달리, 나는 천재다!』, 최지영 옮김, 다빈치, 2004, p. 17)를 꿈꾸며, "순도 백 퍼센트의 초현실주의자"(같은 책, p. 18)를 지향했던 살바도르 달리는 밀레를 달리 그렸고, 원종국은 달리를 달리 이야기했다. 밀레의 현실성과 달리의 초현실성이 복합적으로 스미고 짜이면서 원종국 소설의 독창적 상상력과 스타일의 비범함을 알게 한다. 비빔밥 나라의 작가다운 비범한 비빔 스타일이 인상적이다. 그러니까, 미리 말하건대, 원종국의 소설은 독특한 상상력의 복합적 만화경이다. 그는 현실과 가상현실, 생시와 꿈, 리얼리티와 판타지를 가로지르며 현묘한 연금술의 줄타기를 한다. 그의 소설에서 복합적 서사소들은 어울리지 않을 것처럼 어울리고, 어울리는 듯 어긋난다. 이렇다 할 접점이나 교점을 마련하기 어려운 요소들이 슬며시 어울려 새로운 서사의 육체를 형성하는 상상의 콜라주가 참으로 어지간하다. 그렇게 어울리지 않을 것처럼 어울리는 풍경은 이제껏 작가 원종국이 탐사한 서사의 핵심 원형질에 속한다. 아마도 21세기 초반의 한국 서사에서 가장 인상적인 연작으로 기록될 '믹스 언매치' 연작은 그 내용과 형식 양면에서, 원종국 소설의 구근 구조를 짐작하게 한다. 어울리지 않을 것처럼 보이는 것들이 겹쳐지고 호응하는 교란의 풍경, 혹은 관계없는 것끼리의 짝짓기는 아마도 작가가 새로운 소설의 섬으로 나아가기 위한 불가피한 상상적 책략이었을지도 모른다. 그러나 작가의 상상적 의지에도 불구하고 그 어울리지 않는 것들은 결국 어긋나는 경우가 많다. 어긋나면 어긋날수록 비극의 심연은 깊어지기 마련이다. 오랜만에 상자하는 두번째 소설집에서 원종국의 탐색은 더욱 웅숭깊다. 그가 응시한 성찰의 심연, 비극의 심연은 한없이 깊어져 있다. 희망이 소진되고, 생명이 마모되고, 기억은 단절되고, 몸은 피로해진 군상들이, 원종국의 영혼의 콜라주를 통해 우리 앞에서 현현될 때, 우리는 종종 아득한 느낌에 젖지 않을 수 없게 된다. 그러나, 그럼에도도 불구하고, 그래도, 삶은 지속되어야 하고, 희망의 불씨는 새롭게 탐문되어야 하고, 기억의 소생을 위해서, 다시 말해, 다시 살아가기 위해서 우리는 당분간 모종의 상상적, 의지적 노력을 포기할 수 없음을 작가는 곡진한 언어로 환기한다.

달리처럼

원종국의 '믹스언매치' 연작은 첫 소설집 『용꿈』(문학과지성사, 2006)에 수록된 「믹스언매치」「욕망의 수수께끼, 어머니, 어머니, 어머니」「슬픈 아열대」에 이어 이번 소설집에 실린 「두 사람이 보이는 자화상」「나는 달리다」「다시, 살아가는 일」까지 총 6편으로 이루어져 있다. 연작의 기본 구도는 이미 「믹스언매치」에 상당 부분 담겨 있다. 그 단초는 살바도르 달리의 운명에서 비롯된다. 살바도르는 너무나도 서둘러 지상에서 육신을 거두어 간 형의 이름이었다. 사망신고와 출생신고의 번거로움을 덜기 위함이었는지, 일찍 아들을 보낸 참척의 고통을 다소나마 덜기 위해 그 이름을 없애지 않은 것인지, 살바도르 달리의 부모 속마음을 헤아릴 길 없다. 어쨌든 이름을 재활용한 것, 살바도르라는 이름을 지속시킨 것만큼은 분명한 사실이다. 이 가족 사건은 달리 개인에게도 커다란 심리적 사건이었으리라. 나 고유의 삶이라는 기원의 해체, 그 주체의 뿌리가 뽑히는 그런 사건이 아니었을까. 「거울을 통해 입체적으로 표현한 달리와 갈라」나 「나르시스의 변모」 등에서 보이는 실험적 자아 해체 양상은 그런 심리적 사건의 예술적 표현과 관련되는 것이 아닐까.

  작가 원종국 역시 달리처럼, 달리를 닮은 운명적 인물을 형상화한다. 원종국의 이야기에서 달리의 부모는 사이좋은 잉꼬 부부였지만 10년이 넘도록 자식을 얻지 못한다. 그러다가 체외 수정으로 아이큐 200이 넘는 천재 아들 명주를 얻는다. 고전적 영웅소설의 이야기 패턴과 왠지 닮아 있다. 그러나 그 닮음은 오래가지 못하고 급전직하 위반을 경험한다. 월반을 거듭하던 천재는 불세출의 물리학자를 꿈꾸며 일찌감치 미국 유학을 갔지만, 얼마 안 되어 총기 사고로 사망한다. 그의 부모는 이 엄혹한 참척의 현실을 받아들일 수 없어, 복잡한 절차와 막대한 경제적 부담을 감수하면서, 복제 인간을 만들어 그대로 명주라고 부르며 천재 물리학자의 재현을 기원한다. 영웅소설의 플롯이 이어지기를 소망했던 것이다. 그러나 복제된 명주는 천재가 아니었다. 물리학에는 관심조차 없었다. 유치원 선생님으로부터 살바도르 달리의 이야기를 들은 다음부터 '나는 달리다'는 강력한 자의식 속에서 달리처럼 그림 그리기를 욕망한다. 즉 부모로부터 각인처럼 호명되는 이름은 명주이고, 스스로 환기하는 이름은 달리다. 명주와 달리가 호환될 수 없는 이름이듯이, 부모와 복제 아들 달리 사이의 욕망은 소통되기 어렵다. 부모는 천재적 물리학도였던 원본-아들 명주처럼 복제-아들도 천재 물리학자가 되기를 욕망한다. 그러나 복제-아들 달리는 살바도르 달리를 모방하여 화가로 살기를 욕망한다. 이렇듯 욕망들이 상충하는 가운데 그의 실제 직업은 복제사다. 그것도 단순 업무를 반복하는 평범한 인물일 따름이다. 자신을 일컬어 스스로 천재라 불렀던 살바도르 달리와 달리 원종국의 달리는 천재성과는 거리가 멀다. 원본-아들과 멀어진 복제-아들로 인해 부모는 매우 불안하다. 처음엔 근심하고 걱정하다가 당황해하고 이내 불안에 빠져 더 이상은 어렵겠다는 생각이 들었을 때, 그들은 새로운 복제를 욕망한다. 1차 복제의 실패를 수긍하고, 자식을 결혼시켜 손자 대에서 다시 한 번 영광을 보려 하는 부모에게 달리는 결혼을 안 할 것이고 하더라도 아이를 낳지 않을 것이라 말한다. 그러면 달리의 체세포를 떼어내 새로이 복제를 하겠다고 실랑이를 벌이다가 아버지가 계단에서 굴러떨어져 사망하는 불상사가 발생한다. 이 사건으로 달리는 파렴치한 패륜 범죄자가 된다. 이 사건이 언론에 비상한 관심을 끄는 것까지가 첫 소설집 『용꿈』에 수록된 연작 1, 2, 3의 이야기였다. 물론 자기정체성을 확인하기 위한 달리의 다각적인 노력이 전개되었던 것도 사실이다. 가령 두번째 연작인 「욕망의 수수께끼, 어머니, 어머니, 어머니」에서 가족법상의 어머니 외에 난자를 제공한 어머니인 임미란, 복제 태아를 열 달 동안 키워 출산한 대리모 김박민주의 사연과 그녀들의 이야기를 추적하는 것도 좋은 예가 된다.

그러나 복제 인간으로서의 정체성은 모호하기만 하다. 아니 오히려 자기가 누구인지 알면 알수록 달리는 다른 존재로 더욱 타자화된다. "차라리 고아였더라면 좋았을 텐데, 생각한 적이 있어요. 아버지 어머니가 누구인지, 내가 어떻게 태어나게 되었는지 몰랐더라면 좋았을 텐데, 꿈꿔왔어요. 이제 부질없게 되었지만. 아버지 어머니가 빨리 죽어줬으면 좋겠다고 늘 생각했어요. 그래서, 내가 왜 태어나게 됐는지, 내 존재의 의미를 스스로 밝혀가며 살아갈 수 있기를, 아니, 하루라도 빨리 내 존재의 의미가 완전히 사라져주기를 간절히 기도했었어요. 이제는 모든 게 부질없게 되었지만요"(「두 사람이 보이는 자화상」, p. 9). 부모를 부정하고 자신을 부정하는 극적 의식의 단면을 보여준다. 자기 '존재의 의미' 밝히기와 지우기가 함부로 착종되는 가운데 부정의 탈주는 가속화된다. 네번째 연작 「두 사람이 보이는 자화상」에서 달리는 그런 심정으로 그저 하염없이 달리기만 하는 인물로 그려진다. 그런데 "그 순간 달리에게 달리는 것 말고 달리 할 수 있는 일이 아무것도 없다는 듯"(p. 10) 달리는 달리를 바라보는 시선의 주인은 과연 누구인가? 허구 스토리 세계 속의 내부 시점자인가, 아니면 밖의 외부 시점자인가, 이 지점이 이 소설에서 매우 흥미롭다. 많은 부분들이 외부 시점자에 의해 그려진다는 느낌을 주지만 다음의 경우에는 명백하게 내부 시점자 '나'의 지표가 드러나 있다.

> **달리는** 그림이라도 감상하듯이 팔짱을 끼고 앉아 창밖을 내다보았고, 이따금 고개를 돌려 나를 힐끔힐끔 쳐다보기도 했다. 해가 지면서 창밖의 풍경보다 창에 비친 사무실 안쪽이 더 또렷하게 보이기 시작했다. 그림 속에 자신의 모습을 들여다보고 있는 달리가 앉아 있고, 또 달리 뒤에는 **내가** 어렴풋하게 서 있었다. 그리고 그 모든 전경이 유리창에 비쳤다.(p. 14, 강조는 인용자에 의함.)

여기서 '나'는 누구인가? 아버지의 사망 사건 이후 경찰서와 구치소, 정신병원 등지를 떠돌던 달리는 또 다른 자아인 '검은 그림자'에게 시달리는 망상증 혹은 분열증 양상을 보인다. 그렇게 본다면 위 인용문에서 '나'는 일단 '검은 그림자'일 것으로 추정된다. 그런데 이 시선 또한 살바도르 달리의 그림 「거울을 통해 입체적으로 표현한 달리와 갈라」와 상호텍스트성을 보인다. 잘 알려진 이 그림에서, 달리는 거울을 앞에 두고 거울을 보고 있는 갈라의 뒤태를 그리고 있다. 그림 속의 그림은 그리는 달리의 머리에 가려 제대로 보이지 않는다. 다만 거울에는 그림의 대상인 갈라와 그리는 주체인 달리가 동시에 비친다. 여기서 흥미로운 것은 달리의 뒤에서 이 모든 것을 바라보는 시선이 있다는 점이다. 그림 속의 그림, 혹은 거울 속의 거울을 통해 심연으로 내려가는 미장아빔의 실험을 하는 동시에 그림 안에서 밖으로 향하는 원심력 또한 만만치 않다. 화가는 무엇보다 보는 자, 즉 시선의 주체다. 그런데 살바도르 달리는 보는 자이면서 스스로 보이는 자를 자처한다. 이 시선과 응시의 역동이 그의 초현실주의 효과를 강화하는 주요 인자다. 살바도르 달리의 그림에서는 감추면서 암시한 시선을 원종국은 '나'를 통해 극화하면서 겹의 그림자놀이를 한다. 네번째 연작의 표제에서도 분명히 하고 있듯이 원종국의 자화상에는 '두 사람'이 보인다. 앞의 인용문에서 그림 속 자신의 모습을 들여다보고 있는 '달리'와 그 뒤에 어렴풋하게 서 있는 '내'가 그렇고, 또 미술 치료 과정에서 달리가 그린 자화상에도 '두 사람'이 그려져 있고, 또 그 그림을 놓고 의사와 대화하는 장면에서도 '두 사람'이 있다.

아! 역시…… 그런데 이, 옆에 있는 이 사람은 누군가요? 자화상을 그리라고 했더니…… 혹시…… 이 사람이 검은 그림자 사낸가요? 납골 묘역에서부터 따라왔다는……

달리는 나를 힐끗 쳐다보았다.

그 사람은 명주 형인데요.

그럼, 검은 그림자 사내는요? 그치는 이제 완전히 사라진 건가요?

아뇨. 사라지지 않았어요. 여기에도 있잖아요, 제 그림 옆에.

아하! 그러니까 명주 형이 검은 그림자 사내였던 거군요?

아뇨. 두 사람은 다른데……

이 사람이 검은 그림자 사내라면서요?

네, 아니…… 맞아요. 이 사람이 명주 형…… 그러니까……

혹시, 검은 그림자 사내는, 달리 씨의 의식에서 분리되어 나온 명주 형의 형상 같은 건 아닐까요? (pp. 32~33)

아니, 이 장면에서는 단지 '두 사람'이라고 말해서는 안 된다. 우선 달리가 그린 자화상 속에 두 사람이 있다. 달리와 그림자 사내/명주 형이 그 두 사람이다. 그리고 그 그림을 가운데 놓고 의사와 상담을 하고 있는 달리와 그 뒤에 서 있는, 그래서 달리가 "힐끗 쳐다보"는 '나' 이렇게 두 사람이 등장한다. 게다가 이 모든 것을 조망하는 또 다른 존재를 우리는 감지한다. 이들을 통해 이 소설은 중층적이고 복합적인 형성력을 보인다. 이는 단지 "정신분열, 망상, 조정망상"이라는 진단을 받을 수 있는 2049년형 미래 복제 인물을 서사대상으로 초점화하기 때문에 생긴 게 아니다. 그보다 더 복합적인 이유가 있다. 그것에 답하기 위해 우리는 먼저 달리의 상대역인 유리를 통과해야 할 필요를 느낀다.

　　살바도르 달리에게 갈라가 있었다면 원종국의 달리에게는 유리가 있다. 아니마 여성의 전형이라는 점에서 갈라와 유리는 비슷하다. 유리는 "부모에게 버림받았던, 그래서 스무 살 어림까지 고아원에서 살아야 했던 과거를 몹시 원망스러워했"(「소멸의 흔적」, 『용꿈』, p. 115)던 「소멸의 흔적」의 아내의 경우처럼 어려서 버림받아 고아원에서 자랐고 레즈비언 부부에게 입양되어 성장했는데 최근 기른 엄마가 남성인 애인을 만나 결혼 방식을 바꾸는 바람에 홀로 남은 이모와 함께 살아간다. 대학원에서 생물학을 전공한 그녀는 헌팅턴 무도병이라는 유전병을 앓고 있다. 「믹스언매치」에서부터 정보가 산발적으로 주어지다가 「다시, 살아가는 일」에 요약 제시되어 있는 것처럼, 자신을 버린 생모가 쥐여준 우유병에서 우유가 새어 나와 개미 떼들이 몰려들자 울음을 터뜨리게 되고, 그로 인해 보육원 사람들에게 발견되었던 유리였다. 그녀는 대학원에서 개미 연구를 하고 있는데, 순간적으로 무도병에 들리면 개미 떼를 보고 전갈이라며 기겁을 하고 도망치기도 하고, 종종 현실과 환상, 현실과 가상현실을 넘나들곤 한다. 유리는 기르던 애완견 도라가 사고로 죽자 달리가 근무하던 키스캠벨 사무실을 찾아, 죽은 도라를 은행나무로 태어나게 해달라고 부탁하면서 달리와 인연을 쌓아간다.

　　유리는 이 연작에서 달리의 배경적 인물이었는데, 다섯번째 연작 「나는 달리다」에서부터 서서히 전경화된다. 살바도르 달리에게 갈라는 그림 그리게 하는 여인이었던 것처럼, 「나는 달리다」에서 유리 또한 달리에게 그림을 그릴 수 있게 하는 여성이다. 명주 형의 납골 묘역에 갈 때마다 달리는 "명주 형의 영정사진에서 쿨럭쿨럭 쏟아져 나오는 검은 그림자를 해마다 보"면서 "언젠가는 자신의 몸속으로 영원히 들어와버릴지도 모른다는 공포"(p. 56)에 휩싸이곤 했었다. 그런 달리가 정신병원에서 돌아와 집 안의 모든 집기들을 들어내고 마침내 자기 배 속도 다 비워내 아사 직전의 상태가 되었을 때 유리가 방문하는데, 달리는 그 "시커먼 그림자"(p. 49)를 보며, 이전의 그림자와는 사뭇 느낌이 다른, 좋은 냄새가 난다는 생각을 한다. 그 이후 유리와 함께 지내게 되면서 달리는 스페인의 초현실주의 화가 달리의 그림을 빈 벽면에 그린다. 그러고는 "나는 달리다"라고 서명한다. 개미를 연구하는 유리는 개미 떼가 그려진 옆에다가 "나는 유리다"라고 서명한다. 달리와 함께 그림 작업을 하면서 유리는 이전까지 편집적으로 집착을 보이던 사이버 공간으로부터 나름의 자유를 얻게 된다. 그런 유리 곁을 홀연 달리가 떠난다. 「나는 달리다」에서 달리가 택시를 타고 지하로 지하로 하염없이 내려가는 장면의 편린들은 죽음으로 향하는 무의식의 심연을 환상적으로 보여준다. 매우 인상적인 구성을 보이고 있는 「나는 달리다」는 달리를 초점자로 한 서사와 유리를 초점자로 한 서사로 나뉘는데, 달리를 초점자로 하는 서사 중 택시를 잡아타고 지하 560층인가 650층인가쯤 내려가는 이야기는 곧 죽음에로 이르는 과정의 환상적 재현에 다름아닌 것이다. "달리는 도무지 자신의 것이 아닌 것처럼 아무런 감각도 느껴지지 않는 팔을 들어 기사가 앉아 있는 쪽으로 팔을 뻗어보았다."(p. 64).

연작의 마지막을 장식하는 「다시, 살아가는 일」에서는 유리의 이야기가 전면에 등장한다. 대학원에서 지도 교수와 의견이 맞지 않아 논문을 중단했던 그녀는 게임 시나리오를 쓰며 심리 치료를 받는다. 떠나간 달리는 실종 중이고, 유리는 달리의 아이를 임신한 상태다. 복제인간의 아이라는 이유로 산부인과에서 중절수술을 종용할까 봐 홀로 모든 것을 견딘다. 유리는 신경정신과 의사의 안내로 "현실 복귀 프로그램"인 행복동 프로젝트에 참여한다. 가상공간인 행복동에 집을 분양받은 다음 편안하게 마음을 주고받을 수 있는 아바타를 만들어 같이 살아보라고 제안했던 것이다. 유리는 행복동에서 그야말로 행복하다. 유전병에 정신 질환까지 앓고 있던 그녀였다. 무엇보다 어려서 유기(遺棄)되었던 유리였고, 자라나서는 다시 양모와 헤어지게 된 유리였다. 너무 힘들고 사는 게 지겨워 '자살 기계'가 있다는 개마고원을 찾는다. 그러나 그녀는 끝내 자살 기계를 선택하지 않고 달리에게로 돌아왔다. 그녀 나름의 생명 감각 때문이다. 일찍이 키우던 강아지 도라가 죽었을 때 은행나무로 복제해달라고 부탁했던 그녀였다. 달리가 은행나무 화분을 가져오자, 유리는 자기 나이만큼 이파리가 달리면 아파트 앞 화분에 옮겨 심어주기로 약속했는데, 그 약속을 지켜야 해서 발길을 돌렸다고 했다. 그런 생명 감각을 지닌 유리에게 행복동은 최상의 장소이고, 그곳에 대한 유리의 토포필리아는 참으로 어지간하다.

　도라가 우리 주위를 뛰어다니며 멍멍멍 짖었다. 그 앞으로 흰 나비 한 마리가 팔랑팔랑 날았다. 그제야 정원이 많이 달라진 걸 알았다. 달리가 이끄는 대로 걸어가자 어느새 노랗게 물든 은행잎이 지천이었다. 바람이 불 때마다 하트 모양의 은행잎이 난분분 떨어져 내렸지만 아름드리로 자란 나무에는 아직도 노란 은행잎이 빼곡했다. 뿌리를 잘 내린 모양이구나! 언뜻 보기에도 은행나무는 아주 탄탄해 보였다. 그래, 너야말로 제대로 다시 태어난 거야! 굵직한 나무둥치에 손을 얹고 있자니 새카만 점들이 부지런히 오르내리는 게 눈에 띄었다.

　〔……〕

　달리의 팔을 베고 잔디밭에 나란히 눕자 노란 은행잎들이 하늘하늘 날아와 우리 주변으로 내려앉았다. 어느 땐 눈 위에도 떨어져 정말로 온 세상이 노랗게 보이기도 했다. 달리는 모든 게 만족스런 표정이었다. 여긴 아무것도 신경 쓸 필요가 없는 곳이니까. 자신의 태생을 문제 삼는 사람도, 부모님과 얽힌 불미스런 과거들도…… 무엇보다 그리고 싶은 그림을 실컷 그릴 수 있으니까.

　나무 밑에서 올려다보고 있자니 노란 은행잎들 사이로 뻗은 줄기들이 마치 심장에서 뻗어 나온 혈관들처럼 맹렬해 보였다. 영양분들이 줄기를 타고 쭉쭉 빨려 올라가 마침내 가장 끝 부분의 가지에까지…… 햇빛에 반짝거리는 노란 은행잎의 덩어리가 터

져버릴 것처럼 출렁였다. (pp. 82~83)

유리가 아끼던 도라, 도라를 복제한 은행나무, 연인인 복제인 간 달리 등 모두가 서로 어울리며 교감하고 활기차다. 생명력이 넘쳐나고 만족감도 높다. 비록 소망적인 가상공간에서 상상적으로 축조된 공간이지만, 행복동이라는 이름값을 하는 충일의 공간이다. 생명적인 모든 것, 생태적인 모든 것이 서로 자연스럽게 스미고 짜이며 행복의 감각을 증진하는 에코토피아에 가까운 공간인 것이다. 거기에서라면 유리도, 달리도, 마음껏 행복할 수 있다. 이런 행복동에 대한 유리의 욕망은 현실의 결여에 대한 거울이기도 하다. 현실에서 도라는 이미 죽은 지 오래고, 연인 달리도 곁에 없다. 곁에서 달리가 그림을 그리던 시절 유리는 사이버 공간을 별로 궁금해하지 않았다. 그러나 달리가 없는 지금 그녀는 행복동이라는 가상공간에 입사하지 않고는 행복의 체험을 할 수가 없다. 생사를 알지 못한 채 실종 상태에 있던 달리의 죽음을 유리는 끝내 부인하지만 아이러니컬하게도 부인으로 더 강한 긍정을 하지 않을 수 없다. 그러기에 끝에서 유리는 "안개에 휩싸인 만추(晚秋)"(p. 100) 속 남자의 장소와 "함박눈이 펑펑 쏟아지"(p. 101)는 "여기" 유리의 장소 간 거리를 분명하게 인식하게 된다. 만추의 가상 공간과 겨울의 현실 공간 사이의 접속은 꿈길과도 같은 사이버길에서만 가능하다. 그래서 어울리지 않는 것들끼리 짝짓기가 문제적인 테마로 정리된다. "어울리지

않는 것끼리의 짝 지움. Mix-and-Match"(p. 101). 단절과 접
속이 반복되는 단속(斷續)의 상황, 다시 말해 욕망의 대상 혹은
사랑의 대상과 단절된 상태에서의 가없는 절망과, 가상적인 환
영(幻影)을 통한 상상적 실현의 희망 사이를 속절없이 넘나드는
가운데서도 유리는, '다시 살아가는 일'에 대해 고뇌한다. 그 어
떤 고통이 닥치더라도, 혹은 그것을 가까스로 비껴선 후라서 이
렇다 할 생의 의지를 추동하기 어려운 상황 속에서라도, 그럼에
도 불구하고 살아야 할 이유를 어떻게 찾을 수 있을 것인가, 이
런 절박한 질문 앞으로, 절실한 유리는 우리를 안내한다.

달리와 달리

이처럼 유전병에 겹친 정신 질환에 시달리고 여러 고통에 직
면하면서도 유리는 나름의 자기 프로젝트를 수행하려고 의지적
인 노력을 보인다. 무엇보다 자기 이름을 가꾸려고 애쓴다. 이
에 비해 달리는 이렇다 할 자기 추구의 면모를 보이지 못한다.
그는 속절없는 고아 형상이나 마찬가지다. 넘치는 게 모자라는
것보다 못할 때가 많은 법이어서일까. 어머니를 셋이나 둘 수밖
에 없었던 복제인간으로서의 그의 운명 때문이었을까. 어려서
버려져 진짜 고아로 자라난 유리보다 더 가혹하게 고아의 형상
에서 벗어나지 못한다. 그가 고아라는 것은 단지 버려졌다는 맥

락에서가 아니다. 자기가 거세된, 애당초 자아는 거세되고 자아 이상만 존재하는 형국이기 때문이다. 그에게는 이름도, 기억도 없으므로, 흔적도 없이 그의 존재는 휘발되고 만다. 그의 최후가 흔적 없이 사라지는 것도 그 때문이다. 자기를 찾으러 무의식의 심연으로 하강하고 또 하강하다가 결국 제자리를 찾기 어려울 정도의 깊이에서 침몰되고 만 형상이랄까. 어쨌든 그는 떠들썩했던 것과는 너무나 대조적으로 초라하게 사라졌다. 세상에 있는 동안 그는 고작 사소한 복제 보조 일만 했을 따름이다. 직장에서도 복제 일을 했고, 직장을 그만둔 이후에도 달리의 그림을 복제하는 데서 그쳤다. 그는 그 자신의 영혼을 입증할 만한 그 어떤 일도 수행할 수 없었다. 그것이 그의 비극이고 그를 둘러싼 환경의 비극이었다. 첫 소설집『용꿈』을 해설한 비평가 김진수는 원종국이 그려낸 달리를 "자기 사랑과 자기 파멸이 역설적으로 결합된 전형적 이미지"(김진수, 「생명과 기억의 존재론, 혹은 알레고리」, 『용꿈』, p. 303)로 파악한 바 있거니와, 이를 포함해 매우 복합적인 문제의식을 원종국의 달리와 그 연작은 보여준다.

우선 한국적 가족주의에 대한 반성적 성찰과 함께 여러 가족 형태들에 대한 실험이 이 연작에 다채롭게 펼쳐지고 있다는 사실은 그다지 놀랄 일도 못된다. 해마다 명절이면 귀성 행렬로 전국의 길들이 몸살을 앓는 풍경이야말로 한국적 가족주의의 한 인상적인 단면이라고 할 터인데, 가족에 대한 애호와 가문의 지

속 번영과 관련된 명예욕은 매우 뿌리 깊은 것이다. 이 연작에서
도 달리의 부모는 자식의 출세와 가문의 명예를 위해 거의 전 재
산을 바쳐 복제에 올인하다시피 한다. 전근대적 가족주의와 탈
근대적 유전공학의 '믹스언매치'인 셈이다. 어쨌거나 원종국은
가족주의에 대한 의미심장한 해체의 시선을 통해 다양한 가족
형태들을 실험한다. 복제를 통한 가족 구성원 대체, 레즈비언
가족(유리의 양부모) 등을 비롯하여 다른 소설들에서도 우리는
원종국이 탐사한 다채로운 가족 형태들을 목도하게 된다. 그렇
다면 왜 원종국은 가족에 대한 심원한 상념 속에서 가족의 경계
를 넘나들며 다양한 형태의 가족 실험을 하고 있을까.

　원종국의 가족사에는 좀 독특한 데가 있었다고 한다. 한국전
쟁의 와중에 행방불명된 백부의 뒤를 이어 가문의 대통을 세우
기 위해, 조부는 원종국의 형을 적장손으로 하여 백부의 아들로
입적시킨다. 한국적 가문주의 분위기에서 흔히 있을 수 있는 사
건이었다. 그렇다고 분가한 것은 아니고 한집에서 할아버지, 큰
어머니, 아버지, 어머니, 입적한 형과 원종국 등이 함께 사는 형
태였다. 그러니까 원종국의 형은 한집에 두 어머니를 둔 셈이었
다. 백모의 조카이자 아들이며, 생모의 아들이자 조카라는 이중
위상 속에 살아야 했던 것이다. 그런 사정은 동생인 원종국에게
도 마찬가지였을 것이다. 자기 부모의 차남이면서도 장남이 되
는 운명, 친형의 친동생이자 사촌동생이 되는 운명을 동시에 감
당해야 했던 것이다. 이런 상황이 원종국의 유년 시절의 마음 풍

경 그 심연에 적잖은 영향을 미쳤을 것이라는 짐작이 가능하다. 꼭 그런 이유 때문만은 아니겠지만, '믹스언매치' 연작과 여타의 소설을 통해 작가가 여러 형태의 가족 구성에 대한 실험적 상상을 펼치는 먼 원인 중의 하나로 그런 것을 지목해도 좋을 것으로 나는 생각한다.

아울러 직계 순혈주의에 대한 해체적 의식 또한 떠올려볼 수 있다. 달리의 부모는 자기네서 천재-아들 명주에게로 이어지는 직계 순혈에 대한 애호와 집착이 대단했다. 그 어떤 기회비용을 지불하고서라도 잇고 싶은 욕망의 처음이자 끝이었다. 그러나 그들의 욕망과는 달리 그 직선은 결코 이어질 수 없었고, 친부 살해 충동과 더불어 끊임없이 게걸음질치다가 관련된 가족 모두 결코 소망스러울 수 없는 최후를 맞이하게 된다. 이런 줄거리 자체가 작가의 해체적 의식을 반영한 것이라 할 수 있겠으며, 달리의 세 어머니를 상정하고 탐문하는 과정은 이질혼성성의 '믹스언매치'를 드러내기 위한 상상적 책략이다. 또 다른 소설인 「벌초」에서 벌초 날을 전후해 벌어지는 일련의 사건들을 통해 작가가 보여주고자 했던 것도 해묵은 가족주의의 해체 주제와 관련된다. 요컨대 원종국은 기존의 가족 패러다임을 넘어서 새로운 가족 패러다임을 창안하고 그에 따른 가족 안의 존재론에 대한 새로운 성찰을 보이고자 했던 것이다. 그러나 이것을 단지 가족 패러다임 안에서만 이해하는 것은 소극적 이해에 속한다. 작가 원종국은 가족 패러다임의 새로운 창안을 넘어서 '믹스언매치'

전략을 통한 소설이라는 서사 패러다임의 새로운 창안에 더 근
본적인 관심을 두고 있는 것처럼 보이니까 말이다.

하이브리드 스타일과 품격의 전위

　직선성을 넘어선 혼성적 하이브리드 전략은 원종국의 다른 소
설들에서도 흥미롭게 드러난다. 작가가 보기에 인간은 기억의
존재다. 그런데 기억은 매우 중층적이고 복합적이다. 무엇보다
기억은 그 기억의 주인에게는 물론 타인들에게 함부로 복제되지
않는 경향을 보인다. 형 명주의 기억이나 취향을 복제하지 못하
는 한 달리는 결코 형이 될 수 없다. 이 기억의 존재론으로 시간
의 과거와 현재 미래가 중층적으로 연결될 수 있으며 기억과 관
련한 공간적 흔적을 통해 자기 존재의 증거를 확보할 수 있다.
원종국이 기억이나 흔적에 관심을 많이 둔 까닭도 그런 연유에
서였을 것이다. 「소멸의 흔적」이나 「기억과 흔적」 「이름이 사라
졌다」 같은 작품들이 주목되는 것도 이런 맥락에서이다.
　「기억과 흔적」은 문구 유통업을 동업하다가 파산한 다음 헤어
진 옛 연인과 살던 곳을 찾아가지만 재개발로 인해 그 흔적조차
찾을 수 없는 상황에서 자신의 기억을 통해 흔적으로 추스르고,
흔적을 통해 기억을 재반추하려는 안타까운 노력을 벌이는 이야
기다. 그럼에도 "막무가내식 재개발 사업을 조롱하는 어느 예술

가의 퍼포먼스쯤으로"(「기억과 흔적」, p. 217) 오해받아 경찰에 연행되어 곤혹을 치르기도 한다. 「이름이 사라졌다」에서 노파는 두 해 전 뇌경색으로 기억력을 상실한 이후 자신의 이름조차 모르는 상태다. 낙마 사고 이후 완벽에 가까운 기억력을 갖게 된 푸네스(보르헤스의 「기억의 천재, 푸네스」의 주인공)와 대척점에 있는 이 노파는 자기 이름과 기억을 복원하려는 반복적인 노력을 기울이지만 안타깝게 실패하기만 한다. '믹스언매치' 연작에서도 언급되고 있거니와, 「기억의 영속」에서 살바도르 달리는 현존하는 모든 견고한 것들을 와해시키고 일그러지게 했다. 흐물거리다 축 늘어진 시계, 근대적 기계 시간에 대한 강력한 항의의 이미지라 할 만하거니와 거기에 달려든 개미 떼는 진정한 존재의 죽음에 대한 애도에 값한다. 원종국의 「기억과 흔적」에서도 마찬가지로 출세 지향의 속물근성, 사주에 이끌리는 운명론 등이 속절없이 뒤죽박죽 '믹스언매치' 되는 가운데 흐물거리고 늘어져 있는 형국이다. 그럼에도 작가는 기억의 연금술에 대한 마지막 신뢰의 끈을 놓치지 않고 되새김질을 한다. 첫 소설집 『용꿈』과 두번째 소설집 『그래도』를 함께 놓고 읽어보면 누구나 다 알 수 있는 일이지만, 원종국은 자신의 서사적 관심사를 끊임없이 되새김질하면서 스타일을 새로 짜고, 같은 이야기에서도 다양하게 변형 가능한 역동적 콘텐츠를 그물질하는 작가처럼 보인다. 가령 '믹스언매치' 연작만 하더라도 그 첫 이야기인 「믹스언매치」를 부단히 되새김질하며 이어지는 연작 5편을 썼다. 「소멸의 흔적」을 되새김질한 소설이 「기억과 흔적」이고, 「용꿈」을 반추한 후속작이 바로 「개꿈」이다. 「기억과 흔적」에서 주인공은 팔지 못한 카드에다 예전에 헤어진 애인에게 붙여지지 않는 편지를 쓴다. 비록 기억은 흐물거리다 못해 다 녹아내렸지만, 기억의 재생에 대한 소망은 매우 심원한 까닭이다. 그 도저한 기억에의 의지가 카드의 형식이라는 역동적 콘텐츠를 낳은 것이다.

그런가 하면 「개꿈」에서는 CCTV 시점을 통해 새로운 이야기의 가능성을 그물질한다. 여기서 서술의 눈은 현대 생활의 파천황적 조감자처럼 보이는 CCTV이다. CCTV가 본 것은 이야기되고 CCTV가 보지 못한 것은 서사적 추론의 영역으로 상상된다. 그런가 하면 판소리투 서술로 전달의 역동성도 극화한다. 원조교제의 사회적 병폐와 꿈을 잃어버린 채 위악적인 행동을 일삼는 청소년 문제를 에둘러 다룬 「개꿈」이 인상적인 것은 단지 CCTV 시점과 판소리투 서술 때문만은 아니다. 전작인 「용꿈」과 이번 「개꿈」에 등장하는 '놈'과 '년'들은 내키는대로 '막' 사는 경향을 보인다. "난 막 살아도 되는 게 인생이라고 생각했"다는 '년'은 "내가 죽고 나면 내 삶에도 기록될 게 있을까?"(p. 159) 묻는다. 이 질문, 이 기록에의 열망은 무엇인가? CCTV도 기억도, 흔적도, 어쩌면 모두 기록의 문제와 관련된다. 때로는 사회·경제적 이유로(「K 지하상가 사람들」「기억과 흔적」「서울, 2009년 봄」「용꿈」「개꿈」 등), 때로는 정치적인 이유로(「연」「기둥」 등), 때로는 가족적 이유로('믹스언매치' 연작, 「벌초」 등)

기억은 억압당하거나 왜곡당하거나 소실되기 일쑤다. 혹은 살바도르 달리의 상상력처럼 흐물거리듯 녹아내린다. CCTV는 기억을 위한 보조 장치이자 감시 및 억압 장치라는 양면성을 지닌다. 기술복제시대의 산물인 CCTV나 카메라, 그 이전부터 지속되어 왔던 문자 등은 기록을 하거나 보조하는 기제들인데, 기록을 위한 대표적인 갈래가 바로 이야기다. 작가 원종국의 서사 의지도 이와 관련된다. 기억이 억압당하는 시절의 진실한 기록 장치의 하나로 소설을 택한 장인적 노력의 흔적을, 그의 소설에서 읽을 수 있는 것은 우리 모두의 행운에 속한다.

「개꿈」에서 "막 살아도 되는 게 인생"이라고 생각했던 '넌'은 "아무튼 난 새로 태어나고야 말 거야"(p. 160)라고 말한다. 「서울, 2009년 봄」에서 작가 K는 "환승" 역에서 작가적 태도의 "환승"을 결심하고 '착하지 않은 돈'과 거래하려 했던 좋지 않은 욕망을 끊어내려 한다. 「이름이 사라졌다」에서 이름을 되살리려 애쓰는 노파를 바라보는 서술자의 시선 또한 인상적이다. "죽은 줄 알았던 나무에서는 새잎이 더 많이 돋아나 있었다"(p. 190). 그리고 「다시, 살아가는 일」에서 유리는 이렇게 되뇐다. "짝짓기, 재생, 무한반복…… 시간의 연장, 기억의 영속, 그리고 그 다음은…… 나는 차에서 내리는 대신 이런 낱말들을 혀로 여러 번 굴려보았다. 짝짓기, 재생, 무한반복…… 아이를 낳는다거나 출산이라고 말하지 않고 재생이라고 부르니 느낌이 많이 달랐다. 다시 쓰거나 다시 살아나는 일. 재생(再生)" p. 72). 부연할 필요도 없이 이 소설집의 표제가 왜 '그래도'인지를 생각하게 하는 대목이다. 작가 원종국은 화가 살바도르 달리와 달리 죽음의 응시를 넘어서 죽음을 통한 재생의 가능성을 가늠해보는 사려 깊은 모습을 보인다. 몸/기억의 지속과 단절 문제를 통해 인간 존재론의 심연을 탐사하면서도 동시대의 산문적 현실을 두루 탐문하는 원종국의 소설에는, 오래전 밀레를 거친 살바도르 달리의 고뇌가 새로운 방식으로 몸살을 앓고 있다. 그 몸살의 흔적을 해체적으로 가로지르며 원종국은 그만의 특별한 이야기를 남겼고, 앞으로도 더 좋은 이야기를 남길 것으로 기대된다. 여러 면에서 원종국은 미덕이 많은 작가다. 속성 폴라로이드 감각, 모든 견고한 것들을 휘발시키는 디지털 감각을 가로지르고 넘어서서 숙성된 감각으로 자신만의 스타일과 상상력을 고집해왔다. 나는 그의 소설을 그윽한 품격의 전위라고 부르고 싶다. 하이브리드 상상력과 품격의 전위로 거듭 탈주하여 원종국이 다른 소설의 가능성을 계속 환기해줄 것을, 나는 믿고 싶다. 이제까지와는 또 다른 소설의 경계를 부단히 넘어가며, 여전히 "나는 달리다"라고 활달하게 외치면서도 '달리와 달리' 달리는 작가 원종국의 모습을, 나는 환하게 떠올려본다.

작가의 말

‘그래도’는 ‘그러하여도’와 ‘그리하여도’가 줄어 생긴 말이란다. 긍정과 부정의 느낌이 함께 드는데, 곰곰 생각해보면 둘 다 아니기도 하다. 앞말에 대한 여운이기도 하고, 반전이기도 하다. 소설과 닮았다. 개인의 삶 또는 사회 현상과도 닮았다. 판도라의 상자 맨 밑바닥에 적혔을 법한 말, 『토정비결』이나 『정감록』의 어느 구석에 가필되었을 법한 말, 어느 누군가가 마지막 숨을 몰아쉬며 내뱉을 것 같은 말…… 소설과 닮았다. 이런 식의 제목을 언젠가 붙여보고 싶었다. 그래도, 여러 번 망설이긴 했지만.

두번째 소설집을 묶는 데 육 년이 걸렸다. 첫 소설집 ‘작가의 말’ 끄트머리에 “이제 다른 이야기들을 새롭게 쓸 수 있게 되었다는 설렘이 더 크다”고 적었는데, 두번째 소설집을 묶고 보니 쌍둥이 같다는 생각이 든다. 작품 편수도 같고, 구성도 비슷하다. 끝난 줄 알았던 '믹스언매치Mix-and-Match' 연작이 세 편 더 늘었고, 「용꿈」 후속으로 「개꿈」이 따라붙었다. 의도한 바는 아닌데, 어쩌다 보니 그렇게 되었다. 따로 읽으셔도 좋겠지만, 이참에 첫 소설집 『용꿈』을 찾는 독자가 많아지면 좋겠다는 생각도 더러 했다. 그래도 괜찮을까, 송구한 일이긴 하지만.

오랫동안 함께 지낸 '믹스언매치' 연작의 두 주인공, 달리와 유리가 그립다. 미래에 살게 될 캐릭터들이 과거에서 하마 그립다고 하면, 내가 지어낸 작위(作爲)의 세계에서 일방적으로 휘둘렸던 그들이 이제 와 그립다고 하면, 가식일까 위선일까. 지금 근처에 살고 있다면 찾아가서 오랫동안 안아주고 싶다. 병 주고 약 주는 게 아닐는지 모르겠지만. 『용꿈』 시절의 그들은 많이 외롭고 고통스러웠을 것이다. 『그래도』 시절엔 여하간 함께할 수 있어서 조금쯤 나았으려나…… 그래도, 아쉽고 안타까운, 어쩔 수 없는 생의 반복이겠지만. 다양한 가능성으로 형성될 온갖 형태의 가족을, 그들의 '어울리지 않는 짝 지음'을 그려보고 싶었다. 그것이 나의 소박한 바람이었다. 달리와 유리가 그립다.

이즈음 "문학은 자유다"라는 말을 종종 듣고, 자주 생각한다. 아무러하든 자유를 지향할 수 있는 일을 계속하고 있다는 것에 만족한다. 어눌하고 어색할 테지만, 그래도 끈질기게 누려보고 싶은 말이다.

　어쭙잖은 소설들에 흔쾌히 해설을 맡아주신 우찬제 선생님과 늘 신세만 지게 되는 문지 식구들께 깊은 감사의 인사를 드린다. 소설 쓰는 일로 더 즐거운 나날이길 빈다.

2013년 봄
원종국

수록 작품 발표 지면

두 사람이 보이는 자화상 『문학과사회』 2007년 가을호

나는 달리다 〈웹진 문장〉 2009년 2월호

다시, 살아가는 일 『문학과사회』 2011년 겨울호

서울, 2009년 봄 『한국문학』 2009년 여름호

개꿈 『문학 판』 2005년 가을호

이름이 사라졌다 『본질과 현상』 2010년 여름호

기억과 흔적 『문학들』 2010년 여름호(발표 당시 제목은 「병」)

벌초(伐草) 『내일을 여는 작가』 2012년 하반기호